W0270667

# LE PAVILLON DES COMBATTANTES

Emma Donoghue

# LE PAVILLON DES COMBATTANTES

*Traduit de l'anglais (Irlande)*
*par Valérie Bourgeois*

Les Presses de la Cité

Publié à New York, USA, sous le titre original THE PULL OF THE STARS par Little, Brown and Company, une marque de Hachette Book Group Inc., en 2020. Tous droits réservés.

LITERATURE IRELAND
Promoting and Translating Irish Writing

Cet ouvrage a été publié avec le concours financier de Literature Ireland.

Ce livre est une œuvre de fiction. Les noms, les personnages, les lieux et les événements sont le fruit de l'imagination de l'auteur ou sont utilisés fictivement. Toute ressemblance avec des personnes réelles, vivantes ou mortes, serait pure coïncidence.
Le Code de la propriété intellectuelle n'autorisant, aux termes de l'article L. 122-5, 2e et 3e a), d'une part, que les « copies ou reproductions strictement réservées à l'usage privé du copiste et non destinées à une utilisation collective » et, d'autre part, que les analyses et les courtes citations dans un but d'exemple et d'illustration, « toute représentation ou reproduction intégrale ou partielle faite sans le consentement de l'auteur ou de ses ayants droit ou ayants cause est illicite » (art. L. 122-4). Cette représentation ou reproduction, par quelque procédé que ce soit, constituerait donc une contrefaçon, sanctionnée par les articles L. 335-2 et suivants du Code de la propriété intellectuelle.

Les Presses de la Cité, un département Place des Éditeurs
92, avenue de France 75013 Paris

© Emma Donoghue, 2020. Tous droits réservés.
© Presses de la Cité, 2021, pour la traduction française.

ISBN 978-2-258-19598-1
Dépôt légal : août 2021

Presses de la Cité | un département **place des éditeurs**

place des éditeurs

# I

# ROUGE

La nuit a encore du temps devant elle au moment où je quitte la maison ce matin. Je longe à bicyclette les rues fétides de Dublin rendues glissantes par la pluie. Ma petite cape verte me protège du gros de l'averse, mais les manches de mon manteau se retrouvent vite trempées. Des relents de bouse de vache et de sang s'échappent d'un chemin au milieu duquel patiente du bétail. Tandis qu'un garçon vêtu d'une veste d'homme me crie quelque chose de grossier, je pédale plus vite et double une voiture qui roule au pas pour économiser son essence.

Après avoir garé mon vélo dans la même venelle que d'habitude, je fixe le cadenas à combinaison sur la roue arrière. (Un cadenas de fabrication allemande, bien sûr. Comment le remplacerai-je une fois que son mécanisme aura rouillé ?) Je dénoue les rubans qui maintiennent les pans de ma jupe relevés sur le côté et sors mon sac tout mouillé de mon panier. Je préférerais finir le trajet jusqu'à l'hôpital comme je l'ai commencé – je mettrais deux fois moins de temps qu'en prenant le tramway –, mais l'infirmière en chef ne veut pas qu'on arrive en nage au travail.

En émergeant dans la rue, j'évite de justesse une charrette de désinfection. Sa douce odeur de goudron imprègne l'air tout autour. Je m'éloigne des hommes masqués qui aspergent les caniveaux et enfoncent leur tuyau à la chaîne dans les grilles d'égout.

Devant moi se dresse bientôt un monument aux morts improvisé – un triptyque en bois recouvert de l'Union Jack. Une Vierge Marie bleu azur et écaillée y a été ajoutée pour faire bonne mesure, et une étagère en dessous déborde de fleurs pourrissantes. Les noms peints ne représentent que quelques Irlandais sur les dizaines de milliers déjà morts et les centaines de milliers qui se sont engagés. Je pense à mon frère, que j'ai laissé terminer son toast à la maison.

À l'arrêt du tramway, la flaque de lumière jetée par un réverbère s'estompe face à l'aube naissante. La colonne sous la lampe est presque entièrement tapissée de réclames.

VOUS ÊTES FATIGUÉ,
MINÉ DE VIVRE TROP VITE ?

VOUS VOUS SENTEZ VIEUX
AVANT L'HEURE ?

Demain, j'aurai 30 ans.

Mais je refuse de trembler devant ce nombre. Trente ans, c'est la maturité, un certain statut, une certaine force, non ? Et même le droit de vote, à présent qu'il a été étendu aux femmes de cet âge remplissant les conditions financières nécessaires. Sauf que la perspective de voter me paraît irréelle, étant donné que le Royaume-Uni n'a pas organisé d'élections générales en huit ans et ne le fera pas avant la fin de la guerre – et Dieu seul sait dans quel état le monde sera alors.

Les deux premiers tramways sont pleins à craquer et me filent sous le nez. De nouvelles routes ont dû être coupées cette semaine. Quand le troisième arrive, je me force à jouer des coudes. Les marches aspergées d'acide phénique sont glissantes et mes semelles en caoutchouc n'y adhèrent pas du tout, si bien que je dois m'accrocher à la rampe pour monter au niveau supérieur pendant que le tramway repart en oscillant dans l'obscurité pâlissante. Mais les passagers de l'impériale ont l'air trempés. Voyant cela, je me réfugie sous l'auvent, où un grand autocollant dit :

METTEZ LA MAIN DEVANT VOTRE BOUCHE
AVANT DE TOUSSER OU D'ÉTERNUER...

LES IMBÉCILES ET LES TRAÎTRES
RÉPANDENT LA MALADIE.

Je me suis vite refroidie après mon trajet à vélo. Déjà, je commence à frissonner. Deux hommes sur un banc s'écartent légèrement afin que je puisse m'asseoir entre eux avec mon sac sur les genoux. La bruine qui tombe à l'oblique n'épargne aucun de nous.

Le tramway accélère dans un crissement de plus en plus strident et coupe la route à une file de fiacres. Aveuglés par leurs œillères, les chevaux ne bronchent pas. Non loin de là, un couple traverse d'un bon pas le halo de lumière d'un réverbère, tous deux bras dessus, bras dessous, leurs masques pointus semblables aux becs d'oiseaux inconnus.

Le contrôleur avance parmi nous. Sa lampe torche – une lampe plate, comme une flasque de whisky – déverse une lueur tremblante sur les genoux et les chaussures des passagers. Je sors mon penny moite de transpiration de mon gant et le dépose dans sa boîte en fer-blanc, en me demandant si l'acide phénique que j'entends clapoter à l'intérieur élimine vraiment tous les germes.

— Vous n'irez que jusqu'à la colonne Nelson avec ça, me met-il en garde.

— Le prix du billet a augmenté ?

— Vous n'y pensez pas, ça ferait un scandale. C'est juste que vous n'allez plus aussi loin avec 1 penny, maintenant.

Autrefois, j'aurais souri devant ce paradoxe.

— Et donc, pour me rendre à l'hôpital…

— Il faut compter un demi-penny de plus.

Je prends mon porte-monnaie dans mon sac et lui donne sa pièce.

Des enfants encombrés de valises entrent à la queue leu leu dans la gare au moment où nous passons devant. On les envoie à la campagne dans l'espoir qu'ils y seront en sécurité, mais d'après ce que j'ai entendu dire, l'épidémie fait rage partout en Irlande. Elle a des tas de noms différents. La grande grippe, la grippe marron, la grippe bleue, la grippe noire, ou tout simplement la grippe (ce mot m'a toujours évoqué une main lourde qui se poserait sur l'épaule des gens et les agripperait fort). Le mal, comme certains la désignent aussi par euphémisme. Ou la maladie de la guerre, pour ceux qui y voient un effet secondaire de ces quatre années de massacres, un poison né dans les tranchées et répandu dans le monde entier par toute cette pagaille.

Je m'estime heureuse, moi. Je fais partie de ceux qui s'en sont sortis presque indemnes. Début septembre, j'ai dû m'aliter. Tout mon corps était courbaturé et je connaissais assez l'évolution brutale de cette grippe pour ne pas faire la fière. Au bout du compte, je me suis rétablie en quelques jours. Les couleurs me sont apparues un peu argentées pendant plusieurs semaines, comme si j'observais le monde à travers du verre fumé. À part ça, je me sentais juste vaguement cafardeuse – pas de quoi en faire tout un plat.

Un jeune livreur en short aux jambes maigrelettes nous dépasse en trombe en soulevant une grande gerbe d'eau huileuse. Il n'y a pas beaucoup de circulation, mais Dieu que ce tramway avance lentement – pour économiser l'électricité, peut-être, ou se conformer à quelque nouveau décret. Je serais déjà à l'hôpital si notre responsable nous laissait venir en vélo.

À vrai dire, je pourrais enfreindre sa règle qu'elle n'en saurait rien. Cela fait trois jours qu'elle est adossée à ses oreillers dans le service des maladies infectieuses réservé aux femmes et qu'elle tousse trop pour réussir à parler. Mais je trouverais sournois de prendre cette liberté à son insu.

Au sud de la colonne Nelson, les freins du tramway crissent et couinent jusqu'à l'arrêt complet. Je jette un coup d'œil à la carcasse calcinée du bureau de poste derrière nous – l'un des six endroits où les rebelles se sont terrés pendant six jours en 1916, lors de l'insurrection de Pâques. Une entreprise inutile et perverse. Westminster n'était-il pas sur le point d'accorder son autonomie à l'Irlande avant que la guerre éclate et diffère cette décision ? Je n'ai rien contre le fait d'être dirigée par un gouvernement basé à Dublin plutôt qu'à Londres du moment que la transition s'accomplit de manière pacifique, mais les fusillades menées dans ces rues n'ont pas opéré la moindre avancée dans ce sens, pas vrai ? Elles ont juste donné à la plupart d'entre nous une raison de détester la petite bande qui a versé le sang en notre nom.

Plus loin, les boutiques rasées par des tirs d'obus britanniques pendant cette brève rébellion, comme la librairie où j'achetais des illustrés à Tim, ne montrent toujours aucun signe de reconstruction. Certaines rues secondaires demeurent barricadées avec des arbres abattus et des barbelés. Je suppose que le béton, le goudron, l'asphalte et le bois resteront tous hors de prix tant que durera la guerre.

Je pense à Delia Garrett. À Ita Noonan.

*Non, ne commence pas.*

Eileen Devine, la marchande des quatre saisons. Sa grippe a évolué en pneumonie – toute la journée d'hier, sa toux s'est accompagnée de crachats vert-rouge, et sa température n'a pas arrêté de faire le yo-yo.

*Stop, Julia.*

J'essaie de ne pas ruminer le sort de mes patientes entre deux journées de travail parce que ce n'est pas comme si je pouvais faire quoi que ce soit pour elles en attendant de retourner à l'hôpital.

Sur une palissade, une affiche annonçant un spectacle de variétés porte la mention « Annulé » tamponnée en diagonale, tandis qu'une publicité pour le championnat d'Irlande de hurling a été barrée de ces mots :

REPOUSSÉ POUR TOUTE LA DURÉE

Sous-entendu, de la guerre. On compte tant de magasins fermés pour cause d'employés terrassés par la grippe. Tant de bureaux aux stores abaissés, à l'entrée desquels des messages pleins de regrets ont été cloués. La plupart des entreprises encore ouvertes me paraissent désertes, à deux doigts de faire faillite faute de clients. Dublin est pareil à une grande bouche édentée.

Un parfum d'eucalyptus. Mon voisin de gauche presse un mouchoir imbibé de cette essence sur son nez. Certains en mettent sur leurs écharpes ou leurs manteaux maintenant. J'aimais cette odeur boisée avant qu'elle devienne synonyme de peur – et pourtant, je n'ai aucune raison de reculer devant quelqu'un qui éternue puisque je suis immunisée contre l'horrible grippe de cette saison. J'éprouve même un certain soulagement à me dire que je l'ai déjà eue.

Une violente quinte de toux derrière moi. Puis une deuxième. *Tchac, tchac.* On croirait un arbre en train d'être coupé avec une hache trop petite. Les autres passagers s'écartent comme un seul homme. Ce son ambigu pourrait être le début de la grippe ou un symptôme persistant chez un convalescent. Certes, il pourrait aussi trahir un rhume banal et inoffensif, voire un de ces tics nerveux qui se déclenchent dès qu'on y pense, à l'image d'un bâillement, mais, en ce moment, toute la ville a tendance à imaginer le pire, et ce n'est pas étonnant.

Devant une entreprise de pompes funèbres, j'aperçois trois corbillards aux chevaux déjà harnachés en prévision des enterrements de ce matin. Deux hommes en tablier portent sur leurs épaules un tas de planches en bois clair dans la ruelle menant à l'arrière – pour fabriquer de nouveaux cercueils, sans doute.

La lumière des réverbères s'atténue à mesure que le jour se lève. Le tramway double dans un bruit de ferraille un véhicule motorisé surchargé qui semble pencher sur le côté. Deux hommes donnent des coups de pied sur l'essieu arrière pendant qu'une dizaine de passagers en deuil attendent, assis sur les bancs, collés les uns contre les autres, comme si leur entêtement pouvait les assurer d'arriver à l'heure aux funérailles. La conductrice, désespérée, appuie le front sur son volant.

L'homme coincé contre mon coude droit braque une lampe de poche sur son journal. Je ne laisse plus entrer aucun quotidien à la maison de peur que cela mette Tim dans tous ses états. Avant, je lui tendais parfois un livre à lire le matin, mais la bibliothèque a exigé le retour de tous ses ouvrages la semaine dernière pour les placer en quarantaine.

La date en haut du journal me rappelle que c'est Halloween. La première page vante les mérites de la limonade chaude, d'une assurance-vie et des Cinna-Mint, les « pastilles germicides pour la gorge ». Les ex-voto sont nombreux à s'intercaler entre ces petites publicités.

SINCÈRES REMERCIEMENTS AU SACRÉ-CŒUR ET AUX ÂMES SAINTES POUR LA GUÉRISON DE NOTRE FAMILLE.

L'homme tourne la page, mais il n'y a rien derrière qu'un grand rectangle blanc et sale. Il en grogne de dépit.

Une voix masculine s'élève à côté de lui :

— Encore une coupure d'électricité. Ils ont dû être obligés d'abandonner l'impression en cours de route.

Une femme derrière nous intervient :

— Les employés du gaz sont plus efficaces, eux, et ils font de leur mieux pour permettre aux usines de continuer à fonctionner, même avec des effectifs réduits de moitié !

Mon voisin passe à la dernière page. Je tente de ne pas déchiffrer les titres dévoilés par le faisceau tremblant de sa lampe.

MUTINERIE NAVALE CONTRE LE KAISER

DES NÉGOCIATIONS DIPLOMATIQUES PLUS INTENSES QUE JAMAIS

Les gens pensent que les empires centraux ne pourront plus résister bien longtemps contre les Alliés, mais bon, cela fait des années qu'ils disent ça.

Je garde à l'esprit que la moitié de ces informations sont inventées. Ou déformées pour remonter le moral de la population. Ou au moins censurées pour qu'il ne tombe pas plus bas. Par exemple, nos journaux ont arrêté de publier le tableau d'honneur – les noms des soldats morts sur les champs de bataille. Des Irlandais qui se sont engagés au nom du roi et de l'empire, par désir de soutenir une cause juste – la défense des petites nations –, par manque de travail, pour vivre une aventure, ou encore, comme mon frère, parce qu'un copain y allait. J'ai parcouru ce tableau tous les jours durant les trois années, ou presque, où Tim a été stationné à l'étranger (Gallipoli, Thessalonique, Palestine – ces noms me font toujours frissonner). Chaque semaine, les colonnes s'allongeaient de quelques centimètres sous des intitulés qui m'évoquaient un macabre jeu de devinettes.

PORTÉS DISPARUS
FAITS PRISONNIERS PAR L'ENNEMI
BLESSÉS
BLESSÉS–TRAUMATISÉS
MORTS DES SUITES DE LEURS BLESSURES
MORTS AU COMBAT

Parfois, il y avait des photos. Des détails pour identifier les victimes. Des demandes d'informations. Mais, l'année dernière, les blessés sont devenus trop nombreux, le papier trop rare, et il a été décidé que la liste serait désormais uniquement communiquée aux personnes capables de payer 3 pence par semaine pour l'avoir.

Je ne remarque qu'un titre sur la situation sanitaire aujourd'hui, tout en bas à droite.

HAUSSE DES SIGNALEMENTS DE CAS DE GRIPPE

Un chef-d'œuvre d'euphémisme, à croire que seuls les signalements ont augmenté ou que la pandémie est juste le fruit de l'imagination collective. Je me demande si c'est le patron du journal qui a pris l'initiative de minimiser le danger ou s'il a reçu des ordres d'en haut.

La silhouette majestueuse et désuète de l'hôpital se détache soudain sur la toile livide du ciel. Mon estomac se tord. La faute à l'excitation ou bien au stress – difficile de distinguer les deux depuis quelque temps. Je me fraie un passage jusqu'à l'escalier et laisse la gravité m'aider à rejoindre la plate-forme inférieure du tramway.

Là, un homme se racle la gorge, puis crache par terre. Les gens cillent. Chaussures et ourlets reculent.

— Vous n'avez qu'à nous cribler de balles, pendant que vous y êtes ! geint une voix féminine.

En descendant du tramway, j'aperçois le dernier message officiel rédigé en lettres énormes et placardé presque tous les deux mètres.

UN NOUVEL ENNEMI
RÔDE PARMI NOUS : LA PANIQUE.
CE DÉCOURAGEMENT GÉNÉRAL QU'ON QUALIFIE DE
LASSITUDE FACE À LA GUERRE A OUVERT
LA VOIE À LA CONTAGION.

LES DÉFAITISTES SONT LES ALLIÉS
DE LA MALADIE

J'imagine que les autorités essaient de nous secouer un peu à leur manière toujours bien cassante, mais je trouve injuste d'accuser les malades de défaitisme.

En haut du portail de l'hôpital, il y a ces mots en fer forgé et doré sur lesquels la lumière des réverbères cessera bientôt de se refléter : *Vita gloriosa vita*. La vie, la glorieuse vie.

La première fois que je l'ai vue – j'avais tout juste 21 ans –, cette devise m'a fait frissonner de la tête aux pieds. Mon père avait craché la somme nécessaire pour me payer la formation de trois ans dispensée par l'école technique de soins infirmiers, et je devais venir en stage ici trois après-midi par semaine. C'est dans ce bâtiment massif de quatre étages, d'une beauté lugubre très victorienne, que j'ai appris tout ce que je sais d'important.

*Vita gloriosa vita.* Je n'avais encore jamais remarqué que la partie supérieure des lettres était noire de suie.

Je traverse la cour derrière deux bonnes sœurs en coiffe blanche et franchis les portes d'entrée à leur suite. Les religieuses ont la réputation d'être les infirmières les plus dévouées, celles qui font le plus preuve d'abnégation. Pour ma part, j'en doute – la seule chose dont je sois sûre, c'est qu'une poignée d'entre elles m'a donné la très nette impression au fil des ans de n'être qu'une soignante de seconde catégorie. De même que la plupart des établissements de santé, des écoles et des orphelinats en Irlande, cet hôpital ne pourrait pas fonctionner sans l'expertise et le travail des divers ordres religieux. La majorité du personnel est catholique, mais nous sommes ouverts à tous les habitants de la capitale (même si les protestants vont en général dans leurs propres dispensaires, quand ils n'engagent pas des infirmières privées).

Je devrais être à la campagne en ce moment. Ayant trois jours pleins à prendre, je comptais aller me reposer et respirer un peu d'air pur dans la ferme de mon père, mais j'ai été obligée de lui envoyer un télégramme à la dernière minute pour lui expliquer que mon congé était annulé. Le service ne peut pas se passer de moi – pas alors que tant d'infirmières, y compris notre responsable, sont clouées au lit par la grippe.

La ferme de mon père et de sa femme, devrais-je dire. Tim et moi sommes très courtois avec notre belle-mère, tout comme elle avec nous. Bien qu'elle n'ait pas eu d'enfants, elle nous a toujours tenus légèrement à distance, et je suppose que nous avons fait pareil. Au moins n'a-t-elle rien à nous reprocher maintenant que nous sommes adultes et que nous subvenons nous-mêmes à nos besoins à Dublin. Ma profession est mal rémunérée, c'est bien connu, mais mon frère et moi parvenons à payer le loyer d'une petite maison – essentiellement grâce à la pension militaire de Tim.

L'urgence me fait presser le pas. Eileen Devine, Ita Noonan, Delia Garrett. Comment l'état de mes patientes a-t-il évolué en mon absence ?

Ces derniers temps, je trouve qu'il fait plus froid à l'intérieur de l'hôpital qu'à l'extérieur. Les lumières sont baissées et les feux de charbon chichement alimentés. Chaque semaine, de nouveaux cas de grippe arrivent dans nos services et de nouveaux lits sont ajoutés tant bien que mal. L'ordre rigoureux observé ici d'habitude – qui avait jusqu'alors survécu aux perturbations et aux pénuries engendrées par quatre années de guerre, et même aux six jours de fusillades de l'insurrection de Pâques – n'y résiste pas cette fois. Les membres du personnel tombés malades disparaissent comme les pions d'un jeu d'échecs. Les autres se débrouillent, travaillent plus dur, plus vite, et font plus que leur part. Malgré ça, ce n'est pas suffisant. Cette grippe engorge tout l'hôpital.

Pas seulement l'hôpital, du reste, mais toute la ville de Dublin. Tout le pays. Pour ce que j'en vois, la planète entière est semblable à une machine qui se serait enrayée. Partout dans le monde, des panneaux rédigés dans des centaines de langues surgissent pour inciter les gens à mettre une main devant leur bouche quand ils toussent. La situation n'est pas pire chez nous qu'ailleurs, alors il ne rime à rien de s'apitoyer sur son sort ou de paniquer.

Aucun signe de notre portier ce matin. J'espère qu'il n'est pas malade. Il n'y a là qu'une femme de ménage occupée à lessiver le sol avec de l'acide phénique autour d'une Vierge Marie en robe bleue.

En passant devant le bureau des admissions pour monter au service des maladies infectieuses de la maternité, je reconnais une infirmière débutante derrière son masque. Du sang macule son tablier de haut en bas, comme si elle sortait d'un abattoir. Il n'y a pas à dire, les normes se relâchent.

— Mademoiselle Cavanagh, vous arrivez du bloc opératoire ?

Elle secoue la tête et me répond d'une voix rauque :

— Ça s'est produit à l'instant, sur le chemin de l'hôpital, mademoiselle Power. Une femme a insisté pour que je vienne voir un homme qui était tombé dans la rue. Il avait le visage tout noir et n'arrêtait pas de tirer sur son col.

Je pose une main sur son poignet dans l'espoir de la calmer.

— J'ai essayé de l'asseoir sur les pavés et de déboutonner sa chemise..., continue-t-elle, le souffle saccadé.

— C'est très bien.

— ... mais il a été pris d'une grosse quinte de toux et...

Elle me montre son tablier taché avec ses doigts poisseux grands écartés.

Je perçois l'odeur du sang, âcre et métallique.

— Oh, mon Dieu. Il est passé au triage ?

Mais en suivant son regard, je vois un brancard recouvert d'un drap sur le sol derrière elle, et je me dis qu'il est sûrement trop tard, qu'on ne peut plus rien faire. La personne qui a aidé Mlle Cavanagh à ramener cet homme à l'hôpital a dû les abandonner là tous les deux.

Je m'accroupis et glisse une main sous le drap pour chercher un pouls au niveau du cou. Rien.

Quelle étrange maladie. Elle met des mois à venir à bout de certains patients, qu'elle doit attaquer sournoisement par le biais de complications pneumoniques avant de progresser pas à pas. D'autres, à l'inverse, succombent en quelques heures. Ce pauvre type a-t-il ignoré stoïquement ses douleurs, sa fièvre et sa toux jusqu'à ce moment où, dans la rue, il s'est soudain retrouvé incapable de marcher et de parler – incapable de tout, si ce n'est de cracher son sang sur une infirmière ? Ou se sentait-il bien encore ce matin, alors même que la tempête couvait en lui ?

L'autre jour, un ambulancier m'a rapporté une histoire horrible : son équipe et lui étaient partis avec leur véhicule après avoir reçu un appel téléphonique d'une jeune femme (elle-même en parfaite santé, disait-elle, contrairement à l'un des occupants de sa pension, à l'évidence bien malade, et à deux autres pas très en forme). À leur arrivée, quatre cadavres les attendaient.

Je me rends compte que l'infirmière n'a pas osé quitter ce couloir devant le bureau des admissions, même pour aller chercher main-forte, au cas où quelqu'un trébucherait sur le défunt. Cela me rappelle mes débuts et la peur paralysante que j'avais à l'époque d'enfreindre une règle en essayant d'en respecter une autre.

— Je dirai aux aides-soignants de le descendre à la morgue. Allez boire un thé.

Elle trouve la force d'acquiescer.

— Vous ne devriez pas porter un masque ? me demande-t-elle brusquement.

— J'ai eu la grippe le mois dernier.

— Moi aussi, mais…

— Eh bien quoi ? dis-je en m'efforçant de paraître bienveillante plutôt qu'agacée. On ne peut pas l'attraper deux fois.

Elle cligne des yeux, l'air incertaine, tel un lapin pétrifié sur des rails.

Je la laisse là et longe le couloir en direction de la salle des aides-soignants.

Trois types vêtus de blanc jusqu'aux genoux et coiffés de charlottes froissées, à la manière de garçons bouchers, fument dans la pièce. Les effluves du tabac me donnent envie de griller une Woodbine. (L'infirmière en chef nous a toutes obligées à renoncer à cette sale habitude, mais je rechute une fois de temps en temps.)

— Excusez-moi, il y a un cadavre devant le bureau des admissions.

L'un des aides-soignants ricane faiblement.

— Il ne s'est pas pointé au bon endroit, celui-là !

Nichols, c'est ainsi qu'il s'appelle. Ni-Nez Nichols. Une formule horrible, mais ce genre de truc m'aide à mémoriser les noms. Un masque en cuivre fin et émaillé recouvre l'ancien emplacement de son nez et de sa joue gauche – un masque d'un réalisme troublant avec sa teinte bleutée, pareille à celle d'une peau rasée, et sa vraie moustache fixée dessus.

L'homme à ses côtés, celui aux mains tremblantes, c'est O'Shea. O'Shea La Tremblote.

Groyne, le dernier de la bande, pousse un soupir.

— Encore une âme rappelée à Dieu !

Ces trois-là ont été brancardiers dans l'armée. Ils se sont enrôlés ensemble, dit-on, mais seuls O'Shea et Nichols ont été envoyés au front. Le manque de matériel y était tel que lorsqu'ils n'avaient plus de brancard, ils devaient traîner les blessés sur des manteaux, parfois même sur des barbelés entremêlés. Groyne, lui, a eu la chance d'être affecté dans un hôpital militaire, loin de la mitraille, et de revenir aussi intact qu'une lettre retournée à son expéditeur. O'Shea, Nichols et lui sont restés copains, mais il est celui des trois que je ne peux pas m'empêcher de trouver antipathique.

— On l'appellera l'Anonyme des Admissions, psalmodie-t-il. Il est dans l'au-delà, à présent. *Ad patres.*

L'aide-soignant a un stock inépuisable d'euphémismes savants pour évoquer la Grande Faucheuse. « Elle a passé l'arme à gauche », dit-il parfois quand une patiente décède.

« Elle a avalé sa chique », ou « Elle mange les pissenlits par la racine, maintenant ».

Ce que je lui reproche aussi, c'est de s'attribuer des talents de crooner. Et le voilà justement qui entonne un chant lugubre.

— *Goodbye-ee. Goodbye-ee…*

La voix nasillarde de Nichols lui fait écho :

— *Wipe the tear, baby dear, from your eye-ee*[1].

Je serre les dents. Nous autres, infirmières, nous avons des années de formation derrière nous – un diplôme théorique de l'école technique, un diplôme pratique de l'hôpital et un troisième dans une spécialité choisie –, et pourtant les aides-soignants aiment nous prendre de haut, comme si la faiblesse féminine nous rendait dépendantes d'eux. Mais on gagne toujours à rester poli, c'est donc ce que je fais :

— Pourriez-vous descendre M. Anonyme à la morgue quand vous aurez un moment ?

— Tout ce que vous voulez, mademoiselle Power, me répond O'Shea.

Groyne écrase sa cigarette dans le cendrier débordant et la range dans sa poche de poitrine pour plus tard, le tout sans cesser de chanter.

*Don't cry-ee, don't sigh-ee,*
*There's a silver lining in the sky-ee.*
*Bonsoir, old thing, cheerio, chin chin,*
*Napoo, toodle-oo, goodbye-ee*[2].

---

1. « Adieu, adieu/Ma douce, essuie les larmes dans tes yeux. » Chanson populaire de l'époque, comme toutes celles citées dans le roman. *(Toutes les notes sont de la traductrice.)*

2. « Ne pleure pas, ne soupire pas/Vois plutôt le bon côté des choses/Bonsoir, vieille branche, tchao, bye bye/C'est fini, à la revoyure, salut. »

— Merci beaucoup, messieurs, dis-je.

En repartant vers l'escalier, je m'aperçois que la tête me tourne un peu. Normal, je n'ai rien mangé ce matin.

Direction le sous-sol, donc. Pas à droite, vers la morgue, mais à gauche, là où une cantine temporaire a été aménagée près des cuisines. Notre réfectoire au rez-de-chaussée ayant été réquisitionné pour accueillir des malades, les repas du personnel sont maintenant servis dans une salle carrée et aveugle qui empeste l'encaustique, le porridge et l'angoisse.

Médecins et infirmières doivent s'y mélanger, mais nous sommes si peu nombreux à être encore vaillants et sur le pont que la queue du petit déjeuner n'est pas très longue. Les gens s'appuient contre les murs le temps d'avaler à la hâte une saucisse bizarre accompagnée d'une substance couleur jaune d'œuf. La moitié à peu près portent un masque – ceux qui n'ont pas eu la grippe ou qui, comme Cavanagh, sont trop sur les nerfs pour se passer du sentiment de protection offert par cette fragile couche de gaze.

— Vingt heures de travail après quatre heures de sommeil ! s'insurge une voix de petite fille derrière moi.

Je reconnais l'une des élèves infirmières arrivées cette année. Peu habituées à officier à temps complet, elles n'ont pas notre endurance.

— On étend les patients par terre maintenant, se plaint un médecin. Je ne trouve pas ça très hygiénique.

— Ça vaut sans doute mieux que de les renvoyer chez eux, répond son voisin.

En regardant autour de moi, je suis frappée de voir quelle bande de bras cassés nous formons. Plusieurs des praticiens présents sont visiblement âgés, mais l'hôpital a besoin qu'ils restent jusqu'à la fin de la guerre afin de remplacer les plus jeunes enrôlés dans l'armée. Certains médecins et infirmières, assez blessés pour être démobilisés, mais pas pour prétendre à une pension militaire à taux plein, sont revenus ici malgré leur claudication, leurs cicatrices, leur asthme, leurs migraines, leurs colites, leurs crises de paludisme ou leur tuberculose. Une infirmière du service de chirurgie pédiatrique lutte même contre la conviction chronique que des insectes rampent sur tout son corps.

Il n'y a plus que deux personnes devant moi à présent. Mon estomac gargouille.

— Julia !

Je souris à Gladys Horgan, qui se fraie un chemin vers moi à travers un groupe massé devant le buffet. On était très amies durant notre formation, il y a presque dix ans de ça, mais on se voit moins depuis que je me suis spécialisée en obstétrique, et elle dans les pathologies ORL et ophtalmologiques. Une partie de notre classe a atterri dans des hôpitaux privés ou des hospices, et entre celles qui ont quitté le métier pour se marier, ou parce qu'elles avaient trop mal aux pieds, ou parce qu'elles ne supportaient pas la pression, nous ne sommes plus beaucoup sur le terrain. Gladys loge à l'hôpital avec d'autres infirmières, alors que j'habite avec Tim. Ça aussi, ça nous a éloignées, j'imagine. À la fin de la journée, ma première pensée est toujours pour mon frère.

— Tu ne devrais pas être en congé ? me sermonne Gladys.

— Annulation de dernière minute.

— Ah, ça ne m'étonne pas. Bon ben, courage, hein.

— À toi aussi, Gladys.

— Il faut que je file. Oh, il y a du café instantané.

Je grimace.

— Tu y as déjà goûté ? me demande-t-elle.

— Une fois, pour tester quelque chose de nouveau, mais il est immonde.

— Du moment que ça m'aide à tenir...

Gladys avale son café d'un trait, se lèche les babines, puis laisse sa tasse sur la table de la vaisselle sale.

Peu désireuse de rester là sans personne avec qui bavarder, je me dépêche de prendre un chocolat dilué et une tranche de pain de guerre – un pain toujours noir, à base d'orge, d'avoine et de seigle, c'est certain, mais pas seulement, puisqu'on y trouve parfois aussi du soja, des haricots, du sagou, et même quelques copeaux de bois.

Pour compenser le temps perdu avec les aides-soignants, je mange et bois en remontant l'escalier. Ma responsable serait horrifiée par ces manières, mais comme dirait Tim – s'il était capable de dire quoi que ce soit : tout fout le camp.

Le jour s'est levé sans que je m'en rende compte, et les pâles rayons du soleil de cette fin octobre frappent les fenêtres orientées à l'est.

Je fourre le reste de mon bout de pain dans ma bouche en franchissant une porte sur laquelle est fixé un écriteau rédigé à la main.

**Maternité / Maladies infectieuses**

Pas un service hospitalier à proprement parler. Juste une réserve reconvertie le mois dernier, quand nos supérieurs ont compris que non seulement le nombre de femmes enceintes touchées par la grippe augmentait dans des proportions alarmantes, mais que cette maladie se révélait aussi particulièrement dangereuse pour elles et leurs bébés.

L'infirmière responsable est une laïque, comme moi. Mme Finnigan a supervisé mon diplôme de spécialisation en obstétrique, et j'ai été flattée la semaine dernière quand elle m'a choisie pour gérer cette petite salle avec elle. Les femmes enceintes et malades de la grippe admises à l'hôpital nous sont envoyées dès lors qu'elles sont à un stade avancé de leur grossesse, et la maternité au deuxième étage nous transfère aussi toutes celles présentant une poussée de fièvre, des courbatures ou des quintes de toux.

Nous n'avons encore eu aucun accouchement – un signe de la miséricorde divine, selon Mme Finnigan, étant donné que nous sommes bien mal équipées. Je n'ai jamais oublié cette phrase de notre manuel de formation :

« L'environnement de la parturiente doit être propice à la sérénité. »

Ma foi, ce service improvisé est plutôt propice à l'agacement, tant on y manque de place. Des lampes à piles sur les tables de chevet font office de veilleuses électriques. Au moins, nous disposons d'un évier ainsi que d'une fenêtre pour aérer les lieux, mais il n'y a pas de cheminée, si bien qu'on doit maintenir les patientes au chaud en les emmitouflant.

La salle ne comportait que deux petits lits métalliques au début, mais nous en avons casé un troisième afin de ne pas avoir à refuser Eileen Devine. Je la cherche tout de suite des yeux. Ita Noonan ronfle, tandis que Delia Garrett, vêtue d'une liseuse, d'une étole et d'un foulard, tient un magazine entre ses mains. Mais le lit entre elles est vide et recouvert de draps propres bien tendus.

Mon morceau de pain se transforme en caillou dans ma gorge. La marchande des quatre saisons était trop malade pour qu'on lui ait dit de repartir chez elle, non ?

Delia Garrett me jette un regard furieux.

L'infirmière de nuit se lève avec peine de sa chaise.

— Mademoiselle Power, dit-elle.

— Sœur Luke.

L'Église considère comme indécent que des religieuses travaillent dans des salles d'accouchement, mais la pénurie de sages-femmes est telle que notre responsable – qui se trouve appartenir au même ordre que sœur Luke – a réussi à persuader ses supérieures de nous prêter cette infirmière généraliste expérimentée. *Pour toute la durée*, comme on dit par euphémisme.

Je ne me sens pas capable de demander des nouvelles d'Eileen Devine d'une voix posée. Je termine donc mon chocolat, qui a maintenant un goût de bile, et rince ma tasse dans l'évier.

— Mme Finnigan n'est pas encore là ?

Sœur Luke pointe un doigt vers le plafond.

— Elle a été appelée à la maternité.

Sa réponse a quelque chose de sinistre, comme les joyeuses formules de Groyne face à un décès.

Elle ajuste ensuite l'élastique de son cache-œil, telle une marionnette tirant elle-même sur ses fils. Comme bon nombre de ses collègues, elle s'est portée volontaire pour aller au front, et elle y est restée jusqu'au jour où un éclat d'obus l'a renvoyée chez elle avec un œil en moins. Entre son voile et son masque blanc, la seule bande de peau visible sur son visage est la zone autour de son autre œil.

Elle s'approche de moi en me montrant le lit vide.

— Cette pauvre Mme Devine est tombée dans le coma vers 2 heures du matin et a rendu l'âme à 5 h 30. *Requiescat in pace.*

Et elle fait le signe de croix sur la guimpe d'un blanc immaculé qui recouvre sa large poitrine.

J'ai le cœur serré au souvenir d'Eileen Devine. L'homme-squelette se joue vraiment de nous tous. C'est ainsi qu'on appelait la mort dans ma campagne, quand on était petits – l'homme-squelette, ce spectre à cheval qui va chercher ses victimes d'une maison à une autre en gardant son crâne ricanant coincé sous son bras.

En silence, j'accroche ma cape et mon manteau à une patère avant d'échanger mon chapeau de paille détrempé contre une coiffe blanche. Puis je sors un tablier de mon sac et le noue par-dessus mon uniforme vert.

Les mots jaillissent de la bouche de Delia Garrett :

— Quand je me suis réveillée, j'ai vu des hommes remonter un drap sur sa tête et l'emporter hors de la pièce !

Je m'avance vers son lit.

— Je comprends que vous soyez bouleversée, madame Garrett. Nous avons fait tout notre possible pour Mme Devine, je vous assure, mais la grippe s'était logée dans ses poumons et, à la fin, son cœur a cessé de battre.

Delia Garrett renifle en tremblant et repousse en arrière une mèche de ses cheveux.

— Je ne devrais pas être à l'hôpital. D'après mon médecin, je ne suis pas gravement atteinte.

C'est sa rengaine depuis qu'elle nous a été envoyée hier par la très distinguée clinique protestante, où les deux sages-femmes de service ont été mises K.-O. par la grippe. Delia Garrett est arrivée chez nous avec un chapeau à rubans et des gants, pas un vieux châle comme nos autres patientes. Elle a 20 ans, l'accent raffiné des habitants du sud de Dublin, et cette apparence soignée qui va de pair avec l'aisance matérielle.

Sœur Luke retire d'un coup sec ses manches détachables et reprend sa volumineuse cape noire.

— Mme Garrett a passé une bonne nuit, m'informe-t-elle.

— Une bonne nuit ! lance Delia Garrett en toussant dans sa main. Dans ce petit cagibi, sur un lit de camp qui me casse les reins, et avec des gens qui meurent à droite et à gauche ?

— Ma collègue veut juste dire par là que vos symptômes grippaux n'ont pas empiré.

Je fourre un thermomètre dans la poche de mon tablier, ainsi que ma montre à gousset en argent. Puis je vérifie ma ceinture, mes boutons. Tout doit être attaché sur le côté afin de ne pas risquer d'égratigner les patientes.

— Alors laissez-moi rentrer chez moi ! proteste Delia Garrett. Pourquoi vous ne voulez pas ?

L'infirmière m'a prévenue que son pouls – un indicateur de sa tension artérielle – était toujours ample.

Sachant que celui des femmes enceintes s'accélère souvent après le cinquième mois de grossesse, Mme Finnigan et moi n'avons pas réussi à déterminer si la grippe de Delia Garrett était responsable ou non de son hypertension. Quelle qu'en soit la cause, cependant, il n'existe qu'un seul traitement : se reposer et se calmer.

— Je compatis, madame Garrett, mais il vaut mieux qu'on vous garde en observation jusqu'à ce que vous vous sentiez tout à fait bien.

Je vais ensuite me laver les mains en savourant presque la brûlure du savon carbolique. S'il ne piquait pas un peu, je ne lui ferais pas confiance.

Je jette un coup d'œil à la femme endormie sur le lit de gauche.

— Et comment va Mme Noonan, ma sœur ?

— Pas grand-chose de nouveau.

En clair, Ita Noonan est toujours dans les vapes. Depuis hier, notre patiente a l'esprit tellement confus que même si le pape venait de Rome lui rendre visite, elle ne s'en apercevrait pas. Le seul point positif, c'est que son délire est du genre apathique et qu'il ne la pousse pas comme d'autres malades à nous courir après, à nous taper ou à nous cracher dessus.

— Je lui ai posé un cataplasme juste avant qu'elle s'endorme, continue sœur Luke. Il faudra le changer d'ici 11 heures.

J'acquiesce à contrecœur. Devoir préparer cette pâte à base de farine de lin et l'appliquer sur la poitrine des patientes congestionnées est une corvée pour moi. Les infirmières les plus âgées ne jurent que par ce remède mais, à ma connaissance, il n'a pas plus d'effet qu'une bouteille d'eau chaude.

— Quand Mme Finnigan reviendra-t-elle ?

— Oh, j'ai peur que vous ne puissiez pas compter sur elle, mademoiselle Power. Mme Finnigan est chargée de la maternité aujourd'hui. Ils ont quatre accouchements à gérer en même temps, et il ne reste que le Dr Prendergast.

Les médecins sont aussi rares que les trèfles à quatre feuilles. Cinq des nôtres se sont engagés dans l'armée et servent en Belgique ou en France. Un autre, embrigadé par les rebelles, est emprisonné à Belfast, et les six derniers sont malades.

— Je remplace donc la responsable du service ? dis-je, la bouche sèche.

Sœur Luke hausse les épaules.

— Dans de telles circonstances, mieux vaut ne pas poser de questions.

Que sous-entend-elle ? Que nos supérieurs ne prennent pas forcément une sage décision ? Ou bien que je ne devrais pas protester devant ce nouveau fardeau qui m'incombe ?

— Mlle Geoghan manque à l'appel, elle aussi, ajoute la religieuse.

Je soupire. Marie-Louise Geoghan m'aurait été d'une grande aide. Elle a beau ne pas s'y connaître beaucoup encore en obstétrique, elle sait très bien s'occuper des malades, et la crise actuelle lui a permis de décrocher son diplôme rapidement.

— Je suppose qu'on m'enverra une débutante ou une stagiaire à la place ?

— Je ne supposerais rien si j'étais vous, mademoiselle Power.

Prête à partir, sœur Luke ajuste sa cornette et attache sa cape noire sous son menton.

— Une bénévole, au moins ? Une autre paire de bras ?

— J'en toucherai un mot au service du personnel en sortant. On verra ce que je peux vous obtenir.

Je me force à la remercier.

Tandis que la porte se referme sur elle, je remonte mes manches jusqu'au coude. Puis je boutonne mes longues manchettes amidonnées. *Seule à la tête du service*, me dis-je. *Quand faut y aller, faut y aller. Pas le temps de se lamenter.*

Tout d'abord, de la lumière. Je m'approche de la petite fenêtre située en hauteur et j'incline les lamelles vertes du store vers moi. Au-dessus du port de Dublin, un ballon dirigeable guette d'éventuels sous-marins allemands.

On m'a appris que chaque patient devait disposer d'un espace de 27 mètres cubes, c'est-à-dire 3 mètres sur 3 mètres par lit. Dans ce service de fortune, on est plus près des 3 mètres sur 1 mètre. J'entrouvre la partie supérieure de la fenêtre pour aérer la salle.

— Comme s'il n'y avait pas déjà un courant d'air ! se plaint aussitôt Delia Garrett.

— La ventilation est indispensable à la guérison, madame Garrett. Voulez-vous que j'aille vous chercher une autre couverture ?

— Oh, ne vous embêtez pas.

Et elle se replonge dans son magazine.

Le lit aux draps bien tendus entre elle et Ita Noonan est comme un reproche, une tombe qui me bloque le passage. Je me remémore les traits affaissés d'Eileen Devine, son dentier qu'elle gardait dans un verre posé sur son chevet. (Chaque bébé semble coûter quelques dents aux femmes des quartiers pauvres.) Elle avait tant apprécié le bain chaud que je lui avais fait prendre deux jours plus tôt – le premier de sa vie, m'avait-elle confié. Quel luxe !

J'aimerais pousser son lit vide sur le palier afin de libérer un peu de place, mais il ne ferait que gêner à cet endroit. Et je suis prête à parier que nous ne tarderons pas à récupérer une nouvelle patiente.

Le dossier d'Eileen Devine a déjà disparu du mur où il était accroché à un clou. Sans doute a-t-il rejoint le meuble d'angle sous l'entrée « 31 octobre ». (Nous les classons par date de sortie, ce qui correspond parfois à la date de décès.) Si c'était moi qui avais rédigé la conclusion de ces deux pages couvertes de tout petits caractères, j'aurais été tentée d'inscrire « Usée jusqu'à l'os ». Mère de cinq enfants à 24 ans, descendante sous-alimentée de générations d'Irlandais sous-alimentés, le teint livide, les yeux rouges, la poitrine presque inexistante, les pieds plats et les membres maigrelets, avec des veines semblables à un entrelacs de ficelles bleues, Eileen Devine a marché toute sa vie adulte au bord d'un gouffre. Au fond, cette grippe l'a juste fait basculer dans le vide.

Elles sont toujours debout, ces mères dublinoises, toujours en train de rogner sur ce qu'elles peuvent et de servir à manger à leurs hommes et à leurs mômes, tandis qu'elles-mêmes se nourrissent de ce qu'ils laissent dans leurs assiettes et boivent des litres de thé noir dilué. Les quartiers dans lesquels elles réussissent sans qu'on sache comment à subsister constituent à mon sens une donnée aussi pertinente qu'un pouls ou une fréquence respiratoire, mais seuls les commentaires d'ordre médical sont autorisés dans un dossier. À la place de « pauvreté », j'aurais donc écrit « malnutrition » ou « extrême faiblesse ». Et au lieu de « grossesses trop nombreuses », j'aurais peut-être mis « anémie, insuffisance cardiaque, douleurs dorsales, fragilité osseuse, varices, abattement, incontinence, fistules », « déchirure du col de l'utérus » ou « prolapsus utérin ». Un dicton glaçant entendu dans la bouche de plusieurs patientes me revient en mémoire. Une femme n'aime pas son mari si elle ne lui fait pas douze enfants. Dans d'autres pays, certaines prendraient peut-être des mesures pour éviter ça, mais en Irlande de telles choses ne sont pas seulement illégales, elles sont aussi taboues.

*Concentre-toi, Julia.* Je me répète ces mots en silence pour me faire peur : *responsable suppléante du service.*

Il faut que j'oublie Eileen Devine et que je me consacre entièrement aux vivants.

Parce qu'on examine en premier les patients les plus malades, je contourne le cadre squelettique du lit vide et saisis le dossier médical situé à gauche.

— Bonjour, madame Noonan.

La mère de sept enfants ne bouge pas. Ita Noonan est arrivée en fauteuil roulant il y a six jours, sans la toux caractéristique de la grippe, mais avec de la fièvre. Sa tête, son dos et ses articulations lui faisaient aussi mal que si elle avait été renversée par un bus, a-t-elle dit. Elle tenait encore des propos cohérents, à ce moment-là.

Elle nous a parlé en détail de son emploi à l'usine d'armement, où ses doigts sont devenus tout jaunes à force de manipuler du TNT. Elle compte y retourner dès qu'elle sera remise, malgré ce qu'elle appelle plaisamment sa patte folle. (La droite a enflé et doublé de volume depuis sa dernière grossesse. Elle est dure, froide, et sa peau desquamée ne conserve pas l'empreinte d'une pression prolongée. Ita Noonan est censée éviter de prendre appui dessus – il faudrait même qu'elle la surélève, en fait –, mais comment pourrait-elle y arriver pendant ses journées de travail ?) Une fois qu'elle aura accouché, en janvier, elle retrouvera son poste, son salaire faramineux et ses repas bon marché. Sa fille aînée lui amènera le bébé afin qu'elle le nourrisse, nous a-t-elle assuré. M. Noonan est sans emploi depuis l'année où les patrons ont fermé leurs usines pour briser le syndicat des ouvriers. Il a tenté de s'engager dans l'armée, mais a été refusé au motif qu'il avait une hernie (alors qu'un de ses copains au bras atrophié avait gardé sa veste et été accepté, lui). Il se promène maintenant avec un orgue de Barbarie. Ita Noonan meurt d'envie de savoir comment vont ses enfants, seulement les visites ne sont pas autorisées à cause de l'épidémie, et son mari n'est pas du genre à écrire. Oh, elle a la langue bien pendue, la plaisanterie facile et des idées très arrêtées. Elle s'est lancée dans une diatribe contre l'insurrection de 1916 en soulignant que son équipe de canaris[1] – uniquement des filles loyales envers Sa Majesté – n'avait pas raté une journée de travail et avait même rempli huit cents obus cette semaine-là.

Sauf qu'hier, sa respiration est devenue plus bruyante et sa température est montée en flèche, embrouillant son cerveau. Bien que sœur Luke lui ait donné de fortes doses d'aspirine, je lis sur son dossier qu'elle a eu deux poussées de fièvre la nuit dernière – une à 39,8 °C, l'autre à 40,5 °C.

J'essaie de coincer le thermomètre sous sa langue sans la réveiller, mais en la voyant s'agiter, je le retire vivement

1. Canaris (ou « munitionnettes ») : surnom donné aux ouvrières chargées de remplir les obus dans les usines d'armement en raison de leur peau jaunie par le TNT.

avant que les dents qu'il lui reste se referment dessus. Toutes les infirmières commettent un jour cette erreur et se retrouvent avec un patient qui crache du verre et du mercure.

Ita Noonan cligne des yeux avec l'air de ne pas reconnaître la pièce où elle est. Elle tente ensuite d'arracher les bandes qui maintiennent son cataplasme chaud sur sa poitrine. Son châle enroulé autour de sa tête glisse en dévoilant des cheveux fins et courts qui se dressent sur son crâne comme les épines d'un hérisson.

— C'est moi, madame Noonan. Je vois qu'on vous a fait une coupe.

— Sœur Luke a tout fourré dans un sac en papier, marmonne Delia Garrett.

Certaines vieilles infirmières prétendent que couper les cheveux à une patiente fiévreuse fait baisser sa température et qu'ils repousseront plus tard, alors que ceux tombés d'eux-mêmes – un problème fréquent avec la grippe de cette année – ne reviennent pas. Ce sont des superstitions, bien sûr, mais me disputer avec sœur Luke à ce sujet n'en vaut pas la peine.

Delia Garrett effleure sa propre coiffure, autrement plus élégante.

— Même si la pauvre finit toute chauve, dit-elle, elle pourra faire réaliser une perruque avec les mèches qu'on lui a mises de côté.

— Laissez-moi juste prendre votre température, madame Noonan.

J'ouvre le col de sa chemise de nuit. Un thermomètre placé sous le bras nécessite d'attendre deux minutes au lieu d'une et donne une mesure inférieure d'un demi-degré à la réalité, mais au moins n'y a-t-il pas de risque que le patient morde le verre. Ita Noonan porte un crucifix en étain accroché à une chaîne. Un crucifix pas plus grand que la dernière jointure de mon doigt. Les gens ne jurent que par les objets sacrés depuis quelque temps : on dirait des talismans contre la terreur. Je colle mon thermomètre contre son aisselle humide.

— Et voilà.

Le souffle court, Ita Noonan me répond sans logique :

— Des tranches de bacon !

— Tout à fait.

Il ne faut jamais contrarier un patient délirant.

Se pourrait-il qu'elle ait faim ? Dans son état, c'est peu probable. Les personnes les plus atteintes par la grippe n'ont aucun appétit. À 33 ans, cette femme est épuisée, pâle à l'exception de ses joues écarlates, et son gros ventre est tout dur. Sur sa fiche, je vois :

**Onze accouchements**
**Sept enfants en vie**

Et ce douzième qui n'est pas attendu avant deux mois et demi. Comme elle n'a pas été capable de nous indiquer le moment approximatif de la conception, ni celui où elle a senti les premiers mouvements du bébé, Mme Finnigan a dû estimer la date du terme en se fondant sur la hauteur de l'utérus.

Je me rappelle que mon travail ne consiste pas à guérir tous les maux d'Ita Noonan, mais à faire en sorte qu'elle surmonte sans encombre cette épreuve particulière, à ramener sa barque dans le courant de ce que j'imagine être une existence à peine supportable.

J'appuie deux doigts sur sa peau entre le tendon et l'os de son poignet, du côté du pouce. De ma main gauche, je sors ma lourde montre, compte 23 pulsations en quinze secondes et les multiplie par quatre.

**Fréquence du pouls : 92**

Élevée, mais acceptable. J'inscris le résultat en tout petits caractères – une obligation en ces temps de guerre, pour économiser le papier. Le rythme est régulièrement irrégulier, chose typique en cas de fièvre.

**Force du pouls : normale**

Un maigre soulagement.

Le verre du thermomètre accroche sa peau fatiguée lorsque je le retire de sous son bras. Le mercure indique 38,3 °C, soit l'équivalent de 38,8 °C pour une prise orale. Rien de très alarmant, mais la température des patients est en général au plus bas en début de matinée, et la sienne va remonter. Je marque un point sur le graphique et le relie au précédent. Très souvent, la courbe ainsi dessinée forme une chaîne de montagnes familière et caractéristique des différents stades d'une maladie – exposition, incubation, invasion, défervescence et convalescence.

Ita Noonan respire bruyamment et devient plus prolixe.

— Dans l'armoire, avec le cardinal ! lance-t-elle avec son accent des quartiers pauvres.

— Mmm. Restez tranquille, on s'occupe de tout.

*On ?* Je me rappelle alors que je suis seule aujourd'hui.

Sa poitrine peine à se soulever, et ses seins sont comme deux fruits pourris sur les branches tombées d'un arbre. Six inspirations en quinze secondes. J'effectue une multiplication.

**Fréquence respiratoire : 24**

C'est assez élevé.

**Léger battement des ailes du nez**

De ses doigts tachés, elle me fait signe de m'approcher davantage. Je me penche et suis assaillie par une odeur de farine de lin et d'autre chose… une dent cariée ?

— Il y a un bébé, murmure-t-elle.

Je ne suis pas sûre de l'âge de son dernier-né. Certaines de ces femmes ont parfois la malchance d'en avoir deux la même année.

— Vous avez un petit à la maison ?

Sans vraiment le toucher, sans même le regarder, elle me montre d'un air cachottier son gros ventre sous sa chemise de nuit trempée de sueur.

— Oh, oui, vous en avez un autre en route, dis-je. Mais il ne sera pas là avant un bon moment.

Elle a les yeux caves. Est-elle déshydratée ? Je décide de lui servir un bouillon de bœuf. Dans cet espace exigu, nous ne disposons que de deux lampes à alcool, alors nous maintenons toujours une bouilloire au chaud sur le premier feu et, en l'absence d'un autoclave, une grande casserole pour stériliser notre matériel sur le second. Je verse un peu d'eau froide dans sa tasse afin d'éviter qu'elle se brûle avec. Après l'avoir fermée, je la lui mets entre les mains et j'attends un instant, le temps de m'assurer que son esprit embrumé n'a pas oublié comment aspirer par le trou.

Une bonne secousse appliquée au thermomètre fait redescendre le mercure dans sa petite boule de verre. Je le plonge dans une bassine remplie d'une solution d'acide phénique, puis le rince et le range dans la poche de mon tablier.

Delia Garrett repose brutalement son magazine et laisse échapper une quinte de toux énervée derrière ses ongles polis.

— Je veux rentrer chez moi retrouver mes filles.

J'attrape l'un de ses poignets dodus et compte les pulsations en fixant le portrait de famille qui trône dans son cadre en argent sur la table de chevet. (Les effets personnels des patients sont censés rester dans le tiroir par mesure d'hygiène, mais nous savons quand il est préférable de ne rien dire.)

— Qui s'occupe d'elles pendant que votre mari travaille ?

Elle ravale un sanglot.

— Une vieille dame qui habite plus loin dans notre avenue, mais les filles ne l'aiment pas et je ne peux guère le leur reprocher.

Fréquence du pouls tout à fait normale. Rythme juste un peu syncopé. Pas besoin du thermomètre dans son cas, sa peau n'est pas plus chaude que la mienne. Ce qui m'inquiète, c'est la pression de son sang contre mes doigts. Je le note sur sa fiche.

**Force du pouls : bondissante**

Difficile de dire dans quelle mesure cela est dû à son agitation.

J'observe maintenant sa respiration.

— C'est une chance de n'avoir qu'une forme légère de la grippe, non ? J'étais comme vous en septembre.

J'essaie de la distraire parce qu'il ne faut jamais montrer à un patient qu'on compte ses inspirations – cette prise de conscience en altérerait le rythme.

**Fréquence respiratoire : 20**

Delia Garrett plisse ses jolis yeux.

— Comment vous appelez-vous… je veux dire, quel est votre prénom ?

Il est contraire au protocole de partager des informations personnelles. Mme Finnigan nous a appris à rester distantes avec les malades afin de renvoyer une image toujours très sérieuse. « Si vous les laissez vous traiter avec familiarité, ils vous respecteront moins. »

Mais nous vivons des temps étranges, et ce service est le mien. Si je dois le diriger aujourd'hui, ce sera à ma façon. Non pas que j'aie l'impression de diriger quoi que ce soit… Je me contente de faire face, heure par heure.

Je me surprends donc à répondre.

— Julia.

Un sourire rare éclaire le visage de Delia Garrett.

— J'aime bien. Et quand vous avez eu la grippe, vous a-t-on casée aussi dans un placard à balais, Julia Power, entre une malade agonisante et une autre qui débloque complètement ?

Malgré son indiscipline, cette riche protestante commence à m'être un peu plus sympathique. Je secoue la tête.

— J'ai été soignée à la maison. Par mon frère, pour tout vous dire. Mais chez les femmes enceintes, cette grippe peut entraîner… des complications.

Je ne veux pas l'effrayer en les listant : fausse couche, accouchement prématuré, enfant mort-né, et même décès de la mère.

— Vous avez mal à la tête ce matin ?

— Ça me lance un peu, reconnaît Delia Garrett d'un ton maussade.

— Où ça ?

Elle lève les mains vers ses oreilles, comme pour chasser des mouches.

— Des problèmes de vision ?

Elle pousse un soupir.

— Qu'y a-t-il à voir ici, de toute façon ?

Je lui montre son magazine.

— Je n'arrive pas à lire. J'aime juste regarder les photos.

Elle a l'air si jeune en disant cela.

— Est-ce que le bébé vous cause du souci ? Il remue beaucoup ?

Elle fait signe que non et ramène une main devant sa bouche pour tousser.

— Je n'ai que cette toux et des douleurs partout.

— Vous recevrez peut-être un autre message de M. Garrett aujourd'hui.

Son joli visage s'assombrit.

— Pourquoi interdire à nos familles de nous rendre visite alors que toute la ville est touchée par cette grippe ?

— C'est le règlement, dis-je en haussant les épaules.

Mais le but à mon avis n'est pas tant de mettre nos patients en quarantaine que d'épargner une tâche supplémentaire à nos maigres équipes.

— Puisque vous dirigez le service aujourd'hui, vous devez pouvoir me donner un sirop contre la toux et me laisser partir. Je ne suis pas censée accoucher avant Noël, en plus !

Contrairement à nos patientes les plus pauvres, Delia Garrett connaît très bien la date de son terme. Son médecin de famille a confirmé sa grossesse au mois d'avril.

— Je suis désolée, madame Garrett, mais seul un médecin peut en décider.

Sa bouche se tord de dépit.

Faut-il lui énoncer les risques qu'elle encourt ? Quel serait le pire pour sa pression artérielle : la frustration de se sentir confinée sans raison valable ou l'angoisse de savoir qu'elle l'est pour des raisons très graves ?

— Écoutez, vous vous faites du mal en vous énervant comme ça. C'est mauvais pour vous et pour le bébé. La force de votre pouls...

Comment expliquer l'hypertension à quelqu'un qui n'a dû être formée qu'aux arts ménagers ?

— ... le sang circule dans vos veines avec beaucoup trop de force à notre goût.

Elle fait la moue.

— Et ce n'est pas une bonne chose ?

— Eh bien, imaginez un robinet ouvert à fond.

Les Garrett ont probablement l'eau chaude courante chez eux, alors que la plupart de mes patientes doivent descendre trois ou quatre étages avec leur bébé pour avoir accès au filet d'eau froide du robinet dans la cour de leur immeuble.

Elle se calme aussitôt.

— Oh.

— Le mieux que vous puissiez faire pour rentrer chez vous le plus vite possible, c'est de vous reposer et de garder le moral.

Delia Garrett se laisse retomber sur ses oreillers.

— D'accord ?

— Quand m'apportera-t-on à déjeuner ? Cela fait des heures que je suis réveillée et je me sens faible.

C'est très bon signe, qu'elle ait de l'appétit.

— On manque de personnel en cuisine, mais je suis sûre que le chariot ne va pas tarder. En attendant, souhaitez-vous passer aux toilettes ?

Elle secoue la tête.

— Sœur Luke m'y a déjà emmenée.

Son dossier m'indique qu'elle n'est pas encore allée à la selle. Rien d'étonnant à ça, la grippe constipe souvent les patients. Je vais chercher de l'huile de ricin et lui en sers une cuillère.

— Pour faciliter votre transit, dis-je.

Delia Garrett grimace, mais avale la mixture.

Je me tourne vers l'autre lit.

— Madame Noonan ?

Hébétée, elle ne réagit pas.

— Souhaitez-vous passer aux toilettes ?

Ita Noonan ne résiste pas lorsque je lui retire sa couverture humide pour l'aider à se lever. Agrippée à mon bras, elle avance en titubant vers la porte. A-t-elle des vertiges ? Ajouté à son teint rouge, cela pourrait être un signe de déshydratation. Il faut que je pense à regarder quelle quantité de bouillon elle a réussi à boire.

Je sens alors une douleur dans mes côtes. Ita Noonan s'appuie plus durement contre moi. Les infirmières qui nient avoir mal au dos au bout de quelques années sont des menteuses, mais celles qui s'en plaignent n'ont guère de chances de tenir le coup.

Après avoir assis ma patiente sur les toilettes, je sors de la cabine et tends l'oreille. Elle a beau ne plus avoir toute sa tête, son corps va se rappeler ce qu'il doit faire, non ?

Quel drôle de métier que celui d'infirmière. Bien que n'ayant aucun lien avec nos malades, nous devenons par nécessité très proches d'eux durant quelque temps – tout ça pour souvent ne plus jamais les revoir.

Puis un bruit me parvient : celui d'une feuille de papier journal que l'on déchire. Ita Noonan est en train de s'essuyer.

Je rentre dans la cabine.

— Là, c'est bien.

Je redescends sa chemise de nuit chiffonnée sur ses jambes – celle toute gonflée, enserrée dans un bas de contention, et l'autre, squelettique, dans son bas noir ordinaire.

Son regard reste perdu dans le vide pendant que je lui lave les mains.

— Venez là, que je vous raconte un peu, murmure-t-elle d'une voix rauque.

— Mmm ?

— Pour ce qui est de faire l'imbécile, ça y va !

À qui pense-t-elle, je me le demande.

De retour dans le service, je l'installe dans son lit, remonte les couvertures sur sa poitrine et lui enroule autour des épaules un châle qu'elle arrache aussitôt. La tasse fermée que je lui ai donnée me semble à moitié pleine lorsque je la soulève.

— Buvez, madame Noonan, cela vous fera du bien.

Elle avale bruyamment une gorgée.

Deux plateaux-repas posés côte à côte dépassent du bureau de Mme Finnigan (le mien, aujourd'hui). Après avoir consulté le bout de papier laissé sur chacun par le personnel des cuisines, j'apporte son petit déjeuner à Delia Garrett.

À peine a-t-elle ôté le couvercle qu'elle se met à geindre.

— Encore du riz au lait et de la compote de pommes !

— Pas de caviar, si je comprends bien ?

Cela lui arrache un léger sourire.

— Et voici le vôtre, madame Noonan...

Si seulement je pouvais la persuader de manger quelque chose, elle reprendrait peut-être des forces. Je lui allonge les jambes en commençant (précautionneusement) par celle toute gonflée, et je pose le plateau dessus.

— Vous avez un bon thé bien chaud, au cas où vous préféreriez ça au bouillon de bœuf.

Mais je vois bien que sa boisson est déjà tiède, et loin d'être bonne. Le prix des feuilles de thé est tel de nos jours que les cuisiniers les réutilisent même lorsqu'elles ne produisent plus qu'une eau trouble.

Ita Noonan se penche vers moi.

— Le patron est dehors avec les garnements, me confie-t-elle d'une voix basse et éraillée.

— Vraiment ?

Elle pense peut-être à M. Noonan, encore que ce mot, « patron », soit assez curieux pour parler d'un type qui s'efforce de subvenir aux besoins de sa femme malade et de leurs sept enfants en promenant un orgue de Barbarie à travers la ville. Éprouve-t-on une certaine satisfaction à délirer ainsi, à pouvoir dire tout ce qui nous passe par la tête ?

Delia Garrett tend le cou vers l'assiette inclinée d'Ita Noonan.

— Pourquoi est-ce que moi, je ne peux pas avoir un vrai petit déjeuner ?

— Vous n'avez pas droit aux aliments gras ou salés, rappelez-vous. À cause de votre tension.

Elle laisse échapper un grognement méprisant.

Je m'assois sur le lit d'Ita Noonan – il n'y a pas assez de place pour caser une chaise entre celui-là et son voisin – et je coupe l'une de ses saucisses en petits morceaux. Comment réagirait Mme Finnigan si elle me voyait faire, elle qui m'interdit de m'asseoir sur le lit des patientes ? Mais elle est trop occupée à l'étage pour me dire toutes les choses que j'ai besoin de savoir et que je n'ai jamais songé à lui demander.

— Regardez ces bons œufs brouillés, madame Noonan.

Je porte à ses lèvres une substance jaune peu ragoûtante – manifestement de la poudre réhydratée.

Elle se laisse faire. Quand je lui glisse ensuite la fourchette dans la main, elle met un moment à comprendre ce dont il s'agit, mais elle finit par la serrer et continue à manger toute seule, la respiration un peu sifflante, en s'arrêtant pour souffler entre deux bouchées.

Mes yeux s'attardent sur le lit vide à côté d'elle, et je me souviens soudain que le clou auquel était suspendue la fiche d'Eileen Devine est mal enfoncé dans le mur. Je me lève pour l'arracher, avant de sortir ma montre de ma poche et de soupeser le disque métallique et chaud dans ma main. Tournant le dos aux deux femmes, j'appuie la pointe du clou dessus et dessine une pleine lune à peine déformée au milieu des autres marques. Celle-là est pour feu Eileen Devine.

Cette habitude m'est venue la première fois qu'une de mes patientes est morte. À 21 ans, les yeux gonflés, j'avais éprouvé le besoin d'enregistrer secrètement ce qui s'était passé. Les chances de survie d'un nouveau-né sont toujours incertaines, mais dans cet hôpital, nous nous targuons de perdre le moins de mères possible, si bien qu'il n'y a pas tant de cercles que ça gravés sur ma montre. La plupart datent de cet automne.

Je remets le clou à sa place dans le mur. Au travail, maintenant. Chaque service a ses instants de répit. Pour garder la tête hors de l'eau, il faut profiter de la moindre occasion de s'acquitter de toutes les tâches en attente. Je fourre des gants en caoutchouc et des brosses à ongles dans un sachet que je fais bouillir à la casserole. Après quoi je traverse la salle et étudie le contenu de notre petit placard. À défaut de me sentir compétente, je fais semblant de l'être. Pendant des années, on a exigé de moi que je laisse mon jugement de côté et que j'obéisse à ma supérieure. Comme il me paraît étrange aujourd'hui de n'avoir personne pour me dire ce que je dois faire. C'est assez excitant, mais aussi oppressant. Je m'installe au bureau et commence à remplir des demandes de fournitures. Avec la guerre, impossible de savoir ce qui manque, on ne peut qu'exprimer poliment des besoins. Je ne prends pas la peine de réclamer des boules de coton et des lingettes, puisqu'elles ont disparu *pour toute la durée*. Certains produits sont en cours de réapprovisionnement depuis des semaines déjà, ainsi que je le constate en découvrant une liste établie par Mme Finnigan.

Après avoir terminé, je me souviens que je n'ai pas de coursier et que je ne peux pas quitter le service. Je ravale donc mon anxiété et range les formulaires dans mon tablier.

Un bout d'œuf sur le menton, Ita Noonan fixe sans le voir l'angle de la pièce. Une bonne partie de la saucisse que je lui ai coupée n'a pas bougé de son assiette, mais l'autre s'est volatilisée. Se peut-il que Delia Garrett se soit agenouillée sur le lit vide pour voler la nourriture de sa voisine ?

La jeune femme affiche un petit sourire narquois tout en évitant mon regard.

Ma foi, ce n'est pas une saucisse – quelle qu'en soit la composition de nos jours – qui va la tuer, et Ita Noonan ne semblait pas décidée à la manger de toute façon.

Toujours délirante, celle-ci se penche brusquement sur le côté, si bien que son plateau s'écrase par terre, entre son lit et l'armoire de médicaments. Du thé se renverse sur le sol.

— Madame Noonan !

Mon thermomètre déjà à la main, j'enjambe ce gâchis pour examiner ses joues luisantes et écarlates. Je sens presque sa peau brûlante.

— Vous voulez bien mettre ça sous votre bras pour moi ?

Parce qu'elle ne réagit pas, je soulève moi-même son poignet et fourre le thermomètre contre son aisselle.

Tout en guettant le résultat, je sors ma montre et compte ses inspirations bruyantes et ses pulsations cardiaques. Pas de changement à ce niveau-là. En revanche, le mercure a fait un bond à 40 °C. La fièvre a beau agir contre les infections, je déteste voir Ita Noonan dans cet état, avec la sueur qui perle le long de la ligne intermittente de ses cheveux.

Je contourne les vestiges de son petit déjeuner pour aller chercher de la glace, mais la bassine n'en contient qu'un morceau solitaire noyé dans une flaque. Faute de mieux, je remplis un bol d'eau froide et le lui apporte avec une pile de linges propres que je plonge dedans un par un avant de les essorer et de les déposer sur sa nuque et son front.

Ita Noonan se raidit et sourit en même temps – un sourire poli instinctif qui ne s'adresse pas vraiment à moi. J'aimerais tant que cette femme ait les idées assez claires pour me dire ce dont elle a besoin. Plus d'aspirine ferait peut-être baisser sa température, mais il n'y a que les médecins qui ont le droit de prescrire des médicaments, et quand aurai-je une chance ce matin de voir le Dr Prendergast, le seul obstétricien de service ?

Ayant fait tout ce que je pouvais pour ma patiente, je ramasse son plateau et son assiette. La poignée de la tasse s'est détachée et cassée en deux. Puis j'essuie le thé avec une serpillière avant que quelqu'un glisse dessus.

— Ne devriez-vous pas appeler quelqu'un ? demande Delia Garrett.

— Oh, tout le monde est débordé en ce moment.

En l'absence d'une femme de ménage, d'une stagiaire ou d'une infirmière débutante, c'est normalement aux aides-soignants qu'il revient d'éponger les liquides renversés, mais je sais quand il vaut mieux ne pas les solliciter. Les déranger pour une simple tasse de thé, c'est prendre le risque qu'ils se vexent et qu'ils vous ignorent le jour où il y aura cette fois du sang partout sur les murs.

Le visage enflammé d'Ita Noonan sur l'oreiller a l'air préoccupé.

— Quelle belle matinée pour faire un plongeon dans le canal !

Croit-elle qu'elle est en train de se baigner ? Quelque chose me pousse à vérifier sous sa couverture, et...

Les draps sont trempés. Je réprime un soupir. Elle n'a pas dû uriner une goutte quand je l'ai emmenée aux toilettes. Je suis bonne pour refaire son lit maintenant. Cela ne me poserait pas de problème si j'avais une patiente coopérative et quelqu'un pour m'aider, mais je suis toute seule, et Ita Noonan est imprévisible.

— J'avais acheté la machine à crédit, se plaint-elle, et ils l'ont fait tomber du balcon...

Son esprit délirant doit être concentré sur une catastrophe ancienne ou imaginaire.

— Levez-vous, madame Noonan, il faut que je vous débarrasse de toutes ces affaires mouillées.

— Ils ont brisé mes saints, vous vous rendez compte !

— J'ai envie d'aller aux toilettes, annonce Delia Garrett.

— Juste une minute...

— Je ne peux pas attendre.

Sauf que moi, je suis occupée à tirer sur le drap qui recouvre le matelas d'Ita Noonan...

— Bon, je vais vous apporter un bassin hygiénique, dans ce cas.

Elle sort un pied de son lit.

— Non, je vais me débrouiller.

— J'ai peur que cela ne soit pas autorisé.

Une violente quinte de toux la secoue.

— Je suis tout à fait capable de trouver mon chemin, et de toute façon j'ai besoin de me dégourdir les jambes. Je suis toute raide à force de rester affalée comme une truie.

— Je vais vous accompagner, madame Garrett. Donnez-moi deux secondes.

— Mais je ne tiens plus !

Je ne peux pas lui bloquer la porte ni lui courir après.

— S'il vous plaît, dis-je avec fermeté, ne bougez pas d'ici !

J'abandonne Ita Noonan et file dans le couloir. La plaque sur la première porte devant moi indique MALADIES INFECTIEUSES/UNITÉ POUR FEMMES.

Tout semble calme à l'intérieur.

— Excusez-moi, sœur... Bénédicte ?

À moins que ce ne soit sœur Benjamin ? Une petite religieuse lève les yeux de son bureau.

— Je suis chargée du service des maladies infectieuses de la maternité aujourd'hui…

Ma voix est trop aiguë, et plus présomptueuse que soucieuse. Je désigne du pouce un point par-dessus mon épaule, comme pour suggérer qu'elle n'a peut-être pas entendu parler de cette unité provisoire. J'aurais dû commencer par me présenter, mais il est trop tard.

— Ma sœur, je me demandais si vous pourriez me prêter une débutante ou une stagiaire.

Elle me répond doucement et posément.

— Combien de patientes avez-vous à gérer, mademoiselle ?

Je me sens rougir.

— Seulement deux pour le moment, mais...

— Nous en avons quarante ici, me coupe-t-elle.

Je regarde autour de moi et fais le compte. Elle a également cinq infirmières sous ses ordres.

— Pourriez-vous au moins transmettre le message à...

Pas à notre responsable. En cette journée mouvementée, qui sait si elle n'est pas dans l'un de ces lits ? Je scrute les rangées de malades. À vrai dire, même si c'était le cas, je ne serais pas sûre de la reconnaître sans son uniforme.

— Pourriez-vous transmettre le message à la personne qui remplace l'infirmière en chef ? Il me faut quelqu'un, et vite.

— Je suis certaine que nos supérieurs en ont bien conscience, mademoiselle Power. Chacun fait son travail. Nous devons tous garder la tête froide.

Je ne souffle mot.

La religieuse incline la tête sur le côté à la manière d'un oiseau curieux et semble prendre note de mon degré d'incompétence afin de pouvoir le signaler plus tard à Mme Finnigan.

— Vous savez, je dis toujours qu'une infirmière est comme un marin.

Je ravale ma réponse de peur de me mettre à crier.

L'ombre d'un sourire flotte sur ses lèvres au moment du coup de grâce :

— Sa valeur ne se révèle que dans les tempêtes.

Je me force à acquiescer devant ce sage proverbe – je ne tiens pas à ce qu'elle me dénonce pour insubordination –, mais en refermant la porte sans bruit derrière moi, je me rappelle les formulaires dans la poche de mon tablier et je reviens sur mes pas.

— Puis-je vous confier mes demandes de fournitures ?

— Bien sûr.

Je sors la poignée de formulaires et la laisse tomber sur son bureau.

C'est presque en courant que je regagne mon service.

Ita Noonan n'a pas bougé de son lit imbibé d'urine. Tant pis, les besoins de sa voisine passent avant les siens.

— Je vais vous emmener aux toilettes, madame Garrett.

Elle renifle.

Je la prends par le coude pour la guider, mais à peine avons-nous atteint le couloir qu'elle se met à trottiner, une main plaquée sur ses lèvres.

— Oh, dépêchez-vous, mademoiselle !

À mi-chemin, elle se plie en deux et vomit.

Difficile de ne pas remarquer les morceaux de saucisse au milieu...

Je sors un torchon propre de mon tablier et lui essuie la bouche et le haut de sa chemise de nuit.

— Tout va bien. Cette saleté de maladie interfère parfois avec la digestion.

J'ai vraiment intérêt à trouver un aide-soignant pour nettoyer ce vomi maintenant, mais Delia Garrett agrippe son ventre et fonce vers les toilettes. Je lui emboîte le pas, mes semelles en caoutchouc martelant le marbre derrière ses chaussons.

Les bruits qui s'élèvent derrière la porte de sa cabine m'indiquent qu'elle a aussi la diarrhée.

Pendant que je patiente, les bras croisés, mon regard est attiré par une affiche dont l'encre n'a pas encore eu le temps de sécher.

PENSEZ À PRATIQUER RÉGULIÈREMENT
DES LAVEMENTS INTESTINAUX.

PRÉSERVEZ LE PERSONNEL
AFIN QU'IL SOIT TOUJOURS D'ATTAQUE.

LA MALADIE NE FRAPPE QUE LES MEMBRES
LES PLUS FAIBLES DU TROUPEAU.

UN OIGNON QUOTIDIEN TIENT
LA MALADIE AU LOIN

Nous en sommes donc là. M. Anonyme a craché tout son sang sur Mlle Cavanagh en pleine rue, et le gouvernement dans sa grande sagesse nous prescrit des oignons ? Quant à cette idée selon laquelle la maladie ne frappe que les plus faibles… quelle cruelle absurdité. Cette grippe ne ressemble en rien à celle que nous connaissons d'habitude en hiver, celle qui n'élimine que les plus âgés et les plus frêles. (Lorsqu'elle évolue en pneumonie, elle les emporte en général si doucement que nous l'avons surnommée l'Amie des Vieux.) Nous avons affaire cette année à un fléau mystérieux qui fauche des groupes entiers d'hommes et de femmes dans la fleur de leur jeunesse.

Je n'entends plus rien derrière la porte.

— Madame Garrett, vous voulez bien me laisser jeter un coup d'œil à la cuvette avant de tirer la chasse d'eau ?

Une matière fécale trop sombre signalerait une hémorragie interne.

— Vous n'y pensez pas !

L'instant d'après, elle tire sur la chaînette et l'eau s'écoule bruyamment de la citerne.

Delia Garrett me paraît faible lorsque je la ramène dans mon service. J'espérais qu'un aide-soignant serait passé là par hasard et aurait lavé le sol, mais non. Je contourne la flaque de vomi en me disant que ma patiente est plus importante.

— Je vais vous faire la toilette au gant et vous donner une nouvelle chemise de nuit, madame Garrett. Vous vous sentirez mieux ensuite. Il faut juste que je m'occupe d'abord de Mme Noonan.

Impassible, celle-ci ne m'oppose aucune résistance quand je la tire hors de son lit et que je la fais asseoir sur la chaise placée à son extrémité. Après l'avoir nettoyée, je lui enfile une chemise propre et utilise les rubans sur les côtés pour la resserrer autour d'elle.

Delia Garrett se plaint d'être frigorifiée.

Je sors du placard une première couverture pliée que je lui tends, puis une autre que j'enroule autour d'Ita Noonan en attendant qu'elle retrouve un lit sec.

— Quelle puanteur !

— C'est la preuve qu'elle a été désinfectée, madame Garrett. On les suspend dans une pièce vide et on fait brûler du soufre dans un seau pour produire un gaz qui tue tous les microbes jusqu'au dernier.

— Comme ces pauvres soldats dans la boue, murmure-t-elle.

Cette jeune femme pourrie gâtée a le don de me surprendre parfois.

Au moins mon frère n'a-t-il jamais été gazé. Tim s'est effondré à deux reprises en Turquie, victime d'un coup de chaleur, il a aussi attrapé la fièvre des tranchées, mais il a réussi à s'en remettre, alors que beaucoup la portent toujours en eux, comme une coupe remplie de braises qui peut s'enflammer à tout instant. Quelle ironie du sort. Physiquement, il est resté tel qu'il était avant la guerre, quand il travaillait dans un magasin de vêtements pour hommes (fermé depuis) et qu'il ne ratait aucune occasion d'aller à la patinoire avec son copain Liam Caffrey.

La porte s'ouvre brusquement en me faisant sursauter.

Habillé d'un costume trois pièces, le Dr Prendergast effectue sa tournée – enfin. Je suis contente de le voir, mais mortifiée que ça tombe maintenant. *S'il vous plaît, faites qu'il ne me demande pas pourquoi mes patientes sont recroquevillées sur des chaises. Et est-ce un peu de vomi que j'aperçois sur sa chaussure cirée ?* Si elle apprend que tout est allé à vau-l'eau le premier jour où j'ai dirigé le service, Mme Finnigan ne me le confiera plus jamais.

Mais Prendergast est occupé à nouer les liens de son masque. Il a beaucoup de cheveux pour un homme de cet âge – une tignasse blanche semblable à des fleurs de linaigrette.

— Vous êtes au courant que nous avons perdu Mme Devine cette nuit, docteur ?

La fatigue rend sa voix monocorde.

— C'est moi qui ai signé le certificat de décès, mademoiselle.

Cela veut dire qu'il est debout depuis hier matin. Il tient le stéthoscope autour de son cou à deux mains, comme un passager déséquilibré dans un tramway s'accrocherait à une sangle au-dessus de sa tête.

— Cette maladie est si retorse, commente-t-il. Quand tout indique qu'un patient est sur la voie de la guérison, je dis à sa famille de ne pas s'inquiéter, et voilà le résultat...

J'acquiesce en silence. Mais, en ces temps difficiles, les infirmières ont pour instruction de ne pas faire perdre une seconde aux médecins, et nous sommes là à ruminer le sort d'une femme décédée. Je saisis donc la fiche d'Ita Noonan et la lui tends.

— Mme Noonan en est à vingt-neuf semaines de grossesse, docteur.

Prendergast étouffe un bâillement derrière sa main.

— Elle est légèrement cyanosée, à ce que je vois. Comment est sa respiration ?

— Plutôt difficile. Cela fait deux jours qu'elle délire et elle est montée à 40,5 °C de fièvre.

Sa couverture traîne par terre. Je m'empresse de la ramasser et de l'enrouler de nouveau autour d'elle. *Pourvu qu'il ne remarque pas son lit trempé d'urine.*

— Dois-je lui redonner de l'aspirine ?

Les infirmières ne sont pas censées avoir d'avis sur les traitements à administrer, mais cet homme a l'air si fatigué que je préfère l'aiguiller.

— Non, soupire Prendergast. Administrée à haute dose, elle semble empoisonner certains patients, et la quinine et le calomel ne valent pas mieux. Essayez plutôt le whisky, autant qu'elle pourra en boire.

— Du whisky ? Pour faire baisser sa température ?

Il secoue la tête.

— Pour atténuer son inconfort et son anxiété, et pour l'aider à dormir.

Je consigne ses instructions par écrit au cas où un autre médecin m'interrogerait plus tard à ce sujet.

— Maintenant, comment va Mme...

Son regard se voile.

— Mme Garrett, dis-je en lui tendant le dossier de la jeune femme. Elle a été prise de vomissements et de diarrhée il y a quelques instants, et la force de son pouls, euh… me paraît toujours élevée.

Je dois faire attention aux mots que j'emploie, de peur de l'énerver en sous-entendant qu'une infirmière peut sentir rien qu'au toucher ce qu'un médecin ne détermine qu'à l'aide d'appareils sophistiqués.

Prendergast hésite. Je crains qu'il prétende ne pas avoir le temps de prendre une mesure, mais il finit par sortir le tensiomètre de sa sacoche.

Je fais passer la main rose de Delia Garrett dans le brassard et fixe ce dernier au-dessus de son biceps avant que le médecin actionne la petite poire de gonflage. Ce n'est guère plus compliqué que de serrer une corde, et il me vient à l'esprit que n'importe laquelle d'entre nous pourrait le faire.

— Aïe !

— Juste une minute de plus, madame Garrett.

Mécontente, elle se met à tousser.

Prendergast cale les embouts jaunis de son stéthoscope dans ses oreilles, appuie le disque dans le creux du coude de notre patiente, puis laisse le manchon du tensiomètre se vider de son air.

Au bout d'une minute, il me dicte ses relevés.

— Pression artérielle systolique : 142. La diastolique est de 91, ajoute-t-il quelques instants plus tard.

Je l'inscris sur la fiche de Delia Garrett.

PAD : 91

Prendergast ne semble pas très impressionné.

— Un pouls bondissant est fréquent dans les derniers mois de la grossesse, dit-il pendant que je range son matériel. Vous n'aurez qu'à lui donner du bromure si elle s'agite trop.

Ne m'a-t-il pas entendue quand je l'ai informé que Delia Garrett avait vomi ? Un sédatif est si dur à supporter pour l'estomac, je préférerais ne pas lui infliger ça...

Mais on m'a appris à ne jamais contredire un médecin. Si la chaîne de commandement venait à être brisée, ce serait le chaos.

Prendergast se frotte les yeux.

— Bon, je rentre chez moi maintenant.

— En votre absence, quel obstétricien...

— L'hôpital doit faire venir un généraliste en renfort dans les unités pour femmes.

Un généraliste du secteur privé. Pas le spécialiste dont nous avons besoin, donc. Un peu gênée, je me risque à insister :

— Est-il déjà là ?

Prendergast fait signe que non. Sur le pas de la porte, il se retourne.

— Le Dr Lynn est une dame, au fait.

Je crois déceler une pointe de dédain dans sa voix. Il y a quelques femmes médecins de nos jours, mais je n'ai encore jamais travaillé sous les ordres d'aucune d'entre elles. Qu'importe, ce que je voulais, moi, c'était savoir qui appeler en cas d'urgence en attendant cette remplaçante.

Delia Garrett se lève d'un bond.

— Mademoiselle Julia, pouvez-vous m'enlever cette chose dégoûtante, maintenant ?

— Dès que j'aurai administré son traitement à Mme Noonan. Restez assise, s'il vous plaît.

Elle se laisse retomber sur sa chaise.

Je prépare une tasse de whisky chaud additionné d'eau et j'y ajoute du sucre pour le goût. Après une première gorgée, Ita Noonan le boit comme du petit-lait. Alors seulement, je vais chercher une chemise de nuit propre à Delia Garrett.

Mise à nu, sa peau apparaît striée de sillons argentés – conséquence de ses trois grossesses.

Contrairement à ce que m'avaient prédit mes aînées, je n'éprouve toujours aucun désir d'enfant. J'ai choisi l'obstétrique pour son côté dramatique, mais je ne me suis jamais imaginée au centre du mystère, à la place de celle dont le ventre s'arrondit. Seulement à celle de l'infirmière attentive.

Trente ans demain. Autant dire bientôt plus toute jeune.

Mais 30 ans, ce n'est pas si vieux. Certainement pas trop pour se marier et fonder une famille. C'est juste improbable, voilà tout, et d'autant plus maintenant que tant d'hommes ne sont pas revenus de la guerre – soit parce qu'ils ont péri face contre terre sur un champ de bataille à l'étranger, soit parce que cela ne les intéresse pas de regagner cette petite île.

J'aide Delia Garrett à enfiler sa chemise de nuit, noue les liens sur le côté, puis la recouche et l'enveloppe chaudement pour la protéger de l'air automnal qui s'engouffre en sifflant par la fenêtre. Après ça, je termine de défaire le lit d'Ita Noonan et constate avec soulagement que l'alèse a retenu toute l'urine. Le drap en coton et la couverture en dessous sont restés secs.

Ce que je n'arrive pas à déterminer, c'est si j'ai envie ou pas d'un mari. Des occasions se sont bien présentées à moi au fil des ans sous la forme de charmants jeunes hommes. Je ne peux pas me reprocher d'avoir volontairement laissé passer ma chance, mais ce qui est sûr, c'est que je ne l'ai pas saisie.

— Seriez-vous par hasard Mlle Power ?

Je me retourne vivement et découvre une jeune fille en civil sur le pas de la porte. Ses cheveux cuivrés, tirés en arrière et plaqués sur son crâne, retombent dans son dos en une masse de boucles rebelles.

— Qui êtes-vous ?

— Bridie Sweeney.

Aucun titre officiel. Autrement dit, ce n'est même pas une stagiaire. Tant de jeunes femmes ne reçoivent qu'une formation express aux premiers secours désormais.

— Et qu'êtes-vous au juste, mademoiselle Sweeney ? lance Delia Garrett. Une infirmière bénévole ?

La nouvelle venue sourit.

— Je ne suis pas infirmière, non. Ni stagiaire, ni débutante, ni rien.

Delia Garrett lève les yeux au ciel et reprend la lecture de son magazine.

— Sœur Luke m'a envoyée vous aider, mademoiselle Power.

C'est donc tout ce que la religieuse a réussi à m'obtenir. Une fille non qualifiée – et non instruite, à en juger par son accent –, l'air toute propre sur elle et inexpérimentée, de celles que la vie a totalement épargnées jusqu'ici. Je suis si déçue que je pourrais presque la gifler.

— L'hôpital n'a plus assez d'argent pour rémunérer des intérimaires. Sœur Luke vous a précisé que vous ne seriez pas payée, j'espère ?

— Je ne m'attendais pas à l'être.

Elle compte parmi ces rousses au teint pâle, aux joues parsemées de taches de son, aux yeux bleu clair et aux sourcils presque invisibles. Il y a quelque chose d'enfantin dans ses oreilles translucides, et celle de gauche est légèrement orientée vers l'avant, comme si elle tenait à ne rien rater de ce qu'on lui dit. Un manteau fin, des chaussures hors d'usage. En temps normal, l'infirmière en chef ne l'aurait jamais laissée franchir la porte du service.

— Bon, je ne suis pas contre une paire de bras supplémentaire. Ravie que vous soyez là. Je vous présente Mme Garrett et Mme Noonan.

— Bonjour, mesdames, dit Bridie Sweeney en les saluant d'un signe de tête.

Je lui donne un tablier propre.

Cette bénévole est toute fluette et le paraît encore plus après avoir enlevé son manteau. Elle est obligée d'enrouler deux fois les liens du tablier autour de sa taille pour l'attacher. Dans le même temps, elle observe avec une franche curiosité Ita Noonan, qui oscille d'avant en arrière sur sa chaise en fredonnant une chanson.

— Je n'avais encore jamais mis les pieds dans un hôpital, avoue-t-elle.

— Rassurez-moi, mademoiselle Sweeney, vous êtes bien immunisée ?

Elle ne semble pas comprendre ce mot.

— Contre la grippe ? Dans la mesure où vous êtes entrée sans masque dans un service de maladies infectieuses...

— Oh, je l'ai eue, oui.

— Je parle de celle de cette année. La grippe noire.

— Ça fait un bail que je l'ai attrapée. Maintenant, que voulez-vous que je fasse, mademoiselle Power ?

C'est un soulagement d'entendre cette question.

— Commençons par refaire le lit de Mme Noonan.

Je vérifie que les couches inférieures de la literie sont toutes bien positionnées – le sommier à ressorts enveloppé d'une toile, au-dessus celui en crin de cheval, dans sa housse en coton, puis une couverture, un drap et une alèse rougeâtre fermement bordée.

Des effluves de whisky flottent autour d'Ita Noonan lorsqu'elle tente de grimper sur le lit.

— Un instant, dis-je en l'écartant doucement avec mon bras.

Je vais chercher un drap de tirage propre, un drap de dessous, un drap de dessus, ainsi que d'autres couvertures dans l'armoire à linge.

— Nous veillons à ce que chaque couche soit bien tendue afin qu'il n'y ait pas de plis susceptibles de marquer la peau de la patiente.

Bridie Sweeney hoche la tête.

Au moment où je l'aide à s'allonger, Ita Noonan pousse un soupir.

— C'est des foutaises, tout ça !

— Quoi donc ? demande Bridie Sweeney.

Je lui adresse un petit signe de mise en garde.

Pétrifiée, elle s'excuse.

— Désolée. Je n'ai pas le droit de leur parler ?

Je souris.

— Non, il faut juste ne pas vous inquiéter si Mme Noonan fait des remarques bizarres. À cause de la fièvre, ça ne tourne plus très rond là-haut, dis-je en tapotant mon crâne.

J'enveloppe la malade dans un châle et j'en enroule un autre autour de son cou pour la protéger des courants d'air.

Ita Noonan se met à agiter sa tasse, comme pour frapper quelqu'un avec.

— Sales petits voyous, ils ont cassé ma vaisselle !

— Ah oui ? dit Bridie Sweeney en arrangeant ses oreillers.

Cette fille a un bon comportement envers les patients. Ça, c'est le genre de chose qui ne s'apprend pas.

Je fourre les draps souillés en boule dans le panier réservé à cet effet et pointe un doigt en direction du couloir.

— Ça va dans la trappe à linge. Celle avec « buanderie » écrit dessus, pas « incinérateur ».

Bridie Sweeney s'empresse de filer.

— Je rêve ou cette gamine sort de nulle part ? demande Delia Garrett.

— Eh bien, si sœur Luke la recommande...

Un ricanement.

— Nous manquons tellement de personnel que j'accepterais volontiers le moindre coup de main, madame Garrett.

— Je n'ai jamais dit que vous ne devriez pas, marmonne-t-elle sans lever les yeux de son magazine.

Lorsque Bridie Sweeney revient, je passe en revue avec elle les différents types de pansements (les carrés de gaze, les boules de coton, les bandes d'1,80 mètre dans des boîtes en fer-blanc), puis les compresses en lin, les lingettes à usage unique, le matériel pour les ligatures et les fils de suture dits « catgut ».

— Ils sont vraiment faits à partir de boyaux de chat ?

— De mouton, en réalité. J'ignore pourquoi on les appelle comme ça.

Bridie Sweeney observe les lieux d'un air rayonnant.

— Ces dames sont donc ici pour que vous les guérissiez de leur grippe ?

Je soupire.

— J'aimerais savoir comment faire, mais il n'existe pas de traitement. Il faut que la maladie suive son cours.

— Pendant combien de temps ?

— Des jours, voire des semaines. Parfois des mois aussi.

J'essaie de ne pas penser à ceux qu'elle tue presque sans crier gare, dans la rue ou sur le plancher de leur maison.

— Pour être honnête, c'est le hasard qui décide. Tout ce qu'on peut faire, c'est tenir nos patientes au chaud, les aider à se reposer, à se nourrir et à s'hydrater, afin qu'elles puissent lutter de toutes leurs forces contre cette maladie.

Ma jeune assistante semble fascinée.

— Pourquoi Mme Noonan est-elle de cette couleur ? me demande-t-elle en chuchotant.

Ah, quelque chose de simple à expliquer.

— Le visage des gens prend une teinte plus foncée quand ils n'ont pas assez d'oxygène dans le sang. On appelle ça une cyanose – ça vient du mot *cyan*, une nuance de bleu.

— Mais elle n'est pas bleue. Plutôt écarlate.

— Ça commence par une légère rougeur qui pourrait faire dire que la personne a bonne mine. Mais quand son état empire, cette rougeur tourne au marron acajou. Une couleur qui me fait toujours penser aux feuilles d'automne. Dans les cas les plus sévères, elle aura ensuite les lèvres bleu lavande. Les joues, les oreilles, et même le bout des doigts peuvent bleuir à mesure que le corps est privé d'air.

— C'est horrible !

Je me tourne vers Delia Garrett.

— Ne vous inquiétez pas, madame Garrett, vous n'êtes pas du tout cyanosée, vous.

Elle frissonne légèrement à cette idée.

— Le bleu marque le dernier stade de la maladie ?

— Non, j'ai déjà vu des patients dont le visage virait au violet, puis au pourpre, et qui finissaient complètement noirs.

Comme M. Anonyme ce matin. On aurait cru un morceau de bois calciné le temps que Mlle Cavanagh se précipite vers lui dans la rue.

— Ça ressemble à un code secret, commente joyeusement Bridie Sweeney. Rouge, marron, bleu, noir.

— En fait, dans notre formation, on utilise...

Je me demande si elle connaît le mot « mnémotechnique ». Ou « allitération ».

— ... des petits trucs pour mémoriser certaines choses.

— Quoi, par exemple ?

— Eh bien... les quatre T qui peuvent provoquer une hémorragie du post-partum, c'est-à-dire une perte de sang après la naissance : Tissu, Tonicité, Traumatisme, Thrombocytopénie.

— Qu'est-ce que vous êtes savante, mademoiselle Power !

Je fais le tour avec elle des étagères et placards.

— Si je vous donne un ustensile en métal qui vient de servir, partez du principe que je veux qu'il soit stérilisé. Mettez-le dans cette casserole d'eau bouillante avec les pinces que voici et attendez que dix minutes se soient écoulées à votre montre avant de le retirer.

— Désolée, je n'ai pas de...

— Il y a une horloge murale là-bas. Ensuite, sortez un linge propre de ce sachet en papier et posez l'objet dessus, toujours à l'aide des pinces. Tout ce que vous n'avez pas le temps de faire bouillir peut être désinfecté à la place dans cette bassine remplie d'une solution concentrée d'acide phénique.

— D'accord.

Mais mesure-t-elle l'importance de mes consignes ?

— Une fois qu'un ustensile a fini de sécher à l'air libre, reprenez les pinces pour le ranger sur un des plateaux stériles de cette étagère. Tout ce qui se trouve ici est stérile – c'est-à-dire parfaitement propre, prêt à être utilisé par un médecin. Ne touchez jamais à aucune de ces affaires à moins que je ne vous le demande. Compris ?

Bridie Sweeney acquiesce en silence.

Delia Garrett est soudain secouée par des quintes de toux entrecoupées d'inspirations bruyantes.

Je m'approche d'elle pour prendre son pouls.

— Comment vous sentez-vous maintenant, madame Garrett ?

— Un peu moins barbouillée, concède-t-elle. À mon avis, ce qui est arrivé est la faute de cette horrible huile de ricin.

Mais je doute fort qu'une simple cuillerée ait pu liquéfier le contenu de son tube digestif aux deux extrémités.

— Il est ridicule de m'enfermer ici pour un petit rhume ! Mes bébés naissent toujours à terme, pas avant, et ils ne m'ont jamais valu de passer plus d'une demi-journée au lit. Pas de quoi en faire toute une histoire. Pourquoi est-ce que cette gamine me dévisage comme ça ?

Bridie Sweeney se hâte de réprimer son sourire.

— Excusez-moi, je ne m'étais pas rendu compte que vous étiez...

Les mains sur son ventre, Delia Garrett la fusille du regard.

— Vous pensiez que ce n'était que de la graisse ?

— Il y a écrit « Maternité/Maladies infectieuses » sur la porte, mademoiselle Sweeney, lui fais-je remarquer.

— Je ne savais pas ce que ça voulait dire, marmonne-t-elle.

Son ignorance me désarçonne.

— Bon, je vais vous montrer comment vous laver les mains.

— Je crois que j'en ai une idée, quand même, ironise-t-elle.

— Vous avez entendu parler de la fièvre puerpérale ? dis-je un peu sèchement.

— Bien sûr.

— Elle peut toucher une femme à n'importe quel moment à partir du troisième jour qui suit son accouchement. Beaucoup y succombaient autrefois. Le seul moyen qu'on ait de l'éviter à l'heure actuelle, c'est l'asepsie. En clair, il faut empêcher les microbes de pénétrer dans l'organisme. Vous comprenez maintenant pourquoi se laver les mains à fond peut sauver une vie ?

— Oui, répond-elle, confuse.

— Remontez vos manches pour ne pas les mouiller.

Elle paraît hésiter, puis découvre son bras droit, dont la peau a comme fondu.

— Une casserole de soupe, lâche-t-elle du bout des lèvres en voyant que cela ne m'a pas échappé.

— Vous avez dû avoir mal.

Elle hausse les épaules – un petit geste espiègle.

J'espère qu'elle n'est pas du genre maladroite, mais elle n'en a pas l'air, et ses doigts rougis disent qu'elle est habituée à travailler dur.

— On verse d'abord l'eau de la bouilloire, mademoiselle Sweeney, et on la tempère avec l'eau froide de cette cruche.

— C'est agréable !

— Prenez cette brosse stérilisée et frottez-vous avec, en la passant bien sous les ongles et la peau tout autour.

J'attends qu'elle s'exécute.

— Ensuite, rincez vos mains dans cette autre bassine pour enlever tout le savon. Et trempez-les enfin dans cette troisième... en y ajoutant un bouchon complet de l'acide phénique qui est là.

Je le fais pour elle et enchaîne :

— Les antiseptiques comme l'acide phénique peuvent être dangereux...

— ... quand on les avale ou quand ils entrent en contact avec les yeux, je sais, me coupe-t-elle, pleine de zèle.

Je la corrige :

— Quand on est paresseux et qu'on se repose sur eux au lieu de bien frotter.

— D'accord.

Avant qu'elle essuie ses doigts dégoulinants sur son tablier, je la dirige vers une pile de torchons propres.

— Personne n'est venu chercher les plateaux du petit déjeuner. Pourriez-vous les rapporter en cuisine ?

— Où est… ?

— Au sous-sol, deux étages plus bas.

Après son départ, je vérifie la température, le pouls et la respiration de mes patientes. Aucun changement. C'est rassurant dans le cas de Delia Garrett, inquiétant dans celui d'Ita Noonan. Le whisky lui a peut-être procuré un certain réconfort, mais rien de plus.

— Merci, dis-je au retour de Bridie Sweeney. C'est très appréciable d'avoir un peu d'aide ici.

Elle baisse les yeux sur ses mains et gratte la chair rouge et enflée au niveau des jointures de ses doigts.

— Des engelures ?

— Oui, répond-elle, un peu gênée. Elles me rendent folle.

Sans qu'on sache pourquoi, les filles très minces ont tendance à en avoir.

— Tenez. Cela devrait apaiser les démangeaisons.

Je vais chercher un baume sur une étagère et, voyant qu'elle ne fait pas un geste pour le prendre, je prélève une noisette dans le pot, puis applique moi-même la pommade sur les zones enflammées. Un cercle rouge se détache en relief au dos de sa main gauche – un symptôme de la teigne, ce stigmate de la pauvreté que je note sur tant de patientes. Mais la plaque est en voie de disparition, donc plus du tout contagieuse.

Bridie Sweeney respire comme si elle riait, comme si ce que je faisais la chatouillait. Un parfum d'eucalyptus se répand dans la pièce. En dehors de ses doigts, elle a la peau très blanche, presque bleue.

— Évitez d'avoir froid aux mains ou de les mouiller en hiver. Et portez toujours des gants chauds quand vous êtes dehors.

— Je ne suis pas souvent dehors.

Delia Garrett tousse ostensiblement.

— Quand vous aurez fini de vous pomponner, toutes les deux... je meurs de soif.

Je fais signe à Bridie Sweeney de s'occuper de la bouilloire pendant que je sors la boîte à thé et la théière.

— Les patientes ont le droit de boire autant qu'elles le souhaitent.

— Très bien, mademoiselle Power. Avec du sucre, madame Garrett ?

— Deux cuillères. Et du lait. Ou plutôt, non. Ce truc condensé est infect. Du thé noir fera l'affaire.

— Pensez à leur proposer des biscuits à la marante si elles ont un peu d'appétit, dis-je à Bridie Sweeney.

Contrairement à Delia Garrett, les mères les plus pauvres qui viennent ici n'ont guère que la peau sur les os, et notre politique à la maternité est de les remplumer autant que possible avant l'épreuve qui les attend.

Bridie Sweeney elle-même n'est pas bien épaisse, mais son physique sec est celui d'une dure à cuire que la nourriture traverse de part en part, je suppose.

— Et vous pouvez préparer deux tasses pour nous aussi, pendant que vous y êtes, mademoiselle Sweeney.

Je saisis ma chance de m'éclipser cinq minutes. Sur le pas de la porte, cependant, je me retourne.

— J'espère que vous en savez assez long pour savoir que vous ne savez rien ?

Elle me regarde fixement, puis opine sans un mot, sa tête dodelinant sur son cou comme une fleur sur sa tige.

— On m'a appris qu'être une bonne infirmière, c'est être capable de déterminer quand il faut appeler un médecin. Être une bonne auxiliaire, c'est être capable de déterminer quand il faut appeler une infirmière. Si ces dames ont besoin d'un verre d'eau, d'une couverture en plus ou d'un mouchoir propre, donnez-le-leur, mais si elles présentent le moindre signe de détresse, venez vite me chercher aux toilettes.

Elle m'adresse un petit salut comique.

— J'en ai pour deux secondes, dis-je en filant.

Que penserait Mme Finnigan si elle me voyait laisser le service aux mains d'une novice ? Tant pis, je fais de mon mieux. Comme tout un chacun ici.

Après que je me suis soulagée, l'envie me prend de jeter un coup d'œil au monde extérieur. Je m'approche de la fenêtre et baisse les yeux sur les rares passants dans la rue. La pluie a cessé, mais on sent de l'humidité dans l'air. Une dame en long manteau de fourrure – une tenue incongrue dans la mesure où on n'est pas encore au mois de novembre – descend d'un taxi et franchit les grilles de l'hôpital avec une grande sacoche en cuir dans une main et une encombrante valise en bois dans l'autre. D'un geste de la tête, elle repousse en arrière sa somptueuse capuche, révélant deux tresses démodées enroulées sur elles-mêmes. Ma foi, le portier se chargera probablement de lui expliquer que les visites ne sont pas autorisées.

Je regagne le service. Des miettes au coin de la bouche, Bridie Sweeney termine son thé.

— C'était délicieux !

Cela est dit sans une once de sarcasme. Je porte ma tasse à mes lèvres, mais ce thé n'a pour moi qu'un goût de cendres balayées sur quelque plancher lointain.

— Tout est bancal, tout est fichu, marmonne Ita Noonan.

Bridie Sweeney se penche vers moi.

— Elle ne serait pas alcoolique, par hasard ?

— Non, non, le Dr Prendergast lui a prescrit ce whisky pour sa grippe.

Elle se tapote la tempe.

— Est-ce que ça ne tournera plus jamais rond là-haut ?

Je l'assure que ce délire n'est que temporaire.

— Alors… elle ira bientôt mieux ?

Je me surprends à croiser les doigts si fort que cela me fait mal. Une habitude ridicule, je sais. Je réponds à voix basse :

— Ces mères sont souvent plus fortes qu'elles n'en ont l'air. Une fois que sa fièvre sera retombée… je suis prête à parier qu'elle se remettra et qu'elle accouchera sans problème de son douzième bébé en janvier.

— Son douzième ?

Sa réaction est si horrifiée que je me garde de préciser que seuls sept des petits Noonan sont encore en vie.

— Connaissez-vous ce dicton : « Une femme n'aime pas son mari si elle ne lui donne pas douze enfants » ?

— Je ne pourrais pas supporter ça, moi, dit-elle en grimaçant.

— Moi non plus, j'avoue. Bref, on n'érigera aucune statue en notre honneur.

Cela la fait rire.

Dans l'intervalle, le ciel s'est de nouveau obscurci et des gouttes de pluie éclaboussent le battant incliné de la fenêtre avant de dégouliner le long du mur.

— On ne peut pas la fermer ? geint Delia Garrett. Ça nous épargnerait de nous faire tremper.

— Je suis désolée, mais une bonne aération est vitale, surtout en cas d'infection respiratoire.

Elle enfouit sa tête sous son oreiller.

Je charge Bridie Sweeney d'essuyer l'eau sur le mur avec un torchon, puis je l'envoie à la réserve chercher de la glace dans le réfrigérateur électrique.

— C'est une machine qui ressemble à une grande boîte. Les glaçons devraient être tout en haut, dans un petit compartiment. S'il n'y en a plus, allez demander à l'étage supérieur où vous pouvez en trouver.

En attendant, je vérifie encore les paramètres vitaux de mes patientes. Je change leur mouchoir, tapote leurs oreillers. Je redresse Ita Noonan afin qu'elle soit dans la position semi-assise qui semble lui permettre de respirer un peu mieux.

Bridie Sweeney revient entre-temps avec une bassine de glace. J'en profite pour la laisser seule aux commandes et accompagner les deux femmes aux toilettes à tour de rôle.

Elle m'a l'air assez douce et digne de confiance pour effectuer quelques soins basiques. Après m'être assurée qu'elle a bien retenu comment se laver les mains – et c'est le cas, elle n'a oublié aucune étape –, je l'invite à éponger le visage et le cou d'Ita Noonan avec de l'eau glacée.

— Prévenez-moi quand elle aura terminé son whisky, voulez-vous ?

Delia Garrett tousse d'une façon qui trahit son ennui.

— Est-ce que je peux en avoir, moi aussi, à la place de ce thé immonde ?

L'alcool est un décontractant utile pendant la grossesse, mais...

— Désolée, dis-je, seulement si le médecin l'autorise.

Ce n'est pourtant pas comme si j'en avais un de disponible pour superviser le traitement de mes patientes à cet instant précis. Quand la fameuse Dr Lynn compte-t-elle faire son apparition ?

— Aimeriez-vous une limonade chaude, madame Garrett ? Ou bien de l'eau d'orge ?

— Beurk !

De l'autre côté de la pièce, Ita Noonan attrape les mains de Bridie Sweeney pour les poser sur son ventre.

La peur me saisit.

— Que se passe-t-il, madame Noonan ?

Les yeux rivés sur le ventre de la malade, ma jeune assistante est obligée de s'agenouiller sur le lit pour ne pas tomber. Ita Noonan s'agrippe à ses poignets en fredonnant, mais elle paraît plus excitée qu'en proie à la douleur.

L'étonnement se lit sur le visage de Bridie Sweeney.

— Ça bouge, là-dedans !

— Qu'est-ce que vous imaginiez ? réplique Delia Garrett avec une pointe de mépris.

— Tous les fœtus nagent et font des cabrioles, dis-je à Bridie Sweeney.

— Sans blague ? Comme s'ils étaient vivants ?

Je reste d'abord muette. Se moque-t-elle de moi ?

— Bien sûr qu'ils sont vivants, mademoiselle Sweeney. Ou plutôt, ils sont vivants à l'intérieur de leur mère, ils font partie d'elle.

— Je croyais qu'ils ne l'étaient qu'une fois sortis.

Je la dévisage en songeant que ce serait un fameux tour de magie – à la manière de Dieu quand il a créé Adam avec de la boue et qu'Il lui a insufflé Son esprit en un instant. Mais je ne devrais pas être surprise. Certaines des patientes qui arrivent ici, prêtes à accoucher, ne savent presque rien de ce qui se passe dans leur corps.

J'attrape le manuel d'obstétrique de Jellett sur une étagère et tourne la délicate feuille de papier pelure pour montrer à Bridie Sweeney le frontispice intitulé « L'utérus à terme ».

Elle ouvre de grands yeux.

— Nom de nom !

Il me faut quelques secondes pour comprendre qu'elle pense avoir devant elle le dessin d'une femme qui a réellement été tranchée en deux.

— Non, non, c'est un plan en coupe : voilà ce qu'on découvrirait si on voyait à travers elle. Vous avez remarqué la position du bébé ? Il est tout recroquevillé.

— Et il a la tête en bas !

Je souris.

— Il est bien mieux ainsi, j'imagine. Vous apprenez beaucoup de choses en une journée, n'est-ce pas, mademoiselle Sweeney ?

— C'est un petit acrobate, murmure-t-elle.

— Mais qui dort à poings fermés la plupart du temps.

— Pas ma deuxième ! nous interrompt Delia Garrett. Clarissa ruait comme une mule. Nuit et jour, ça n'arrêtait pas. Mais celle-là, c'est une gentille fille, hein ? dit-elle en frottant son ventre avec une tendresse mêlée de tristesse.

— Ou un gentil garçon, peut-être ? suggère Bridie Sweeney.

Delia Garrett secoue la tête.

— Je n'aime pas les garçons et, de toute manière, ma belle-mère devine toujours ce que j'attends à la façon dont je porte le bébé. Montrez-moi ce dessin.

Je lui donne le manuel. Elle grimace devant le frontispice, mais avec une certaine fierté.

— Regardez comme ses entrailles sont poussées sur le côté ! Pas étonnant que j'aie eu l'estomac tout retourné.

Je range le livre. Presque 11 heures déjà. Il est temps de changer le cataplasme d'Ita Noonan. Je fais chauffer de la farine de lin diluée sur une lampe à alcool – il faut que la mixture soit assez épaisse pour qu'une cuillère y tienne debout –, j'ouvre la chemise de nuit de la malade, ôte le bandage autour de sa poitrine et retire l'emplâtre tout sec. Aidée de Bridie Sweeney, qui reste à mes côtés pour me tendre les affaires dont j'ai besoin, j'essuie ensuite ses omoplates rougies avec des compresses et de l'eau savonneuse.

— Venez ici que je vous raconte, siffle Ita Noonan, les traits tirés et le teint cireux.

Je me penche – assez pour sentir son haleine rance –, mais elle n'en dit pas davantage. Je vérifie son pouls. Il est à la fois plus rapide et plus faible.

Une fois que le cataplasme est prêt, je l'étale sur de la charpie, pose de la gaze et un linge stérilisé par-dessus, puis l'applique entre ses seins ballants et le recouvre avec une bande de flanelle. Il faut en attacher les extrémités dans son dos et autour de ses épaules voûtées, mais, à deux, Bridie Sweeney et moi y arrivons facilement. Ça ne me dérangerait pas de consacrer du temps à cette corvée si je croyais qu'elle avait une quelconque utilité.

La respiration d'Ita Noonan fait un bruit de crécelle. Je lui donne une cuillère de sirop d'ipéca, un expectorant censé décongestionner les bronches, en espérant que cela ne la fera pas vomir. Elle grimace de dégoût, mais ne se débat pas.

Une minute plus tard, elle expulse un crachat couleur d'algue. Je le rattrape dans son mouchoir, que je demande à Bridie d'aller jeter dans la trappe de l'incinérateur.

Elle met un moment à revenir.

— Vous vous êtes perdue ? Vous êtes tombée dans le vide-ordures ?

— Désolée, je me suis attardée dans les toilettes. Le petit verrou sur la porte qui vous permet de rester seule, toute cette eau chaude, ces jolis carrés de papier… J'aime de plus en plus l'hôpital.

J'éclate de rire en entendant cela.

— Surtout les parfums.

Je m'interroge. L'eucalyptus, le lin, l'acide phénique ? Le whisky, comme en ce moment ? Pour moi, ils ne font que couvrir l'odeur du sang et des selles propre à la naissance et à la mort.

— Tout est bien plus ordonné ici en temps normal, dis-je. Vous nous prenez un peu au dépourvu. Le nombre de patients a plus que doublé par rapport à d'habitude, et nous sommes réduits à un quart des effectifs.

Son visage s'illumine, peut-être parce que je l'inclus dans ce mot, « effectifs ».

Je m'aperçois soudain que son teint blanc et son physique osseux la rendent belle à sa manière. Comme une perle précieuse dans une poubelle. Je me demande où sœur Luke l'a trouvée.

— Vous habitez à proximité, mademoiselle Sweeney ?

— Juste à l'angle de la rue.

Le ton est un peu évasif. Vu sa jeunesse, elle doit encore vivre chez ses parents.

— Pardonnez-moi ma curiosité, mais quel âge avez-vous ?

Elle hausse les épaules.

— Environ 22 ans.

Quelle formulation vague. *Environ* 22 ans.

— Je ne voulais pas être indiscrète.

Elle me surprend alors :

— Vous pourriez peut-être m'appeler Bridie ?

— Bien sûr. Si vous préférez.

Ne sachant plus trop quoi dire après ça, je regarde l'heure à ma montre. Bientôt midi.

— Vous devriez aller déjeuner.

— Je n'ai rien apporté, mais ça va.

— Non, non, des repas nous sont servis dans une cantine à côté de la cuisine.

Elle hésite toujours.

— Et vous ?

— Oh, je n'ai pas encore faim.

Il n'y a rien à faire pour remédier à l'état de sa robe ou de ses chaussures, mais…

— Il faudrait juste que vous descendiez vos manches et que vous vous donniez un coup de peigne avant d'y aller.

Rougissante, elle ramène en arrière les boucles rousses qui se sont échappées de sa coiffure.

Je regrette de lui avoir dit ça. Elle n'est là que pour la journée, après tout. En quoi son apparence est-elle si importante ?

— Vous n'avez pas de peigne ? dis-je en la voyant se débattre avec son élastique.

Elle fait signe que non.

Je fouille mon sac pour lui en trouver un en ébonite.

Elle lisse ses cheveux, puis me le rend.

— Merci de me l'avoir prêté.

— Gardez-le.

— Non !

— Je vous assure, j'en ai un autre que je préfère. Il a l'air fait en écailles de tortue, mais il est en Celluloïd.

*Tu as fini de bavasser, Julia* ?

À ce moment-là, une voix de baryton s'élève dans le couloir. Groyne.

*Are ye right there, Michael, are ye right?*
*Do you thing that we'll be there before the night*[1]*?*

— C'est l'horrible type qui m'a emmenée ici hier, se plaint Delia Garrett.

L'aide-soignant ouvre la porte en la poussant avec ses fesses. Il me rappelle le sinistre domestique dans *Frankenstein*.

Je l'accueille sèchement.

— Ma parole, vous n'arrêtez jamais de chanter.

1. « Ça va comme tu veux, Michael, ça va ?/Tu penses qu'on y sera avant ce soir ? » (Chanson parodique irlandaise du début du XX^e siècle.)

Il effectue un salut de music-hall, puis fait pivoter vers moi un fauteuil roulant pour me présenter ma nouvelle patiente. Une jeune fille aux cheveux noir de jais et au visage terrifié – une enfant, dirais-je s'il n'y avait son ventre.

— Une jolie addition à votre petite communauté de femmes. Le bébé est pour bientôt, mais la maternité n'a pas voulu d'elle à cause de sa toux.

Je jette un coup d'œil au dossier que me remet Groyne. Il n'y a qu'une ligne griffonnée au sommet.

Mary O'Rahilly, 17 ans, primigeste

Avec les femmes qui ont déjà donné naissance à un enfant, au moins, on sait à quoi s'attendre – encore que… on ne peut jamais être tout à fait certain de ce qui se passera le jour J. Dans le cas d'une première grossesse, c'est une autre histoire. Le médecin chargé des admissions n'a même pas estimé la date du terme. Il doit avoir du mal à tout gérer.

— Venez, madame O'Rahilly, levez-vous.

Elle le fait sans difficulté apparente, mais en tremblant. De froid, d'anxiété, ou les deux ? Elle est mince, petite, et le paraît d'autant plus en raison de son énorme ventre. Je tapote la chaise devant le lit du milieu.

— Asscycz-vous ici le temps qu'on vous change.

L'aide-soignant pousse le fauteuil roulant vide vers la porte.

— Groyne, savez-vous quand on aura une chance de voir le nouveau médecin ?

— Ah, la rebelle !

Cet homme ne vit que de ragots. Je n'ai pas pour habitude d'encourager ce genre d'attitude, mais cette fois c'est plus fort que moi, je hausse les sourcils.

— Vous n'êtes pas au courant ? dit-il.

— Vous sous-entendez qu'elle fait partie du Sinn Féin ? Cette expression gaélique signifie « Nous Seuls ». Ses membres clament partout que l'autonomie ne suffit pas, qu'ils ne se satisferont que d'une république séparatiste.

— Je ne sous-entends rien du tout. Mlle Lynn est la fille d'un pasteur du comté de Mayo qui s'est écartée du droit chemin – une socialiste, une suffragette, une fautrice de troubles et une anarchiste !

Cela me paraît trop gros pour être vrai, et Groyne a tendance à médire de toutes les femmes placées au-dessus de lui, mais là, les détails sont trop précis.

— La fille d'un pasteur, vous êtes sûr ?

— La plupart de ces fanatiques habillés en vert qui se disent amoureux de l'Irlande sont peut-être des catholiques comme nous, mais on trouve quelques protestants excentriques dans le lot, explique Groyne avec dégoût, sans remarquer le regard froid que lui jette Delia Garrett. Celle-là a été médecin en chef pendant l'insurrection de 1916. C'est elle qui recousait les blessures par balle de ces morveux de terroristes sur le toit de l'hôtel de ville.

Il pointe du doigt le bureau au troisième étage et ajoute :

— Les huiles là-haut en sont vraiment réduites à racler les fonds de tiroir.

La situation commence à me gêner.

— Ma foi, on ne peut sans doute pas faire les difficiles en ce moment.

La nouvelle patiente écarquille les yeux.

— L'hôpital a engagé une criminelle ?

L'aide-soignant fait signe que oui.

— Mlle Lynn a été expulsée du pays avec le reste de la bande et emprisonnée en Grande-Bretagne, mais malgré tout le sang qu'ils ont sur les mains, ils ont été libérés l'année dernière et sont revenus en douce. Vous le croyez, ça ?

Il faut que je reprenne le contrôle de la conversation avant que la panique se répande.

— Ses convictions politiques mises à part, je suis sûre que le *Dr* Lynn n'aurait pas été appelée à la rescousse aujourd'hui si elle n'était pas un médecin compétent.

L'accent que je mets sur son titre fait ricaner Groyne.

— Ah, je n'en dirai pas plus alors.

C'est sa réplique habituelle chaque fois qu'il en a beaucoup plus à raconter. Le voilà qui s'attarde maintenant, appuyé aux poignées du fauteuil roulant comme sur un bar. Depuis quelque temps, ce type ne rate pas une occasion de critiquer le sexe faible – faible à ce qu'il paraît ! Une fille m'apporte mon courrier, les usines d'armement emploient des ouvrières, et il y a même des femmes sapeurs-pompiers. Où cela finira-t-il ?

— Je ne voudrais pas vous retenir, Groyne.

Il saisit le message.

— Bonne chance à vous, madame O'Rahilly.

Et il repart d'un pas dansant, en chantant au fauteuil :

— *Are ye right there, Michael, are ye right?*

— Qu'est-ce qu'il est drôle, lui ! dit Bridie.

Je fais la moue.

— Vous ne l'aimez pas, mademoiselle Power ?

— Son sens de l'humour est trop noir à mon goût.

— Il faut bien rire un peu, quand même.

Nous aidons Mary O'Rahilly à ôter son châle, sa robe et sa culotte longue, mais nous lui laissons ses bas pour qu'elle ait plus chaud – elle n'arrête pas de frissonner. Nous lui passons ensuite une chemise de nuit. « On préfère que vous soyez plus à l'aise », dis-je toujours, même si c'est en réalité une question d'hygiène, certaines patientes arrivant pleines de poux. Dans un service convenablement équipé, j'aurais nettoyé les vêtements de cette femme à la vapeur, juste au cas où, mais là je ne peux que demander à Bridie de les envelopper dans du papier et de les poser sur l'étagère du haut. Je termine en lui montrant comment refermer la chemise de nuit sur le côté grâce aux liens prévus à cet effet, puis j'enfile une liseuse à Mary O'Rahilly et enroule un châle autour de son cou.

Ses traits se tordent soudain et elle se raidit.

J'attends que ça passe.

— La contraction était forte ?

On nous apprend à ne pas les qualifier de « douloureuses ».

— Pas trop, je dirais.

Sauf que c'est sa première grossesse et qu'elle n'a pas d'élément de comparaison.

— Vous savez quand le bébé doit arriver ?

Sa réponse est à peine audible :

— D'après ma voisine, en novembre peut-être.

— Vos dernières menstruations ?

Elle me regarde sans comprendre.

— Vos dernières règles ?

Elle rosit.

— Je ne peux pas vous dire, désolée. L'hiver dernier ?

Je ne lui demande pas à quand remontent les premiers mouvements du fœtus, parce que les primigestes les enregistrent rarement avant qu'il soit trop tard pour en tirer un repère fiable.

— Et ces contractions, où les ressentez-vous le plus souvent ?

Mary O'Rahilly agite vaguement la main vers son ventre.

Cela ressemble plus à un faux travail – un coup de semonce, pourrait-on dire – qu'à la succession impitoyable des vives douleurs de l'accouchement, souvent localisées au niveau du dos. Si ça se trouve, cette fille est encore à plusieurs semaines du terme.

— Vous avez un peu de répit entre deux contractions ?

Elle hausse les épaules d'un air chagrin.

— Ça varie ?

— Je ne sais pas.

Des douleurs irrégulières, qui vont et viennent : tout laisse penser à un faux travail.

— Et dites-moi, madame O'Rahilly, depuis combien de temps cela dure-t-il ?

— Je ne sais pas, répète-t-elle.

— Des heures ?

— Des jours.

Il est assez fréquent que le col de l'utérus mette vingt-quatre heures à se dilater, mais des jours… Si son bébé était vraiment sur le point de naître, l'accouchement aurait déjà commencé, non ?

La voix de Mary O'Rahilly se brise.

— Ça veut dire qu'il arrive ?

— Ah, nous le verrons bien assez tôt.

— Mais cet homme…

Je ne peux retenir un petit rire méprisant.

— Groyne était brancardier dans l'armée. Il a sans doute beaucoup appris sur les plaies et les infections. Sur les grossesses, en revanche...

Je pensais la faire sourire, mais elle est trop angoissée. Comme la plupart de mes patientes – même celles qui sont déjà mères –, elle n'a probablement encore jamais été hospitalisée.

Tout en continuant à l'interroger, je guette ce qui pourrait présager des complications. Le rachitisme est le principal fléau des quartiers pauvres – les enfants font leur poussée dentaire tardivement, ne marchent pas avant 2 ans et présentent des déformations de la colonne vertébrale, des côtes ou des jambes. Mais Mary O'Rahilly est juste de petite taille, avec un bassin proportionné au reste de sa personne. Pas de gonflement suggérant un problème rénal. Elle a été en parfaite santé durant toute sa grossesse jusqu'à ce qu'elle attrape cette grippe.

Elle frissonne et tousse de plus belle.

— J'ai fait si attention, mademoiselle. Je me suis gargarisée avec du vinaigre de cidre et je suis allée jusqu'à le boire.

J'acquiesce en gardant pour moi mon opinion. Certains se reposent sur la mélasse pour échapper à la pandémie, d'autres sur la rhubarbe, comme s'il y avait forcément un remède maison capable de nous sauver tous. J'ai même rencontré des imbéciles persuadés de ne rien avoir à craindre parce qu'ils portaient du rouge.

J'appuie ma main avec ma montre à l'intérieur contre la poitrine de Mary O'Rahilly, afin de pouvoir compter ses inspirations sans qu'elle s'en aperçoive. Le rythme est assez élevé entre ses quintes de toux. Je coince un thermomètre sous sa langue et complète sa fiche :

**Pouls régulier, mais légèrement faible**

— Au fait, ces bleus sur votre poignet… vous êtes tombée ? Vous avez eu un vertige, je suppose ?

Elle secoue la tête.

— Je marque facilement, c'est tout.

Quand j'examine le niveau du mercure au bout d'une minute, il n'est qu'un peu au-dessus de la normale.

— Votre cas n'est pas du tout inquiétant, dis-je.

Bridie et moi l'aidons à s'installer dans le lit du milieu. Le lit de mort d'Eileen Devine.

*Arrête, ne pense pas à ça. Tu veux porter malheur à cette pauvre fille ?*

— Les gens n'osent plus s'approcher les uns des autres, murmure Mary O'Rahilly. Cette grippe vous saute dessus tellement vite ! Il n'y a pas très longtemps, la police a défoncé une porte dans un immeuble derrière le nôtre et elle a découvert une famille entière morte sur le seul matelas du logement.

Personnellement, je trouve assez horrible que les voisins ne se soient pas approchés plus tôt… Mais comment juger autrui quand la peur rôde partout ?

J'ai maintenant besoin qu'elle s'allonge sur le dos pour palper son abdomen. Parce que cela peut faire mal si la vessie est pleine, je lui demande si elle souhaite aller d'abord aux toilettes.

Elle me répond que non.

Delia Garrett se manifeste sèchement :

— Moi, j'ai envie d'y aller.

Bridie propose de l'y emmener.

— D'accord, dis-je, après un temps d'hésitation. À condition que vous teniez bien Mme Garrett pour ne pas qu'elle tombe.

— Pourquoi voulez-vous que je tombe ?

Une fois qu'elles sont parties, je vérifie l'état d'Ita Noonan. Elle est toujours plongée dans sa torpeur.

Je reviens vers Mary O'Rahilly et soulève sa chemise de nuit, mais en veillant à couvrir ses parties intimes et ses cuisses avec un drap. Comme beaucoup de mères adolescentes, le bas de son abdomen est strié de varices pourpres spectaculaires. Les peaux jeunes et fermes ne sont pas habituées à être étirées ainsi. Enfin, le bon côté des choses, c'est que son âge devrait lui permettre de vite récupérer.

Je m'assois sur le bord du lit, face à elle, et frotte vigoureusement mes mains l'une contre l'autre. Malgré ça, elle sursaute quand je les pose sur son ventre.

— Désolée, elles vont se réchauffer. Essayez de vous détendre.

Je les fais glisser sur son ventre sans les soulever. Il est indispensable de ne pas tapoter la patiente comme si on jouait du piano sur sa peau afin que ses muscles ne se contractent pas. Je ferme les yeux et tente de visualiser le paysage intérieur de Mary O'Rahilly en m'appuyant sur ce que mes mains me disent. Il est là, le sommet de l'utérus, à une distance équivalente à la largeur de six doigts au-dessus du nombril. La jeune femme est à terme, ou pas loin. La grippe n'a pas réussi à faire sortir cette noisette plus tôt de sa coquille, Dieu merci.

Un seul fœtus. (Nous redoutons les jumeaux.) Présentation normale, tête en bas et face à la colonne vertébrale. Je trouve le petit derrière et suis l'arc du dos.

— Votre bébé est parfaitement positionné.

— Ah oui ?

La tête semble bien logée dans le bassin, mais elle peut s'y nicher un bon mois avant la naissance dans le cas d'une première grossesse. Cela ne me dit donc pas si le travail a commencé.

Bridie revient avec Delia Garrett et, sans me consulter, se perche sur le lit de Mary O'Rahilly pour lui prendre la main.

— Que faites-vous maintenant, mademoiselle Power ?

— Si vous voulez bien aller me chercher la chose qui ressemble à un cornet acoustique sur l'étagère du haut, je vais écouter les battements de cœur du bébé. Respirez profondément, madame O'Rahilly.

Je pose le pavillon du stéthoscope obstétrical contre son ventre – sur le côté, là où j'ai senti le dos du bébé, mais en descendant un peu – et je colle mon oreille contre l'autre extrémité.

— Que…

Je fais signe à Bridie de se taire en portant un doigt à mes lèvres et garde les yeux rivés sur la trotteuse de ma montre.

Rythme cardiaque du fœtus : 138 battements par minute. Tout à fait normal.

Une quinte de toux secoue Mary O'Rahilly de part en part. Je lui conseille de s'asseoir et lui fais boire un grand verre d'eau pendant que Bridie prépare de la limonade chaude. Quand une nouvelle contraction la saisit, je regarde l'heure. Vingt minutes depuis la précédente. Je l'allonge sur la gauche et l'invite à inspirer sur trois temps, à expirer de même, et ainsi de suite. S'il ne s'agit que de simples douleurs, cela devrait la soulager.

Un coup d'œil à Ita Noonan, toujours endormie.

— Tout va bien, madame Garrett ? Vous n'avez plus de diarrhée ?

Elle fait claquer sa langue.

— Au contraire, je me sens constipée, maintenant.

J'ai du mal à concevoir que cela soit possible alors qu'elle vient de se vider.

Mary O'Rahilly interrompt brusquement son petit bourdonnement malaisé.

— Était-ce comme tout à l'heure ou moins fort ?

— Comme tout à l'heure ? hasarde-t-elle, l'air perdue.

J'en conclus cette fois que le travail a bien commencé. Mais si ses contractions restent espacées de vingt minutes après plus d'une journée… mon Dieu, la pauvre fille va en avoir pour un moment.

Mais, bien sûr, la dernière chose dont j'ai envie, c'est que l'une de ces femmes accouche dans cette toute petite pièce alors qu'il n'y a pas d'obstétricien à l'hôpital.

Un examen interne me permettrait d'évaluer la dilatation du col, mais je le repousse parce qu'on m'a trop répété qu'on risquait d'infecter les patientes chaque fois qu'on plongeait la main en elles.

Dans le doute, m'a-t-on appris, mieux vaut attendre.

— Si vous vous en sentez capable, cela vous ferait peut-être du bien de marcher, vous savez, madame O'Rahilly. Cela faciliterait l'ouverture du col tout en lui donnant une occupation.

— Où ? demande-t-elle, surprise.

Je me creuse la cervelle. Je ne peux pas envoyer des malades contagieuses se promener dans les couloirs, mais on n'a pas la place de se retourner dans cette pièce...

— Faites des allées et venues autour de votre lit. Là, on va enlever ces chaises pour vous libérer le passage. Et buvez un peu de limonade en même temps.

Bridie empile les chaises et les case sous le bureau avant que j'aie eu le temps de l'en prier.

Mary O'Rahilly effectue quelques petits pas prudents autour de son lit.

— Ça va ? Vous avez assez chaud ?

— Oui, merci, madame.

— Mademoiselle Power, dis-je doucement.

— Désolée.

— Ce n'est rien.

Je la vois soudain agripper son ventre à travers sa chemise de nuit et appuyer un doigt sur son nombril.

— C'est à cet endroit que vous avez mal ?

Elle secoue la tête et tousse contre le dos de sa main.

— Je me demande juste comment je saurai qu'il est sur le point de s'ouvrir.

Je marque un temps d'arrêt.

— Votre nombril ?

Sa voix tremble tandis qu'elle continue à aller et venir.

— Est-ce que ça se fait tout seul ou est-ce que le médecin devra... le forcer ?

Je suis gênée pour elle.

— Madame O'Rahilly, ce n'est pas par là que sortent les bébés.

Elle me dévisage, stupéfaite.

— Pensez à l'endroit où tout a commencé.

Devant son silence, j'ajoute en chuchotant :

— En bas.

Ébranlée, elle paraît sur le point de dire quelque chose, mais se ravise ensuite, les yeux brillants.

Bridie s'avance vers elle avec le manuel d'obstétrique, qu'elle a pris cette fois encore sans me consulter.

— Tenez, regardez : ici, c'est le haut de la tête du bébé, et là…

Elle tourne la page.

— … il sort de son ventre !

Mary O'Rahilly cille devant ces images explicites, mais opine en assimilant l'information. Puis elle s'écarte comme si elle ne supportait pas d'en voir davantage.

— Merci, Bridie.

Je lui fais signe de ranger le livre avant que notre patiente remarque les sections les plus inquiétantes : les mauvaises présentations du fœtus, les anomalies, les interventions chirurgicales.

Aveuglée par la peur, Mary O'Rahilly titube autour de son lit.

Les puritains qui considèrent que l'ignorance est le bouclier de la pureté me mettent hors de moi.

— Votre mère aurait dû vous expliquer, dis-je. C'est ainsi que vous-même, vous êtes venue au monde. J'ai assisté à des dizaines d'accouchements – non, des centaines –, et c'est un spectacle magnifique.

Je m'efforce de ne pas penser à tout ce qui peut mal tourner. Ni à cette jeune blonde rencontrée lors de mon premier mois à l'hôpital, celle dont le travail a duré trois jours, à qui le médecin a été obligé de faire une césarienne pour extraire son bébé de 5,5 kg, et qui a succombé à l'infection de sa plaie.

La voix de Mary O'Rahilly est à peine audible :

— Maman est morte quand j'avais 11 ans.

Je regrette mes paroles.

— Je suis désolée. Était-ce…

— En accouchant de mon dernier frère, ou du moins en essayant.

Elle parle tout bas, comme si c'était un secret, un secret honteux par-dessus le marché, et non pas la tragédie la plus ordinaire jamais racontée. Cette fille ignore comment se déroule une naissance, mais elle en a retenu cet élément fondamental : le risque.

Pour cette raison sans doute, je lui fais un aveu :

— Ma mère nous a quittés de la même façon.

Tous les regards se tournent vers moi.

— Vraiment ? dit Mary O'Rahilly, l'air presque réconfortée.

— Dans notre cas, j'avais 4 ans, et le bébé a survécu.

Tandis que Bridie m'observe avec des yeux débordant de compassion, la jeune patiente se signe et reprend sa marche.

De mon côté, j'ai l'impression de dériver avec ces inconnues sur un bateau victime d'une avarie en pleine tempête.

Delia Garrett laisse échapper un grognement.

— Mes intestins… Il faut que j'aille à la selle, mademoiselle, mais je sais que rien ne sortira !

Je reporte toute mon attention sur elle. Focalisée sur la nouvelle venue, j'ai oublié que la constipation pouvait être un signe avant-coureur du travail. Mais Delia Garrett n'est censée accoucher que dans huit semaines. Et il s'agit de sa troisième grossesse – elle devrait reconnaître les douleurs, non ?

Sauf qu'elle répugne tant à rester à l'hôpital qu'elle a très bien pu nier tous les indices révélateurs de son état.

Et cette grippe ne commence-t-elle pas à traîner la sale réputation de faire naître les bébés bien avant l'heure ?

Delia Garrett est prise d'une violente toux.

— Dites-moi, madame Garrett, quand vous avez envie d'aller aux toilettes, est-ce que tout votre ventre se tend ?

— Comme la peau d'un tambour !

Encore un signe qui ne trompe pas.

Je la fais allonger sur le dos avec les genoux légèrement pliés afin de la palper. Les fesses du bébé sont vers le haut et la tête en bas – un bon point, ça.

— Bridie, le stéthoscope en bois, s'il vous plaît.

Paniquée, Delia Garrett tente de se redresser en position assise.

— Il n'est pas question que vous me touchiez avec ce truc.

— Ce ne sera pas douloureux.

— Je ne supporte pas qu'on appuie quoi que ce soit sur moi pour le moment.

— Très bien, je vais utiliser mon oreille.

Je colle ma joue contre son ventre et lui demande d'inspirer à fond.

— Je vous dis que j'ai besoin d'aller aux toilettes !

— Je ne pense pas, madame Garrett. Mais je peux vous donner le bassin, si vous voulez.

Bridie fonce en chercher un.

Je colle de nouveau mon oreille contre sa peau brûlante et tendue. Je perçois un pouls… seulement, sans même compter, je comprends qu'il est trop lent pour être celui du bébé.

Sa toux résonne dans ma tête.

— Laissez-moi essayer à un autre endroit…

Mais elle gigote et proteste que j'appuie trop fort, et je ne parviens pas à distinguer les petits battements que je guette, ce rythme fœtal presque deux fois plus rapide que celui de la mère en temps normal.

— S'il vous plaît, madame Garrett, ne bougez pas.

— Ça me fait mal de rester sur le dos !

Je lui réponds d'un ton apaisant, comme pour calmer un cheval effrayé :

— Je sais.

— Comment une vieille fille pourrait-elle le savoir ? réplique-t-elle d'une voix suraiguë.

Bridie écarquille les yeux et croise mon regard.

Je souris et secoue la tête pour montrer que je ne le prends pas personnellement. Les femmes en train d'accoucher sont souvent à cran à l'approche du moment décisif. C'est un signe utile, en fait.

Le visage de Delia Garrett se crispe encore, et elle se met à gémir.

Je note l'heure.

En attendant que la douleur passe, je vais voir Ita Noonan. Le teint toujours écarlate, elle sommeille.

Entre leurs deux lits, Mary O'Rahilly va et vient d'une démarche fantomatique – trois pas vers la fenêtre, trois autres en sens inverse –, en essayant de ne pas me gêner.

— Comment allez-vous, madame O'Rahilly ?

— Très bien. Je peux m'asseoir un peu ?

— Bien sûr. Faites comme vous le sentez.

Je la contourne pour m'approcher d'Ita Noonan, dont je tire doucement la lèvre en arrière avant d'insérer un thermomètre sous sa langue. Elle ne bronche pas.

Retour auprès de Delia Garrett. J'ai besoin d'une preuve supplémentaire : la tête du fœtus est-elle descendue dans le bassin ou flotte-t-elle encore ?

— Restez immobile, s'il vous plaît, madame Garrett. Je n'en ai pas pour longtemps.

Positionnée face à son ventre luisant, j'effectue une prise de Pawlik en enfonçant les doigts de ma main droite dans la région juste au-dessus de l'os pubien, comme pour saisir une énorme pomme. Puis j'essaie délicatement de décaler le petit crâne vers le…

— Aaahhh !

Delia Garrett me repousse d'un violent coup de genou.

Je masse ma côte endolorie en réfléchissant. La tête n'a pas du tout bougé sous mes doigts, donc oui, cette femme est en train d'accoucher avec deux mois d'avance.

Bridie attire mon attention sur Mme Noonan.

La patiente a laissé échapper le thermomètre, qui est tombé sur sa couverture.

— Ramassez-le, voulez-vous, Bridie ? Vite, avant qu'il refroidisse.

Elle se précipite entre les deux lits.

— Montrez-moi.

Elle me tend le thermomètre à la verticale.

— À plat ! Pour que je puisse lire la mesure.

Elle le retourne.

41 °C. La fièvre monte encore.

— Il reste un peu de whisky dans sa tasse ?

— Plein.

— Mettez-lui des linges frais sur la nuque, alors.

Elle s'empresse d'obéir.

Je tire légèrement sur la culotte longue de Delia Garrett.

— Il va falloir l'ôter, dis-je.

Elle souffle fort, mais soulève ses hanches afin que je puisse la lui retirer.

— Vous voulez bien écarter les genoux ? Juste une minute.

Je n'ai même pas à la toucher. Ses poils pubiens sont collés entre eux par une substance rouge : ce qu'on appelle le bouchon muqueux, le signe le plus fiable.

Derrière moi, Bridie pousse un cri d'exclamation choqué, mais il est presque aussitôt couvert par la plainte de Delia Garrett.

Je lui referme les jambes et sors ma montre. À peine cinq minutes depuis la dernière contraction. Ça va beaucoup trop vite. Un accouchement à trente-deux semaines, cela veut dire un grand prématuré. Tout ce qu'on peut faire avec ces bébés, c'est les garder huit jours au chaud dans la couveuse à l'étage, puis les renvoyer chez eux enveloppés dans de la ouate, avec une pipette pour les nourrir, en priant pour qu'ils passent le cap de leur première année – surtout dans le cas des garçons, notoirement plus faibles.

Mais ma tâche la plus urgente est de prendre soin de la mère. Je dois empêcher la tension artérielle de Delia Garrett de monter trop haut.

Je lui prends le poignet. Sous la pulpe de mes doigts, son pouls fait un bond, comme un fleuve en crue. Je tapote ses oreillers.

— Asseyez-vous et appuyez-vous contre eux.

Elle s'exécute.

Bouche bée, Bridie se tient toujours près de moi avec le thermomètre.

Je lui demande de le désinfecter, juste histoire de l'éloigner, et la suis vers l'évier.

— Vous savez quelle partie du corps d'une infirmière est la plus importante ? lui dis-je à l'oreille.

Elle reste d'abord perplexe.

— Ses mains ? Ses pieds ?

Je montre mon visage et me compose une mine sereine.

— Si une infirmière a l'air inquiète, ses patients s'inquiéteront eux aussi. Surveillez votre expression.

Elle acquiesce en semblant saisir le message.

Je repars auprès de Delia Garrett.

— Je crois que vous allez accoucher, ma chère.

Pour la première fois, la peur transparaît dans sa voix.

— Impossible ! Ma fille est censée être un bébé de Noël.

— Ma foi, elle doit se prendre pour un bébé de Halloween, dis-je d'un ton que je veux joyeux.

— Ah, non !

Derrière moi, Bridie affiche une mine consternée. Du sang coule sur sa main.

— Qu'avez-vous fait ?

Elle voûte le dos.

— Désolée, j'ai plongé le thermomètre dans la casserole, mais il a dû heurter quelque chose, alors je l'ai sorti et…

Je voulais qu'elle le trempe dans la bassine d'acide phénique. Quelle gourde peut ignorer qu'un fragile tube en verre ne résiste pas à l'eau bouillante ?

Mais je me mords la langue. Difficile d'attendre de cette jeune femme qu'elle acquière les bases du métier d'infirmière en quelques heures.

— Excusez-moi un instant, madame Garrett.

Elle enfouit son visage dans les oreillers en gémissant.

Je traverse la pièce, attrape la main de Bridie et la secoue légèrement au-dessus de l'eau bouillonnante jusqu'à ce que les éclats de verre tombent dedans. Je sèche ensuite son doigt sur un linge stérile et tapote l'entaille avec un crayon hémostatique sorti de mon tablier – je n'ai pas envie qu'elle laisse goutter son sang partout.

— Et voilà. Maintenant, pourriez-vous foncer voir Mme Finnigan à l'étage au-dessus ? Dites-lui que j'ai un accouchement prématuré précipité…

Mince, elle ne retiendra jamais des mots qui lui sont si peu familiers.

— Un accouchement prématuré *rapide*, dis-je à la place.

N'ai-je pas plutôt intérêt à prendre le temps de rédiger un message ?

— Dites-lui que les contractions de Mme Garrett sont espacées de moins de cinq minutes et qu'il nous faut un médecin. Si la nouvelle n'est pas encore arrivée, alors n'importe qui d'autre. Vous vous en souviendrez ?

Bridie répète d'une voix surexcitée : rapide, cinq minutes, n'importe quel médecin.

Et elle détale.

— Ne courez pas !

Delia Garrett grogne de contrariété.

— Je me tue à vous le dire, j'ai envie d'aller aux toilettes.

Je saisis le bassin hygiénique que Bridie lui a apporté.

— Pas ça !

— Vous devez vous reposer et conserver vos forces, madame Garrett.

*Et si son bébé sortait d'un coup dans le couloir ou aux toilettes ?* C'est plutôt à ça que je pense.

Elle me laisse de mauvaise grâce remonter sa chemise de nuit et placer le bassin sous ses fesses, mais comme je m'y attendais, rien ne vient.

— Tant que nous y sommes, dis-je, je vais vous nettoyer.

Elle ne s'y oppose pas et se contente de fermer les yeux en restant pitoyablement accroupie au-dessus du bassin. Je lave d'abord ses parties intimes avec de l'eau savonneuse, puis avec une solution désinfectante chaude afin de la débarrasser des germes qui pourraient s'infiltrer en elle ou contaminer son bébé à la naissance.

Quand arrive la contraction suivante, elle baisse la tête et pousse un son guttural qui se transforme en toux déchirante.

— Vous auriez quelque chose contre la douleur, mademoiselle Julia ?

— Je suis sûre que lorsque le médecin…

— Maintenant !

— Les infirmières ne sont hélas pas autorisées à prescrire des médicaments.

— Alors, à quoi servez-vous ?

Je n'ai pas de réponse à ça.

— Allongez-vous, madame Garrett. Sur le côté gauche, vous serez mieux.

Quand la parturiente est tournée sur le côté droit, son utérus risque de compresser la veine cave et de réduire l'afflux de sang dans son cœur.

— Inspirez profondément.

Je prends un linge propre et le plonge dans l'eau bouillante. Une fois qu'il a refroidi, je l'essore, le plie et reviens près de Delia Garrett.

— Ramenez vos genoux vers votre poitrine, de façon à ce que votre derrière soit bien accessible, voulez-vous ?

Elle grogne, mais s'exécute.

— C'est une compresse chaude, dis-je en appliquant le linge contre son périnée.

Un sanglot.

— Cette pression que vous ressentez, c'est la tête du bébé.

— Faites en sorte que ça s'arrête !

*Depuis combien de millénaires les femmes le demandent-elles en vain ?*

— Non, non, ça veut dire que vous n'en avez plus pour très longtemps.

*Mais où a bien pu passer cette fichue femme médecin ?*

Sur le lit du milieu, la jeune Mary O'Rahilly est recroquevillée, en proie à ses propres contractions lentes et incessantes. Elle a le front moite, les cheveux noirs et luisants, des cernes sombres sous les yeux. Un accouchement est une telle loterie. Tantôt le travail abrutit les femmes de douleur des jours d'affilée, tantôt il s'abat sur elles à la vitesse de l'éclair.

Je ne peux tout simplement pas prodiguer des soins manuels à deux patientes en même temps, et Delia Garrett est prioritaire. Mais quand Mary O'Rahilly se crispe de nouveau, je m'adresse doucement à elle :

— Celle-là était très forte, madame O'Rahilly ?

Je n'ai droit qu'à un malheureux haussement d'épaules – à croire que cette fille de 17 ans n'est pas qualifiée pour mesurer ce qu'elle subit – et à une série de petites quintes de toux.

— Quand Bridie Sweeney reviendra, je lui demanderai de vous préparer encore un peu de limonade chaude.

Delia Garrett pousse un cri.

Tout en maintenant la compresse contre elle, je regarde l'heure. Les contractions ne sont plus espacées que de trois minutes. Je passe un doigt sur le dos argenté de ma montre, comme pour effacer ses sinistres éraflures, puis la range dans mon tablier.

— Ce n'était pas pareil les autres fois, mademoiselle Julia, gémit Delia Garrett. Vous ne pouvez pas me donner quelque chose ?

Et pourquoi n'ai-je pas le droit, en dernier recours ? La moitié des règles de l'hôpital n'ont-elles pas déjà été jetées aux orties ?

À la place, je flanque la compresse à la poubelle et me positionne derrière la jeune femme.

— Voyons si ceci vous soulage, madame Garrett. Mettez-vous à quatre pattes.

Elle ronchonne, mais se soulève péniblement. Du plat de la main, je pousse fort sur ses deux ischions.

— Oh, oh !

Cela signifie que j'atténue sa douleur, j'espère.

Au moment de la contraction suivante, trois minutes plus tard, j'appuie mes pouces sur les dernières vertèbres de chaque côté de sa colonne, mais cela n'a aucun effet. Je passe aux fossettes sacro-iliaques, en bas du dos, en enfonçant mes jointures dedans et en pesant de tout mon poids dessus.

— C'est mieux ?

— Un peu, répond Delia Garrett d'un ton préoccupé.

Ces contre-pressions ne figurent dans aucun manuel, ce sont juste des tuyaux qui se transmettent de sage-femme à sage-femme, même si les plus rigoristes n'approuvent aucune tentative visant à soulager des douleurs qu'elles considèrent comme normales et productives. Pour ma part, je défends fermement tout ce qui peut aider une patiente à conserver ses forces et à surmonter cette épreuve.

Dans le silence, Delia Garrett s'affaisse contre ses oreillers et redescend sa chemise de nuit.

— Je ne voulais pas de ce bébé, marmonne-t-elle, les yeux clos.

Des bruits de pas derrière moi. Je comprends à la mine de Bridie qu'elle a entendu ces paroles.

Je saisis la main brûlante et manucurée de Delia Garrett – un geste tout naturel.

— Deux, ça me paraissait bien assez. Ou si au moins mes petites filles avaient eu plus de temps pour grandir… Ce n'est pas que je n'en voulais pas un troisième, mais pas si vite. Je suis horrible de penser ça ?

— Pas du tout, madame Garrett.

— Maintenant je crois que je suis punie.

— Absolument pas ! Reposez-vous et respirez à fond.

Et Bridie est là, elle aussi, qui lui prend l'autre main.

— Le médecin arrive, dit-elle.

— Oh, oh !

Une nouvelle vague de douleur.

Durant le court répit qui suit, j'installe Delia Garrett sur le côté et demande à Bridie d'effectuer un mouvement de rotation au bas de son dos avec sa main tout en la tenant par la hanche.

— Comme quand on pédale à vélo, vous voyez ?

— Ah oui ?

Cela me sidère que cette fille ne connaisse rien aux choses les plus banales qui soient – les vélos, les thermomètres, les enfants à naître. Mais elle se montre si reconnaissante de tout ce qu'on lui donne, d'une simple pommade pour la peau à un thé cendreux, et elle apprend si vite tout ce que je lui enseigne que je ne peux guère lui en tenir rigueur.

— Ne vous arrêtez pas, ordonne Delia Garrett.

Je laisse Bridie continuer à la masser et vais m'occuper des deux autres femmes.

Le visage toujours écarlate, Ita Noonan ne cesse de se tourner et se retourner dans son lit. Je ne sais plus quoi faire pour combattre sa fièvre sans nos aides habituelles, l'aspirine et la quinine.

— Madame O'Rahilly, comment allez-vous ?

Elle frissonne en haussant les épaules.

Ses contractions restent espacées de vingt minutes, selon mes notes.

— Essayez de dormir si vous pensez pouvoir y arriver.

— J'en doute.

— Marchez encore un peu, dans ce cas.

Elle étouffe une quinte de toux contre son oreiller, puis se lève et refait des petits pas autour de son lit, comme une lionne dans une cage trop étroite.

Delia Garrett se met à gémir.

— Bon sang, est-ce que je peux commencer à pousser ?

La panique m'envahit.
— Vous en ressentez le besoin ?
— Je veux juste en finir !
— S'il vous plaît, attendez le médecin.
Un silence rebelle.
— J'ai peur que ma poche ne se soit rompue, annonce-t-elle.
Je vérifie. Difficile de distinguer le liquide amniotique de l'eau qui a coulé de la compresse, mais je la crois sur parole.
À ce moment-là, un très jeune homme en costume noir s'engouffre dans le service et se présente comme le Dr MacAuliffe, chirurgien généraliste.
Je suis dépitée. Il n'a pas l'air d'avoir plus de 25 ans. Ces médecins inexpérimentés ne connaissent le plus souvent rien au corps des femmes.
Évidemment, il veut pratiquer un examen interne. Mais au moins n'est-il pas négligent en matière d'hygiène. Il me réclame des gants bouillis, s'entretient brièvement avec Delia Garrett pendant que je lui en sors une paire d'un sachet en papier, puis se savonne les mains et se brosse le dessous des ongles avant de les enfiler.
Je positionne les cuisses de Delia Garrett à l'équerre par rapport à son buste, de façon à ce que ses fesses dépassent du bord du lit et que MacAuliffe ait plus de place pour travailler.
À peine l'a-t-il touchée qu'elle crie.
— Allons, allons, madame…
De toute évidence, il a compris à son accent qu'il convenait de ne pas s'adresser à elle sur un ton trop familier.
— Le travail progresse bien.
C'est vague, ça.
Il retire ses gants.

Je fais signe à Bridie de les jeter dans la poubelle des affaires à stériliser.

— Le col est complètement dilaté, docteur ?

— Ah, il semblerait.

Je ravale un juron. Parce qu'il n'est pas capable de le dire ? Et s'il se trompe et que le col de l'utérus ne s'est pas effacé ? Et si Delia Garrett pousse assez fort pour qu'il enfle et empêche la sortie du bébé ?

— Détendez-vous et laissez Mlle Power s'occuper de vous, dit-il à Delia Garrett.

La toux de cette dernière sonne comme un aboiement.

— Puis-je lui donner quelque chose pour la soulager, docteur ?

— À ce stade de l'accouchement, franchement, cela ne me paraît guère…

J'insiste :

— Et pour la calmer. Le Dr Prendergast s'est inquiété de la force élevée de son pouls.

Ma remarque produit son effet, parce que Prendergast a plus d'ancienneté que lui.

— Du chloroforme, alors, dit-il. La dose habituelle.

Je devrais l'interroger sur Mary O'Rahilly, mais mon instinct me retient. Les jeunes médecins ont tendance à traiter la nature de la même façon qu'on traiterait un cheval paresseux – avec un coup de fouet. Ils se méfient en particulier des primigestes, qui n'ont pas encore fait la preuve de leur capacité à accoucher sans aide. Et face à une parturiente dont le travail est rendu plus éprouvant par la grippe de cette année, un jeune chirurgien tel que MacAuliffe pourrait paniquer, trouver ce retard anormal, ordonner une dilatation manuelle, et pour finir y aller au forceps. La jeune fille a beau endurer des contractions depuis un bon moment, je n'ai aucune envie de voir ce blanc-bec brandir des instruments susceptibles de lui faire autant de mal que de bien.

À la place, j'attire de nouveau son attention sur Delia Garrett.

— Quand pourra-t-elle pousser ?

— Oh, quand elle le souhaitera. Et dès que vous apercevrez la tête du bébé, faites-moi appeler, ajoute-t-il sur le seuil de la pièce.

— Je doute qu'il y en ait pour très longtemps. Vous ne pouvez pas rester, docteur ?

— On est tous débordés, lance-t-il par-dessus son épaule.

Le silence retombe sur nous après que la porte s'est refermée.

Je suis la responsable par intérim du service, je ne dois pas l'oublier. Je redresse le dos, mais j'ai les jambes qui flageolent et je me sens prise de vertiges. Mon morceau de pain et mon chocolat chaud remontent à trop loin.

Mon assistante ne me quitte pas des yeux.

Je me force à sourire.

— Désolée, Bridie, avec ça je ne vous ai pas envoyée déjeuner.

— Je vais très bien !

Au moins, j'ai la permission de donner un antalgique à Delia Garrett. Je sors un inhalateur de l'armoire à pharmacie et verse une dose de chloroforme sur le tissu en coton taché.

— Remettez-vous sur le côté gauche, madame Garrett. Plaquez ça sur votre bouche et utilisez-le chaque fois que vous en avez envie.

Elle inspire à fond. Je prends son pouls, qui ne me paraît guère plus bondissant qu'avant. Oh, pourquoi n'ai-je pas pensé à dire à MacAuliffe de vérifier celui du bébé avec son stéthoscope ? Peut-être que Delia Garrett me laisserait essayer avec le mien si je le lui demandais maintenant.

Mais une autre contraction survient déjà.

J'appuie fort au bas de son dos avec mes poings. Que cela semble long, une minute entière de douleur, même pour quelqu'un qui ne fait que l'observer. Je pousse et malaxe son bassin comme si je manipulais une lourde machine. En attendant que la contraction passe, je m'aperçois que je ne m'imagine pas endurer ça, et pourtant c'est une expérience que vivent la plupart des femmes partout dans le monde. Y a-t-il quelque chose qui cloche en moi pour que je me contente toujours de flotter au-dessus de la scène tel un ange de pierre ?

*Concentre-toi, Julia.*

Delia Garrett a dit que ses deux premières filles étaient sorties d'un coup. Il vaut mieux que je me prépare à un accouchement imminent et que je sois en mesure de prévenir au maximum une éventuelle déchirure du périnée quand la tête du bébé jaillira. Je ne peux pas offrir à cette femme la moindre intimité, mais prévoir le matériel nécessaire et avoir un berceau à disposition, ça, oui.

— Bridie, pourriez-vous retourner à la maternité et leur demander un de ces berceaux pliables sur roues qu'on case au bout des lits ?

Elle fonce sur-le-champ.

— Mademoiselle Julia !

C'est Delia Garrett.

— Inspirez plus de chloroforme, dis-je en collant l'inhalateur contre sa bouche. Vous êtes épatante !

Profitant de l'accalmie suivante, je me relave les mains et rassemble tout ce qui pourra servir pendant l'accouchement : une bassine avec des gants baignant dans une solution de biiodure de mercure, des compresses, des ciseaux, une seringue remplie de chloroforme et une autre de morphine, un porte-aiguille et des aiguilles, des fils de suture.

Delia Garrett émet un nouveau son, une sorte de grondement grave.

— Vous êtes prête à pousser ?

Elle acquiesce vigoureusement.

Je lui retire l'inhalateur. Il faut qu'elle reste alerte.

À cet instant seulement, je me rends compte que, contrairement aux vrais lits d'hôpitaux de la maternité, ces lits de camp n'ont pas de barreaux à leur extrémité. Je n'ai pas le choix, je dois demander à Delia Garrett de s'allonger dans l'autre sens.

— Pourriez-vous vous retourner complètement ?

— Qu'est-ce que ça changera ?

Je redresse son oreiller contre l'appuie-tête.

— Quand la douleur arrivera, enfoncez votre pied gauche contre ceci et poussez, d'accord ?

J'enlève les couvertures et les draps pour qu'elle puisse bouger plus facilement, avant d'enrouler une longue serviette autour d'un des angles inférieurs du cadre métallique et de la placer dans sa main.

— Tirez fort là-dessus aussi.

Delia Garrett agrippe la serviette, le souffle rauque.

Je remonte sa chemise de nuit et plie sa jambe droite sur mes genoux pour bien voir.

Sans que je m'en aperçoive, Bridie est revenue avec le berceau demandé. Elle est toute pâle – la faute à un malaise, à la fatigue, ou juste à l'excitation ? Parmi tous les services dans lesquels elle aurait pu être envoyée ce matin, il a fallu qu'elle tombe sur celui-là… Avait-elle la moindre idée de ce qui l'attendait ?

— Merci, Bridie. Filez chercher le Dr MacAuliffe, maintenant.

Elle repart en courant.

Le jeune chirurgien sera peut-être contrarié de devoir patienter durant plus de quelques contractions, mais tant pis. Je ne tiens pas à ce qu'il reste absent trop longtemps.

La contraction suivante fait hurler Delia Garrett.

— Rappelez-vous, dis-je. Les cris assourdis, ce sont eux qui soulagent le plus.

Je m'agenouille derrière elle et positionne ma cuisse contre le bas de son dos afin qu'elle puisse s'arc-bouter contre elle le moment venu. La serviette est si serrée autour de ses mains qu'elle les fait blanchir. Ce silence pendant qu'elle retient sa respiration et pousse… il n'y a rien de comparable. Une évidence s'impose à moi : aucun autre métier ne pourrait m'apporter autant de satisfaction.

— Aaaaahhhh !

— Reposez-vous une minute, le temps de reprendre votre souffle.

Je m'assure que son pouls n'est pas trop fort.

— Votre déjeuner, dit une voix que je ne reconnais pas. Désolée pour le retard.

Je rabats la chemise de Delia Garrett pour préserver sa pudeur et tourne la tête vers la porte, où une fille de cuisine au visage barré d'une tache de naissance pourpre tient trois plateaux empilés les uns sur les autres.

— Pas maintenant, s'il vous plaît !

Désemparée, elle regarde autour d'elle. Il n'y a pas assez de place sur les plans de travail et sur le bureau.

— Peut-être que si je les pose par terre… ?

Je sais que l'une de nous finira forcément par trébucher dessus.

— Laissez-les dehors, dans le couloir.

La fille disparaît.

Je tempère mon agacement et reporte mon attention sur Delia Garrett. Je vois la prochaine contraction dans ses yeux, semblable à un train qui arrive.

— Baissez le menton, madame Garrett. Enroulez-vous sur vous-même en poussant. Tapez votre oreiller avec votre talon et tirez sur la serviette.

Elle gémit.

Je songe aux paroles d'Ita Noonan la semaine dernière, au moment de son admission, quand elle avait encore toute sa tête. Au début, elle ne voulait pas que je m'approche d'elle. Pour tous ses précédents accouchements, disait-elle, elle avait fait appel à une de ses voisines du nom de Granny. Cette femme avait des mains miraculeuses. En avais-je également ? J'ai été tentée de rétorquer que j'avais trois diplômes à la place, mais le plus dur avec les patients est de les convaincre qu'ils n'ont rien à craindre, aussi l'ai-je regardée droit dans les yeux en lui jurant que oui, j'avais des mains miraculeuses.

Je relève la chemise de nuit de Delia Garrett et passe un bras autour de sa jambe droite pour l'écarter. Cette fois, elle pousse sans faire le moindre bruit, mais son visage est d'un rouge terne.

Là, entre ses cuisses, au cœur de ses chairs violacées, une touffe de poils plus sombres.

— Je vois la tête, madame Garrett !

Elle sanglote, et la touffe disparaît.

— Attendez avant de pousser encore, contentez-vous d'inspirer et de souffler par petits à-coups. Comme pour éteindre des bougies.

Son périnée est très bombé. Le bébé risque de le déchirer s'il sort trop vite au beau milieu d'une contraction. Je pourrais appuyer dessus, mais ce serait exercer une pression supplémentaire sur ce muscle délicat. À la place, je fais ce que Mme Finnigan m'a appris : je pose le plat de ma main droite derrière l'anus de la patiente et dirige la tête du fœtus vers l'avant, tout en amenant mon bras gauche entre ses jambes afin d'être prête, juste devant ses parties intimes.

— Maintenant !

Elle s'arc-boute si fort contre moi que je crains un instant qu'elle me casse le poignet.

J'aperçois de nouveau la tête, à quelques centimètres de mon visage. Avec trois doigts, je tente d'agripper le petit crâne glissant et de le tirer vers moi.

Delia Garrett râle comme si elle était dévorée vivante par des loups et tape du pied contre son oreiller.

Des bruits de pas lourds derrière moi. Ce n'est que Bridie, qui manque s'étrangler en découvrant la patiente dans cet état, la tête pendant presque dans le vide.

La touffe noire disparaît encore, avalée par les chairs pourpres.

— Où est le Dr MacAuliffe ? dis-je d'une voix posée.

— À l'étage des hommes, dans le service des maladies infectieuses. Désolée, ils n'ont pas voulu me laisser monter, mais un message lui a été transmis.

Je ferme les yeux, puis me rappelle que je sais comment faire naître ce bébé. J'ai des mains miraculeuses.

J'attends un répit entre deux contractions. Le plat de la main droite. Les doigts de la gauche. Je guette une prise sur le crâne du bébé à la manière d'un alpiniste accroché à une paroi rocheuse sous la pluie.

— Maintenant, allez-y de toutes vos forces, madame Garrett...

— Aaaaahhhh !

Une veine bleue se gonfle sur sa tempe. Delia Garrett est une clé dans une serrure, une clé qui bloque, bloque, et soudain tourne enfin…

Elle rugit. Se déchire tel un colis mouillé. Du sang coule entre mes jointures. Ce n'est pas juste une tête, mais tout le bébé qui a jailli sur le drap.

— Magnifique !

Sauf que le nourrisson a des lèvres rouge-noir et que sa peau bleuie par endroits se desquame comme après un coup de soleil, alors même qu'elle n'a jamais vu la lumière. Une fille. Une toute petite fille mort-née.

Je la soulève en l'enveloppant dans une couverture. Quelle grosse tête pour un corps si maigre. Au cas où je me serais trompée, je lui donne une tape dans le dos.

Rien.

Je déteste faire ça, mais je recommence.

Toujours rien.

Je lisse la peau constellée de pellicules blanches. Le large visage aux paupières si exquises.

Bridie ouvre de grands yeux devant la créature inerte dans mes mains.

— Pourquoi est-il tout... ?

J'articule en silence :

— Mort.

Elle se rembrunit aussitôt.

Sur le lit du milieu, Mary O'Rahilly nous observe avec effroi, appuyée sur un coude. Devinant à notre expression ce qui se passe, elle se détourne et se replie sur elle-même en toussant.

— Redonnez l'inhalateur à Mme Garrett, voulez-vous, Bridie ?

Dès qu'elle le sent contre sa bouche, Delia Garrett inspire fort en émettant un sifflement.

Le bout de mes doigts repose sur les petits membres de plus en plus froids. En silence, je dis une prière. *Mère de Dieu, prenez cette enfant avec vous.*

Puis je l'emmaillote et demande à Bridie d'aller me chercher une bassine.

Je couche le bébé à l'intérieur.

— Un linge propre maintenant, s'il vous plaît.

Je l'étends au-dessus. Ma vision se brouille, et j'essuie mes paupières.

Tout est tranquille à présent dans la pièce. Les yeux fermés, Delia Garrett est épuisée par son travail. Je vérifie son pouls. Il n'est plus du tout bondissant. Ça, au moins, c'est une bonne nouvelle.

Elle s'agite dans son lit.

— C'est une fille ?

Je rassemble toutes mes forces.

— Madame Garrett, j'ai peur d'avoir à vous annoncer que... elle s'est endormie.

Elle ne semble pas comprendre.

Je l'énonce plus clairement :

— Elle était morte à la naissance. Je vous présente mes condoléances.

Delia Garrett tousse comme si elle avait un caillou dans la gorge et se met à pleurer.

Bridie lui frotte l'épaule et caresse sa tête moite en lui parlant tout bas :

— Chhhh, ça va aller…

Ce n'est pas conforme au protocole, mais il y a tant de douceur instinctive dans son geste que je ne dis pas un mot.

Je fais un nœud plat autour du cordon bleu vif à 5 centimètres du ventre de l'enfant, comme s'il était vivant, et un deuxième juste devant les parties intimes enflées de sa mère. Mes doigts glissent sur la substance gélatineuse qui l'entoure. À environ 1 centimètre au-dessus du nœud du bébé, je tranche le lien dur et caoutchouteux.

Puis je soulève la bassine.

— Madame Garrett, murmure Bridie, souhaitez-vous voir votre fille ?

Je m'arrête net. On m'a appris qu'il fallait emmener un nourrisson mort-né le plus vite possible et encourager la mère à commencer à se sortir cette perte de la tête.

Les joues ruisselantes, Delia Garrett ferme fort les yeux et fait signe que non.

À ce moment-là seulement, j'emporte la bassine et la pose sur le bureau.

— Bridie, pourriez-vous l'aider à se retourner dans son lit, maintenant ?

Dans le silence, je me rappelle l'existence de mes autres patientes.

Mary O'Rahilly est aussi rigide qu'une statue, mais je devine à la manière dont elle a enroulé ses bras autour d'elle qu'elle est en proie à une nouvelle contraction.

— Madame O'Rahilly, tout va bien ?

Elle acquiesce en évitant mon regard, comme si elle était gênée de s'immiscer dans la tragédie de sa voisine. Mais n'est-ce pas le propre des maternités ? Les patientes s'y côtoient comme des boutons dans un pot, en se cognant sans cesse les unes contre les autres.

Près du mur, Ita Noonan semble s'être rendormie.

— Madame Garrett, nous n'attendons plus que le placenta à présent. J'ai besoin que vous vous allongiez sur le dos.

Le visage de Bridie m'indique qu'elle n'a pas la moindre idée de ce dont il s'agit.

Je lui explique à mi-voix :

— Le placenta est le gros organe à l'extrémité de ce cordon qui maintenait le bébé en vie.

*Jusqu'à ce qu'il échoue à remplir ce rôle.*

Le cordon en question pendouille désormais entre les jambes de Delia Garrett, telle une algue échouée sur un rivage. Je tire très légèrement dessus tout en appuyant un linge stérile contre sa déchirure.

Bridie continue à la caresser et à lui parler tout bas comme elle le ferait avec un chien blessé.

Quinze minutes s'écoulent à ma montre. Quinze minutes à regarder le linge rougir et Delia Garrett pleurer. Quinze minutes à exercer une pression sur le haut de son ventre pour inciter l'utérus à expulser son contenu inutile. Personne ne souffle mot dans la petite pièce. Le cordon ne s'allonge pas du tout, pas plus que l'utérus ne se soulève, ne se contracte ou ne devient plus mobile. Et Delia Garrett n'en finit pas de saigner.

Notre politique consiste à laisser une heure au placenta pour sortir de lui-même, et jusqu'à deux heures si la patiente a reçu du chloroforme, ce dernier ralentissant parfois le processus.

— Et si vous tiriez un bon coup sur le cordon ? chuchote Bridie.

Je secoue la tête. Je me garde de le lui dire, mais il pourrait alors se rompre, ou l'utérus se déchirer, comme cela est arrivé un jour sous mes yeux à une grand-mère épuisée de 47 ans, en dépit des précautions de Mme Finnigan. J'ai toujours envie de vomir quand je repense à cette scène.

Les cheveux bouclés de Delia Garrett sont tout aplatis sur l'oreiller. Je presse le dos poisseux de ma main contre sa gorge pour m'assurer qu'elle n'a pas de fièvre. *Rappelle-toi, il faut accorder une heure à la nature.*

Mais j'ai un mauvais pressentiment. Le placenta peut être collé à la paroi de l'utérus et, si tel est le cas, plus on traînera, plus la patiente risquera une infection.

Je devrais attendre le Dr MacAuliffe. Ou envoyer de nouveau Bridie le chercher et lui dire de ne pas revenir sans lui. Mais qu'est-ce que ce jeunot connaît aux entrailles de Delia Garrett ?

Une vague chaude et rouge apparaît et s'agrandit sur le drap. Oh, bon sang. Le placenta a dû se déchirer partiellement. C'est ainsi que tant de mères commencent à mourir.

Je masse durement l'utérus, le presse comme un citron pour l'aider à l'expulser.

— Allez, madame Garrett, une dernière poussée...

Le poids au bout du cordon glisse hors du ventre, tel un morceau de viande marron foncé.

— Et voilà !

Mais mon soulagement s'estompe aussitôt. Ce que je redoutais est arrivé : il manque la moitié du placenta. Et la vague rouge enfle en inondant les draps.

Je me rappelle la règle : « Une sage-femme ne devrait jamais se hasarder à retirer manuellement le placenta à moins que toutes les autres méthodes visant à stopper l'hémorragie aient échoué et qu'aucun médecin ne soit disponible. » Mais le temps presse, et si j'attends trop Delia Garrett va se vider de son sang.

Je me lave les mains si vigoureusement que la brosse laisse des traces sur ma peau et que l'acide phénique me brûle. Je sens l'homme-squelette juste derrière la porte. Il a déjà pris une petite vie à notre insu ; il traîne maintenant à proximité en effectuant sa danse macabre et en balançant son crâne ricanant entre ses doigts osseux.

Je me savonne encore, enfile une paire de gants en caoutchouc, puis écarte les jambes de Delia Garrett avec mes coudes et verse une solution désinfectante sur ses chairs déchirées.

Elle geint.

— Je vais faire au plus vite, dis-je. Bridie, empêchez-la de bouger pendant que je sors le reste du placenta.

Je n'ai jamais réalisé cette opération que sur un fruit. Durant ma troisième année à l'école d'infirmières,

Mme Finnigan m'a expliqué comment procéder en utilisant une grosse orange d'Espagne pelée.

Je pose ma main gauche sur le ventre de Delia Garrett, attrape son utérus à travers la paroi abdominale et le pousse vers le bas, plus près de moi. Tout en le maintenant fermement, je serre les doigts de ma main droite pour former un cône que j'enfonce en elle.

Elle hurle.

Une grotte derrière une chute d'eau. Un liquide rouge et chaud coule sur mon gant et remonte le long de mon bras. Je trouve le col de l'utérus, le franchis aussi lentement que possible pendant qu'elle pleure et se débat.

Bridie l'immobilise en l'agrippant par les épaules.

— Vous êtes courageuse, vous, dit-elle d'une voix réconfortante.

J'y suis. Sans tarder, je replie mes doigts afin de ne pas endommager la paroi de l'utérus. Je me sens comme une cambrioleuse apeurée qui progresserait à tâtons dans une pièce sans lumière.

Delia Garrett tente de refermer ses cuisses autour de mon bras, mais Bridie l'en empêche :

— Laissez Mlle Julia s'occuper de vous, il n'y en a que pour une minute.

Comment peut-elle promettre ça ? Je suis perdue là-dedans. Je n'arrive pas à dire ce que je touche avec ce gant en caoutchouc.

Soudain, une masse sous le plat de ma main. Une masse reconnaissable entre toutes.

— Arrêtez, arrêtez, sanglote Delia Garrett.

— Juste une seconde.

J'insère mon petit doigt derrière le placenta et gratte ses villosités. Puis j'avance un deuxième doigt, et un troisième, pour détacher tant bien que mal cet horrible fruit. *Viens là, toi. Lâche-la.*

— S'il vous plaît, mademoiselle !

Mais je ne peux pas avoir pitié d'elle, pas tout de suite.

Bridie la plaque sur le lit en l'apaisant comme une mère.

Je continue jusqu'à ce que j'aie le placenta dans ma main. Est-ce que j'ai tout ? Je tords cet amas informe et l'enferme dans ma paume, où il me fait l'effet d'un enchevêtrement glissant de chairs. Ça y est !

Une joie incongrue m'envahit.

Je tire mon trésor en arrière, passe le col rond et dur. Ça coince un instant...

Puis il glisse hors du ventre. Mon butin ensanglanté gît sur le drap.

Delia Garrett pleure toujours.

— Une autre bassine, s'il vous plaît, Bridie.

J'examine le placenta. On dirait que tout est là, mais une inspection s'impose pour s'assurer qu'il ne reste pas de fragments ni de caillots de sang dans l'utérus.

— Il faut juste que je pratique une dernière petite palpation, madame Garrett…

Elle resserre si fort les jambes que j'entends ses os se cogner.

— C'est indispensable si vous voulez éviter d'être infectée, dis-je gravement.

Je change de gants et déchire l'emballage d'un tampon de gaze imbibé d'une solution antiseptique. Sur un signe de ma part, Bridie agrippe les genoux de Delia Garrett. J'enfonce ma main en elle aussi doucement que je le peux.

Elle crie plus fort, mais ne résiste pas.

Je frotte toute la cavité avec la gaze en cherchant le moindre bout de membrane propice au développement de bactéries.

— C'est bon, maintenant, j'ai terminé.

Je fonce vers le lavabo, enlève vivement mes gants et prépare une solution d'acide phénique pour rincer l'utérus et tuer tous les germes que j'aurais pu y introduire. Pendant que je la fais chauffer au-dessus de la lampe à alcool – le chaud est plus efficace quand on veut stopper une hémorragie –, je jette des coups d'œil derrière moi de peur que le cœur de Delia Garrett ne vienne à lâcher après tout ça.

Accroupie sur le lit, Bridie lui tient la main et s'adresse à elle en murmurant.

Je sors une poire de lavement stérile. Avec ses canules molles, la boule caoutchouteuse m'évoque toujours une araignée rouge qui aurait perdu toutes ses pattes sauf deux. Je teste la température de la solution en la faisant goutter sur la face interne de mon poignet, puis remplis un gros pot. Des gants propres, maintenant.

L'hémorragie semble ralentir.

— Ceci va bien vous nettoyer, madame Garrett.

Je laisse tomber la première canule de la poire dans le pot, plonge l'extrémité en verre de la seconde dans l'utérus et presse la boule pour pomper le liquide tout en massant le ventre fripé de ma patiente. Une eau rosâtre reflue hors de son corps et se répand sur les draps, mouillant mon tablier et celui de Bridie.

Enfin, je sens l'utérus se contracter sous ma paume. L'hémorragie cesse. Je n'aurai pas besoin de lui administrer de l'ergotoxine ni de lui coller une boîte entière de compresses de gaze dans le ventre. C'est fini, et je n'ai pas perdu la mère.

— Qui est responsable de ce service ?

Je sursaute, toute penaude.

Une inconnue entièrement vêtue de noir. Ce ne peut être que le fameux Dr Lynn. En chemise et en cravate, comme un homme, mais avec une simple jupe et sans tablier. La quarantaine, peut-être ? Des cheveux longs (légèrement grisonnants), tressés et enroulés à l'arrière du crâne. C'est la dame au manteau de fourrure que j'ai aperçue tout à l'heure par la fenêtre des toilettes.

Elle contemple le spectacle que nous offrons, Bridie et moi – deux femmes maculées de sang et penchées sur le lit en pagaille d'une patiente. Elle note aussi le berceau vide, puis tourne la tête vers la bassine recouverte d'un linge.

# II

# MARRON

Alors que je termine mon rapport avec en arrière-fond le bruit discret des pleurs de Delia Garrett, je prends conscience qu'il fait sombre. Le soleil automnal a baissé sans que je m'en aperçoive. Je vais allumer le plafonnier, dont la lumière crue inonde la pièce.

— Merci, mademoiselle.

Le Dr Lynn n'a émis encore aucune critique.

Je suis gênée par l'état de mes manchettes sur lesquelles le sang brunit déjà. Je les jette dans le panier de linge sale et en trouve une autre paire que j'enfile après m'être lavé les avant-bras.

Bridie attend dans son coin, l'air hébétée par tout ce qui s'est passé durant l'heure précédente.

Le Dr Lynn remonte ses petites lunettes sur son nez, étudie la fiche de Delia Garrett et inscrit quelque chose en bas.

Je sais que je devrais m'occuper de nettoyer les traces de cet accouchement, mais je préfère ne pas m'interposer entre le médecin et sa patiente. Le berceau vide, en revanche… Lui, au moins, je peux l'éloigner du lit de Delia Garrett, près duquel il se dresse comme un reproche. L'une de ses roues couine lorsque je le pousse vers le bureau de celle qui dirige le service. Mon bureau aujourd'hui. Ma responsabilité.

— Je vous présente mes condoléances, madame Garrett, dit le Dr Lynn.

Un gémissement.

Ai-je manqué à mes devoirs envers cette femme ? Je meurs d'envie de sortir de cette pièce confinée.

— À en juger par l'aspect de votre fille, je pense que son cœur s'est arrêté de battre il y a plusieurs heures, probablement à cause de votre grippe.

Ce que le Dr Lynn entend par là, c'est que cette mort n'est pas ma faute. J'accuse pourtant le coup. Dire que ce matin, pendant que Delia Garrett se plaignait, feuilletait ses magazines, somnolait et mangeait une saucisse volée, sa petite passagère était déjà partie…

— Mais l'autre médecin, Prendergast, il considérait que mon cas n'était pas inquiétant !

Le Dr Lynn hoche gravement la tête.

— Nous constatons que, même dans sa forme légère, la grippe peut mettre un enfant en danger *in utero* ou le faire naître avant terme.

De nouveaux sanglots.

Elle poursuit d'une voix calme :

— Je n'aurais pas pu sauver votre fille, madame Garrett, mais je n'en suis pas moins désolée d'avoir été retardée. Dormez un peu maintenant, pendant que nous finissons de vous nettoyer.

Pas de réponse de la part de la malheureuse.

Le Dr Lynn se tourne vers moi, mais je suis déjà partie chercher le chloroforme.

Pendant qu'elle désinfecte ses doigts noueux, je donne à Delia Garrett un masque épais que j'attache derrière sa tête, et je laisse tomber l'anesthésiant sur le tissu. Elle s'endort en quelques secondes.

— Mes excuses à vous aussi, mademoiselle, murmure le Dr Lynn. Le télégramme de l'hôpital a mis des heures à me parvenir ce matin, mais c'est parce que j'étais au dispensaire que j'ai ouvert pour les malades de la grippe.

Cette femme médecin en fourrure est-elle une sorte de dame patronnesse ? Elle renvoie une image sérieuse et compétente et si, en plus d'avoir son propre cabinet, elle dirige un dispensaire, c'est qu'elle est ici aujourd'hui par civisme, pas pour le maigre salaire d'un praticien remplaçant.

Mais j'ai presque oublié qu'elle est aussi une combattante rebelle. Quelqu'un qui a été expulsé pour avoir participé à une violente insurrection, si improbable que cela puisse paraître. Décidément, j'ai du mal à la cerner.

Je me lave les mains, prends un plateau sur une étagère et insère une grande aiguille incurvée dans un porte-aiguille avant d'enfiler une longueur de catgut dans le trou.

Le Dr Lynn écarte les jambes de Delia Garrett et inspecte délicatement les dégâts.

— Oh, la pauvre. Déchirée par cette grosse tête, et tout ça pour rien.

Je ne peux m'empêcher de me demander si elle a la moindre expérience de ce qu'elle s'apprête à faire.

— Vous êtes médecin généraliste, docteur ?

Des yeux vifs croisent les miens. Un sourire narquois flotte sur ses lèvres fines.

— Souhaitez-vous savoir si je suis qualifiée pour réparer une vulve aussi abîmée, mademoiselle Power ?

Je me raidis.

— Il se trouve que l'obstétrique compte parmi mes domaines de spécialisation, de même que l'ophtalmologie et la démence.

Je reste muette. Cela fait un large éventail de spécialités.

— Vous serez peut-être rassurée d'apprendre que j'ai également un diplôme professionnel de sage-femme et que j'ai travaillé dans plusieurs maternités.

Toujours debout près du mur, Bridie semble s'amuser de ma mine mortifiée.

Je verse une solution d'acide phénique entre les jambes de Delia Garrett et la tapote avec quelques compresses en lin.

— Pas de coton ?

— Il n'y en a plus, dis-je.

— Tant pis. Cette déchirure remonte jusqu'à l'anus, ce n'est pas de chance pour une multipare.

— J'ai essayé de soutenir le périnée, pourtant.

— Oh, je ne vous fais aucun reproche, marmonne-t-elle sans lever les yeux. Je n'aime pas dire à une patiente qu'elle l'a échappé belle, mais, franchement, elle ne serait plus là si vous n'aviez pas stoppé cette hémorragie.

Bridie me décoche un grand sourire.

Mes joues me brûlent. Dieu sait que je ne courais pas après un compliment.

Le Dr Lynn me prend le porte-aiguille.

— Pas de fil en soie ? Ça tient mieux, je trouve.

— Malheureusement, il y a des semaines que nous n'en avons plus.

Elle pose la première suture.

— Depuis quelle heure travaillez-vous ?

— Euh... 7 heures ce matin.

— Sans pause ?

— Ça va, je vous assure.

Son travail est méticuleux, mais Delia Garrett présente une telle déchirure que je me demande si un jour elle se sentira de nouveau bien dans son corps.

— Bridie, pourriez-vous aller me chercher une poche de coton dans le réfrigérateur… vous vous souvenez, dans la réserve ?

Elle s'élance hors de la pièce.

Le Dr Lynn coupe le dernier fil.

— Et voilà. L'avantage du catgut, au moins, c'est qu'il se résorbe. Mme Garrett ne sera pas obligée de venir le faire retirer et de repenser à cette journée.

Je verse encore un peu de solution désinfectante sur elle, puis remonte un drap jusqu'à sa taille.

Après s'être lavé les mains, le Dr Lynn ouvre en grand la partie supérieure de la fenêtre.

— On va finir par étouffer ici. De l'air !

— Oui, docteur, dis-je tout en me dépêchant de rédiger un message pour demander au secrétariat de l'hôpital d'appeler tout de suite M. Garrett.

Alors que je fourre le message dans mon tablier, le Dr Lynn prend la main de Mary O'Rahilly comme si on venait de les présenter l'une à l'autre au cours d'une soirée.

— Bien, qui avons-nous là ?

— Mme O'Rahilly, 17 ans, primigeste. Des contractions depuis un jour ou deux, mais espacées de vingt minutes.

— Ça ne doit pas être une partie de plaisir.

Sa compassion arrache une larme à la jeune fille.

En voulant décrocher son dossier médical, je fais tomber par terre le clou mal fixé au mur.

— Désolée !

Je donne la fiche au Dr Lynn avant d'aller le ramasser. Sa vue me rappelle ma montre. Je vais devoir ajouter une marque dessus en souvenir du bébé mort-né de Delia Garrett.

Pendant que le médecin interroge Mary O'Rahilly, je la sors discrètement de mon tablier, trouve un coin libre au milieu des précédentes inscriptions et grave une encoche. Pas une lune, cette fois, juste un petit trait.

Revenue dans le service, Bridie me regarde faire. Je range vite fait ma montre et enfonce le clou à sa place dans le mur.

Elle me tend à ce moment-là un sachet grumeleux, mais pas celui en coton que je lui ai demandé.

— C'est de la sphaigne humide enveloppée de mousseline, m'explique-t-elle. Une infirmière m'a dit que cela ferait l'affaire.

En clair, c'est tout ce dont on dispose. Je soupire en le prenant.

Au cas où Delia Garrett dormirait moins profondément et pourrait m'entendre, je m'adresse à elle :

— Nous allons vous mettre une ceinture de maintien, maintenant, madame Garrett.

J'applique le sachet froid en forme de saucisse entre ses jambes et le fixe avec des épingles de nourrice à une large ceinture dont je règle les trois sangles.

— À quoi ça sert ? demande Bridie.

— À soutenir son pauvre ventre tout étiré. Oh, pourriez-vous porter ce message au secrétariat, au troisième étage ?

Bridie est si impatiente de se rendre utile qu'elle me l'arrache presque.

Delia Garrett gémit un peu dans son sommeil.

Il faut que j'éloigne le bébé avant qu'elle se réveille. Je prends une boîte à chaussures vides dans notre stock, ôte le linge qui recouvre la bassine et sors le corps emmailloté pour l'envelopper du mieux que je le peux avec du papier paraffiné. Mes mains tremblent légèrement lorsque je referme le petit carton. J'emballe celui-ci avec du papier kraft et enroule une ficelle autour, comme s'il s'agissait d'un cadeau surprise.

Pas besoin de certificat de naissance ou de décès. Officiellement parlant, il ne s'est rien passé ici. Je griffonne ces quelques mots sur la boîte.

Garrett, 31 octobre

J'espère que M. Garrett viendra la chercher demain. Il arrive que des pères préfèrent s'abstenir et, dans ces cas-là, l'infirmière en chef attend que nous ayons plusieurs boîtes à chaussures avant de les envoyer au cimetière.

Le Dr Lynn palpe le ventre de Mary O'Rahilly et l'ausculte avec son stéthoscope.

— À ce stade, je vous recommande la patience, madame O'Rahilly, lui dit-elle. Je vais demander à Mlle Power de vous administrer un sédatif pour vous aider à passer le temps et à reprendre des forces.

Elle me rejoint ensuite près du bureau.

— Donnez-lui du chloral. Ça provoquera peut-être aussi l'ouverture du col de l'utérus. Pas de chloroforme, en revanche. Il ne faut pas interrompre ces premières contractions.

Je note ses consignes par écrit.

— Cela m'inquiète un peu que le travail soit si long, ajoute-t-elle. La mère n'est pas encore complètement développée et elle souffre de malnutrition. Si j'étais aux commandes de ce monde, j'interdirais la parturition avant l'âge de 20 ans.

Ce commentaire osé me la rend sympathique.

Mary O'Rahilly avale son médicament sans un mot.

Déjà, Bridie est de retour.

Je lui confie la boîte à chaussures.

— Descendez ceci à la morgue au sous-sol, voulez-vous ?

— La quoi ?

— Là où vont les morts, dis-je tout bas.

Elle baisse les yeux en comprenant soudain ce qu'elle a entre les mains.

— Ça ira ?

J'en demande peut-être trop à une fille aussi inexpérimentée. Environ 22 ans. A-t-elle une raison de rester vague ou est-il possible à notre époque qu'elle ignore vraiment son âge exact ?

— Très bien, dit-elle.

Elle repousse en arrière un halo de boucles cuivrées. L'instant d'après, elle est partie.

— C'est une assistante dynamique que vous avez là, observe le Dr Lynn.

— N'est-ce pas ?

— Une stagiaire ?

— Non, juste une bénévole pour la journée.

Mary O'Rahilly ne tarde pas à somnoler, mais Ita Noonan, elle, s'agite et un bruit distinct accompagne sa respiration. Pendant que le Dr Lynn saisit son poignet, je me dépêche de lui apporter un thermomètre.

— Comment vous sentez-vous, madame Noonan ?

Sa toux sonne comme une rafale de balles, mais elle sourit.

— Magnifique ! Ne faites pas attention à la cire.

— Six jours de fièvre, commente le médecin. Elle avait déjà cette jambe blanche à son arrivée ?

— Oui. D'après elle, elle est restée gonflée et toute dure et froide après son dernier accouchement.

La température de Mme Noonan a baissé d'un demi-degré, mais le Dr Lynn note que son pouls et sa respiration se sont accélérés.

— Hmm, marmonne-t-elle en posant son stéthoscope sur la poitrine creuse de la patiente. En temps normal, je l'enverrais passer une radio, mais les malades font la queue jusqu'au milieu du couloir là-bas.

J'essaie de me rappeler quand la situation a été normale pour la dernière fois – à la fin de l'été ?

— De toute façon, ça ne ferait que nous dire à quel point ses poumons sont congestionnés, ajoute le Dr Lynn. Pas comment les soigner.

— Voulez-vous venir à la fête ? lui demande courtoisement Ita Noonan.

— Oui, volontiers. Merci, madame Noonan.

Le Dr Lynn se tourne ensuite vers moi.

— Son bras gauche est un peu paralysé. Cela s'est déjà vu avec cette grippe. A-t-elle eu des vertiges ?

— J'en ai eu l'impression, oui, quand je l'ai emmenée aux toilettes plus tôt dans la journée.

Elle le consigne sur la fiche.

— C'est un supplice de ne pas pouvoir obtenir de réponses précises de la part des personnes en proie au délire, n'est-ce pas ? Chaque symptôme est un mot dans la langue des maladies, mais nous sommes parfois incapables de les entendre correctement.

— Et même quand on les entend, on ne distingue pas toujours la phrase entière.

Elle m'approuve d'un hochement de tête.

— Alors on se contente de les éliminer un par un, ajoute-t-elle.

— Faut-il continuer à lui faire boire du whisky chaud ? Le Dr Prendergast a dit…

— Mmm, me coupe-t-elle avec une voix empreinte de lassitude. Tout bien pesé, il semblerait que l'alcool soit ce qu'il y a de plus sûr pour les malades de la grippe.

Une jeune infirmière que je ne connais pas surgit sur le pas de la porte.

— Dr Lynn ? On vous demande au service de chirurgie.

Le médecin remonte ses lunettes sur son nez.

— J'arrive, lance-t-elle, avant de s'adresser de nouveau à moi. J'enverrai un aumônier s'entretenir avec Mme Garrett.

— Puis-je lui donner du whisky à elle aussi pour ses douleurs post-accouchement et sa toux ?

— Oui. Avec chacune de ces femmes, faites ce que vous dicte votre bon sens.

— Vous voulez dire… que je peux leur administrer des médicaments sans ordre spécifique d'un médecin ?

Cela me surprend. En somme, elle m'invite à m'essuyer les pieds sur le règlement. Si jamais je l'ai mal comprise, je risque de perdre mon travail pour avoir outrepassé mes fonctions.

Elle acquiesce d'un air agacé.

— On me fait courir entre une demi-douzaine de services aujourd'hui, mademoiselle Power, et vous m'avez l'air tout à fait compétente. Je vous autorise donc à donner de l'alcool, voire du chloroforme ou de la morphine en cas de douleurs sévères, à n'importe laquelle de vos patientes.

Une bouffée de gratitude m'envahit. Elle me rend libre d'agir.

Bridie manque lui rentrer dedans en revenant. Elle est un peu essoufflée, et ses pommettes constellées de taches de rousseur brillent d'un drôle d'éclat. A-t-elle monté les marches quatre à quatre ?

— Respirez, ma chère ! dit le Dr Lynn.

— Je vais très bien. Que puis-je faire pour vous maintenant, mademoiselle Power ?

Je l'envoie jeter les déchets de l'accouchement dans la trappe de l'incinérateur, puis les draps maculés de sang dans celle de la buanderie.

Après ça, je balaie du regard mon petit domaine jusqu'à ce que j'avise la casserole dans laquelle s'est brisé le thermomètre. Je vide l'eau refroidie dans le lavabo et, quand il n'y a plus au fond de ce dernier que des bouts de verre et des gouttes de mercure, je confectionne un sachet avec du papier journal dans lequel je fais glisser le tout.

Bridie me rejoint à cet instant.

— Quelle gourde je suis de l'avoir cassé.

— Ce n'est pas votre faute. J'aurais dû vous prévenir que l'eau bouillante entraînerait une trop grande expansion du mercure et que le tube n'y résisterait pas.

— Quand même, j'aurais dû m'en douter.

— Quand une leçon n'est pas apprise, c'est l'étudiant qui est à blâmer. Mais si elle n'est pas bien enseignée – ou pas enseignée du tout –, c'est le professeur.

— Je suis une étudiante maintenant ? dit-elle, toute joyeuse. Ça me plaît, ça !

— J'ai peur de ne pas être un très bon professeur, dis-je en refermant le sachet en papier journal.

— Oh, tout fout le camp en ce moment, alors…

Elle a marmotté ces mots, comme si elle craignait que je sois scandalisée par son langage.

Je souris en mon for intérieur. Elle a employé l'expression fétiche de Tim.

Dans sa torpeur, Delia Garrett s'agite sur ses oreillers. Bridie me la désigne du menton.

— Elle se serait vidée de son sang si vous ne lui aviez pas sorti ce truc du ventre. C'est bien ce que le médecin voulait dire, n'est-ce pas ?

Je grimace.

— Qui sait ?

— Je n'avais jamais rien vu de pareil, moi.

Ses yeux bleus étincellent, mais son admiration sans borne me pèse. Si j'avais été un peu plus maladroite cet après-midi, j'aurais pu déchirer l'utérus de Delia Garrett, la rendre stérile ou la tuer. Je ne connais aucune infirmière qui n'ait pas quelque grosse erreur sur la conscience.

Bridie poursuit en semblant se parler à elle-même :

— Elle n'est guère à plaindre, au bout du compte.

Qu'entend-elle par là ? Est-ce une allusion au fait que Delia Garrett appartient à un milieu aisé ? Je ne suis pas sûre que son argent lui soit d'une quelconque utilité dans ces circonstances.

— Guère à plaindre ? dis-je doucement.

— Elle est aussi bien sans lui.

Je mets une seconde à comprendre.

— Sans... le bébé ?

— Ils n'apportent guère que de la souffrance, non ? répond-elle en soupirant bruyamment.

Je reste sans voix. Comment une si jeune femme a-t-elle pu développer une vision si noire de la grande affaire de l'humanité ?

— Mme Garrett n'a-t-elle pas déclaré elle-même qu'elle n'en voulait pas un troisième ?

— Ça ne l'empêchera pas d'avoir le cœur brisé, dis-je sèchement.

Je reporte mon attention sur le sachet contenant le mercure et les éclats de verre. Priorité aux questions d'ordre pratique. Incinérer ces déchets pourrait-il envoyer des fumées toxiques dans l'air ?

Je demande à Bridie de le jeter dans la poubelle la plus proche à l'extérieur de l'hôpital.

— Après ça, allez déjeuner. Ou plutôt dîner, devrais-je dire.

J'ai rarement conscience de ma faim quand je suis très occupée – les besoins de mon corps sont alors suspendus –, mais je me rappelle à cet instant la fille de cuisine que j'ai congédiée.

— Les plateaux-repas, Bridie, est-ce qu'ils sont toujours dans le couloir ?

Elle secoue la tête. Quelqu'un a dû venir les récupérer.

Je ne peux pas adresser une requête particulière au personnel de la cantine, pas alors qu'ils ont déjà tant à faire.

— Vous savez quoi ? Pourriez-vous aller chercher de quoi manger pour tout le monde ici ?

Reposant le sachet, elle porte les mains à ses cheveux, maintenant semblables à une gerbe emmêlée de fils de cuivre, puis s'efforce de les plaquer en arrière avec le peigne que je lui ai donné.

— Allez-y, vous êtes bien comme ça.

Elle détale sur-le-champ.

Quelle drôle de créature, cette Bridie Sweeney, mais quelle fille dure à la tâche aussi.

Le silence retombe dans le service.

Mon tablier est taché de sang. Je l'échange contre un propre et le lisse sur mon ventre plat, qui émet un gargouillement. Le travail ne s'arrête pas, moi non plus.

Delia Garrett cligne des yeux en reprenant conscience et roule sur le côté.

J'attrape une bassine et un torchon sur l'étagère et arrive juste à temps pour récupérer le plus gros de son vomi.

Quand elle a fini, je lui essuie la bouche.

— C'est fréquent après avoir absorbé du chloroforme, madame Garrett. Vous vous purgez, c'est tout.

Je vois le souvenir de cette journée la frapper comme un coup de poing. Elle scrute la pièce.

— Où est-elle ? Qu'avez-vous fait d'elle ?

Regrette-t-elle de ne pas avoir regardé sa fille ? Je m'en veux de ne pas avoir insisté pour qu'elle le fasse, mais si jamais le spectacle de ses lèvres noircies l'avait encore plus bouleversée ?

— Elle est partie dans le carré des Anges.

— Quoi ? lâche-t-elle d'une voix rauque.

— C'est le nom qu'on donne à cet endroit spécial au cimetière.

Ne sachant comment lui décrire une fosse commune, j'improvise :

— Un coin charmant, avec de l'herbe et des fleurs.

Les joues de Delia Garrett sont striées de lignes salées.

— Qu'est-ce que je vais dire à Bill ?

— Quelqu'un aura sûrement téléphoné à votre mari pour tout lui expliquer.

Comme si une telle chose pouvait admettre une explication.

J'essuie les dernières traces de son vomi avec mon torchon.

— Asseyez-vous, maintenant. Allez, madame Garrett, vous serez mieux ainsi.

Je suis presque obligée de la hisser contre ses oreillers, mais je préfère ne pas préciser que cela s'impose pour que son utérus finisse d'expulser tout ce qu'il reste en lui.

Son rythme cardiaque et son pouls sont presque redevenus normaux. Son sang coule comme il faut dans ses veines à présent que son corps s'est débarrassé de son petit fardeau. J'examine la protection entre ses jambes. Le saignement est très léger. Tout ce qui ne va pas chez Delia Garrett désormais, ce sont sa toux persistante et ses parties intimes déchirées par la tête de son bébé. Plus l'absence de ce bébé. Ses mains vides.

De peur que son estomac ne supporte pas le whisky, je lui prépare un thé plus fort que d'habitude, avec trois sucres pour la requinquer, et deux biscuits sur la soucoupe.

Ses larmes roulent jusqu'à sa bouche tandis qu'elle sirote sa tasse.

Je l'incite à manger.

Elle cherche un gâteau à l'aveugle.

La pièce est très calme – on pourrait se croire à un goûter feutré pendant lequel la conversation se serait tarie.

Je sursaute soudain. Sur le lit de gauche, Ita Noonan agite ses jambes. Elle se redresse, fait claquer ses lèvres et fronce le nez comme si elle humait une mauvaise odeur. Le délire peut avoir cet effet : provoquer des hallucinations olfactives, sonores ou visuelles.

— Vous avez soif, madame Noonan ?

Je lui tends sa tasse, mais elle ne paraît pas la reconnaître et détourne son visage rougi quand je l'approche d'elle. Je tente de poser des linges mouillés sur son cou pour la rafraîchir. Peine perdue, elle les jette par terre, se replonge sous ses draps et refuse même que je lui prenne le poignet pour vérifier son pouls – elle se dégage et le cache sous son corps.

Du bruit derrière moi. Bridie franchit la porte à reculons avec un plateau chargé dans les mains.

Je me dépêche de lui faire de la place sur le bureau.

Deux assiettes d'un ragoût douteux dont les morceaux clairs m'évoquent des bateaux renversés. Un tas de choux déconfits et une purée qui sent le navet. De la margarine étalée sur du pain de guerre. Deux parts de tourte – que je soupçonne d'être au lapin – et un bol de pruneaux.

— Vous avez vu, dit Bridie. Il y a même du poulet.

Du poulet qui ressemble à de la gelée, de mon point de vue. De la gelée en boîte.

— Et du poisson frit aussi !

Puis sa mine s'assombrit.

— Mais d'après l'un des cuisiniers, c'est peut-être comme ça que la grippe a commencé.

— À cause… des poissons ?

— Oui. Ceux qui mangent les soldats morts.

— C'est ridicule, Bridie.

— Vous en êtes sûre ?

— À 100 %.

Elle éclate de rire.

— Quoi ?

— Vous ne pouvez pas en être sûre à 100 %. Personne ne sait d'où vient cette maladie, non ?

— À 95 %, si vous préférez, dis-je, exaspérée.

Sous les assiettes, une affiche à l'encre encore baveuse attire mon attention.

VEILLEZ À RESTER PROPRE,
À VOUS CHAUFFER ET À BIEN MANGER
MAIS SANS CONSOMMER PLUS
QUE VOTRE PART
DE COMBUSTIBLE ET DE NOURRITURE.
COUCHEZ-VOUS TÔT
ET OUVREZ GRAND VOS FENÊTRES
TOUT EN PRENANT GARDE
À ÉVITER LES COURANTS D'AIR.

UNE BONNE VENTILATION ET LE RESPECT
DES MESURES SANITAIRES SERONT
LE SALUT DE NOTRE NATION

Ces injonctions paradoxales me laissent dubitative. Elles semblent vouloir nous donner mauvaise conscience quoi que l'on fasse – que l'on monte un peu le chauffage pour ne pas prendre froid ou qu'on le baisse par souci d'économie. Déjà, j'ai honte chaque fois que je m'agace de simples petites privations alors que d'autres souffrent bien plus que moi. L'air noir de suie que l'on respire a un parfum de culpabilité de nos jours.

Et pourtant, il n'y a qu'à regarder Bridie, qui avale debout sa part de tourte au lapin comme si elle savourait un dîner au Ritz.

Je me force à prendre une assiette de ragoût. Une cuillerée. Une deuxième. Le ministère de l'Alimentation a fait savoir que le niveau de nutrition de la population s'était amélioré depuis le début de la guerre parce que nous mangions plus de légumes et moins de sucres. Mais bon, je n'en attendais pas moins des autorités.

Je raconte à Bridie qu'avant cette crise, nous autres infirmières, nous avions une heure rien qu'à nous pour déjeuner dans notre propre réfectoire.

Elle s'émerveille :

— Une heure entière ?

— On lisait le journal à voix haute, on tricotait, on chantait. On dansait au son du gramophone aussi.

— C'était la fête !

— N'exagérons pas. On ne buvait pas et on ne fumait jamais, y compris en dehors du service.

— Vous deviez bien vous amuser, quand même.

— Appelez-moi Julia, si vous voulez.

Je me surprends en disant cela à voix basse, et j'ajoute aussitôt :

— Mais pas devant les patientes.

Elle acquiesce.

— Julia, répète-t-elle doucement.

— Désolée si je suis parfois sèche.

— Vous ne l'êtes pas.

— Mon humeur en a pris un coup avec cette épidémie. Je me sens un peu morte à l'intérieur.

— Vous ne pouvez pas être un peu morte. Tant que vous n'êtes pas enterrée, vous êtes à 100 % vivante.

Je lui souris en retour.

Bridie vérifie que Mary O'Rahilly dort bien et qu'Ita Noonan et Delia Garrett ne nous écoutent pas avant d'enchaîner :

— En bas, à la cantine, j'ai entendu des gens parler d'un type que la grippe a rendu fou et qui a massacré sa femme et ses enfants.

— C'est sûrement une histoire inventée, dis-je, tout en l'espérant. En revanche, il y a eu quelques malades qui ont mis fin à leur vie, c'est un fait.

Elle se signe à ces mots. Je poursuis :

— Un homme est sorti un jour acheter des médicaments pour lui et sa famille. Il a traversé un parc, longé une mare… et la police l'a découvert à plat ventre au milieu des cygnes.

— Il s'était noyé ?

— Oui. Mais il n'avait peut-être pas les idées nettes. Si ça se trouve, il brûlait de fièvre et l'eau lui a paru délicieusement fraîche. À moins qu'il n'ait juste trébuché.

Bridie se tourne de nouveau vers Ita Noonan.

— On devrait la garder à l'œil, celle-là, chuchote-t-elle.

— Oh, je ne laisse jamais d'instruments tranchants près d'un patient délirant. Ni de bandages.

— En quoi des bandages peuvent-ils être dangereux ? demande-t-elle, le front plissé.

Je fais semblant d'en enrouler un autour de mon cou.

— Oh.

Je ne lui parle pas de cette fille qui avait réussi à s'étrangler à moitié dans les toilettes avant que Mme Finnigan la retrouve. Pas de fièvre, dans son cas, mais une raison de désespérer : 12 ans et enceinte de sept mois. Ses quelques sous-entendus nous avaient fait soupçonner son père.

Debout près du lit de gauche, Bridie baisse les yeux sur Ita Noonan.

— Ça vire au bleu, remarque-t-elle.

— Qu'est-ce qui vire au bleu ?

— Ses ongles. C'est le phénomène avec les couleurs que vous m'avez expliqué, non ? Rouge, marron, bleu et noir ?

Je m'approche vivement. Les ongles d'Ita Noonan ont bleui, en effet. Cela pourrait traduire une cyanose avancée, mais son visage est toujours rouge et moite. Sa respiration m'alarme bien davantage. Elle fait le même bruit qu'une cornemuse quand de l'air est coincé à l'intérieur et que le cuir s'étire. Je compte ses inspirations – 36 par minute. Le cœur et les poumons sont à fond de train. Elle est une rameuse qui se démène avec frénésie pour regagner la rive. Et qui frissonne aussi. Je resserre son châle sur elle et lui ajoute une couverture. Son pouls est à 104, mais il a perdu de sa force.

— Vous avez la tête qui tourne, madame Noonan ?

Elle marmonne quelque chose que je ne saisis pas.

En raison de sa faible pression artérielle, je devrais surélever ses pieds, mais ce serait la pire position pour ses poumons congestionnés. Mon esprit paniqué cherche désespérément une solution. Pour finir, je ne fais rien. Je la surveille et j'attends.

Un coup frappé à la porte. C'est le père Xavier.

L'aumônier a l'un de ces visages doux et ridés qui empêchent de donner un âge aux gens. Il pourrait tout aussi bien avoir 50 ans que 100.

— Mademoiselle Power, dit-il d'une voix éraillée. Avez-vous ici une certaine Mme Garrett ?

Le Dr Lynn a envoyé le mauvais aumônier. Je lui montre la patiente.

— Mais elle est protestante, mon père. Membre de l'Église d'Irlande.

Livide, Delia Garrett s'est à moitié laissée glisser sur ses oreillers. Son thé refroidit sur le chevet à côté d'elle, avec son biscuit qui se dissout dans la soucoupe.

— J'ai peur que le révérend ne soit alité, dit le prêtre en hochant la tête. Il n'y a que moi aujourd'hui, pour les papistes et les non-papistes. Enfin bon, comme on dit, la nuit tous les chats sont gris.

J'explique à Bridie que le père Xavier était notre aumônier catholique jusqu'à ce qu'il parte en retraite et que le père Dominique prenne sa relève.

— Seulement, lui aussi a attrapé la grippe la semaine dernière, m'informe-t-il. Voilà pourquoi l'hôpital m'a fait revenir.

Je case un tabouret près du lit de Delia Garrett.

— Je m'excuse pour le manque de place, mon père.

— Aucune importance. Je m'engourdis quand je reste assis trop longtemps.

Il se positionne dos au mur.

— Madame Garrett, si vous n'y voyez pas d'objection, je vais me substituer à mon collègue de l'Église d'Irlande, qui n'est pas dans son assiette aujourd'hui.

Les paupières fermées de Delia Garrett ne tressaillent même pas. Je me demande si elle dort ou si elle l'ignore.

Il se penche vers elle.

— Je suis vraiment désolé pour ce qui s'est passé.

Pas de réponse.

Le père Xavier soupire.

— Je crois que les chrétiens de toutes confessions peuvent partager au moins l'espoir que, dans Son infinie miséricorde, le Seigneur offrira un salut à ceux qui se sont éteints dans le ventre maternel et à qui on ne peut reprocher de ne pas avoir été baptisés.

Un sanglot secoue Delia Garrett, puis se transforme en toux. Je sais que cet homme est animé de bonnes intentions, mais j'aimerais qu'elle puisse rester tranquille.

— Jésus n'a-t-il pas dit de laisser les enfants venir à Lui ? Vous devez confier votre petite à Son amour maintenant, et à Ses anges gardiens.

Elle a dû l'entendre parce qu'elle détourne la tête.

Le vieux religieux se redresse non sans mal.

— Je vais vous laisser vous reposer.

Il s'adresse ensuite à moi en passant près du bureau :

— Vous avez une nouvelle recrue, mademoiselle Power ?

— Juste une bonne à tout faire, dit Bridie avant que j'aie eu le temps de répondre. Une remplaçante, comme vous.

Le prêtre me jette un coup d'œil et la désigne du menton.

— Je vois qu'elle est réactive.

— À qui le dites-vous, mon père !

Il éternue et essuie son grand nez rougi.

— Excusez-moi, mesdames.

— Vous couvez un rhume ?

— Je me remets tout juste de cette satanée grippe.

— Si vous me permettez, mon père...

J'appuie le dos de ma main contre son front, que je trouve légèrement chaud.

— Ne devriez-vous pas éviter de prendre des risques et rester au lit ?

— Ah, je préfère marcher pour la faire passer. Autant me rendre utile dans les services des maladies infectieuses.

— Mais ce doit être épuisant, à votre...

Il hausse ses sourcils broussailleux.

— À mon âge, ma jeune dame ? Justement, qu'est-ce que cela changerait dans le grand ordre des choses si je venais à mourir cette nuit ?

Bridie ne peut s'empêcher de rire.

Le père Xavier lui adresse un clin d'œil.

— Ça va aller. Il paraît que les vieux résistent mieux à cette maladie, de toute façon.

Je nuance son affirmation :

— En règle générale.

— Les voies du Seigneur sont impénétrables, réplique-t-il.

Delia Garrett le suit du regard jusqu'à ce qu'il soit parti. Elle a l'air vidée de toutes ses forces.

Je ne supporte pas de la voir ainsi.

— Un peu de whisky chaud, madame Garrett ?

À peine lui ai-je donné une tasse qu'elle la boit d'un trait. Puis elle s'adosse à ses oreillers et referme les yeux.

De nouveau le silence. Une occasion de souffler après avoir jonglé entre mille tâches à un rythme effréné.

Je contemple la silhouette avachie d'Ita Noonan. Faut-il lui redresser la tête pour l'aider à respirer, ou les pieds pour renforcer son pouls ? La maintenir à plat est-il le meilleur compromis ou cela aggrave-t-il son état ? Chaque symptôme est un mot, certes, mais je ne comprends pas les siens et je m'y perds.

Sans que je le lui aie demandé, Bridie a commencé à balayer le sol. Que cette jeune femme est généreuse et pleine d'énergie ! Je la remercie.

— De rien, Julia.

Elle a prononcé mon prénom avec timidité, comme on essaierait un vêtement pour vérifier s'il nous va.

Derrière la fenêtre, il fait noir. La lumière du jour a totalement disparu.

— Je déteste les soirées, dit Bridie.

— Ah oui ?

— C'est toujours pareil : la nuit tombe, il faut se coucher, mais malgré tous nos efforts on n'arrive pas à dormir et on se maudit parce qu'on sait qu'on va le regretter le lendemain matin, quand on sera incapable de se lever en entendant la cloche.

Quelle vie triste elle semble mener. Les Sweeney sont-ils dans le besoin ? Ses parents la traitent-ils durement ?

Un bruit sourd.

Je regarde le lit de gauche, mais il est vide et les draps forment une vague. L'espace d'un court instant, hébétée, je me demande où est passée Ita Noonan.

Puis je contourne vivement le lit de Mary O'Rahilly en m'éraflant le mollet contre le montant métallique. Ita Noonan s'est échouée comme un poisson contre la plinthe. Les yeux révulsés, les jambes emprisonnées dans ses couvertures, elle agite les bras en tous sens et se cogne le crâne contre l'angle de sa petite table de chevet.

— Oh mon Dieu ! s'écrie Bridie.

Je ne vois pas si la malade respire encore. Une odeur nauséabonde s'élève de son bas-ventre. Je m'agenouille au-dessus d'elle, coince un oreiller derrière sa tête. Une main me frappe la poitrine.

— Faut-il qu'on lui colle une cuillère dans la bouche ? demande Bridie.

— Non, elle se casserait les dents dessus. Des oreillers !

Le bruit des pas précipités de ma jeune assistante résonne dans la pièce. Des affaires s'entrechoquent à l'intérieur du placard.

Je reste à genoux, impuissante, en essayant d'empêcher Ita Noonan de se blesser pendant qu'elle convulse sous moi. Une écume rosâtre s'échappe du coin de ses lèvres. Je devrais l'allonger sur le côté pour ne pas qu'elle s'étouffe, mais c'est impossible, coincée comme elle l'est dans cet espace si étroit. Et ses pieds sont toujours sur le lit, piégés dans ses couvertures.

Une incantation de mon enfance me revient en mémoire. *Sainte Marie, mère de Dieu, priez pour nous, pauvres pécheurs, maintenant et à l'heure de…*

Bridie laisse tomber trois oreillers dans mes bras.

Mais Ita Noonan est toute flasque à présent. Son corps ne se tord plus sous le mien. Sa poitrine ne se soulève plus.

J'essuie sa bouche avec mon tablier, me penche et approche mon visage du sien.

— Que faites-vous, Julia ?

— Chhh !

J'attends. Aucun souffle sur ma peau, rien du tout.

— Aidez-moi à la retourner, face contre terre.

— Ici ?

Mais tout en posant la question, Bridie tire déjà sur les draps. Les jambes d'Ita Noonan se libèrent, glissent et s'affalent sur le sol – d'abord la blanche, toute gonflée, ensuite la maigrelette.

Nous la couchons, une joue contre le plancher. Il faudrait que je m'assoie derrière sa tête, mais il n'y a pas la place. J'appuie aussi fort que possible sur son dos pour tenter de faire aller et venir ses poumons. Puis je me positionne à califourchon au-dessus d'elle, coince ses mains aux doigts jaunis sous son visage et ramène ses coudes en arrière vers moi pour ouvrir sa cage thoracique, comme on me l'a appris. Je pousse sur ses côtes, tire sur ses coudes. Pousser, tirer, pousser, tirer. Pétrir une grande pâte si sèche qu'elle ne donnera jamais de pain.

Quand, enfin, je m'arrête, tout devient très calme. Je regarde l'heure. 17 h 31.

— Est-elle... ?

Je ne peux pas répondre à Bridie. Cette journée est trop éprouvante pour moi. Je ferme les yeux.

Quelqu'un me prend la main. Je tente de la dégager.

Mais Bridie refuse de me lâcher et me serre même plus fort.

Alors je m'agrippe à elle. Je m'accroche à ses doigts, assez durement pour lui faire mal.

Puis je me libère et m'essuie les joues. C'est juste de la sueur. Je ne peux pas me permettre de pleurer.

Je compte dans ma tête. Mme Finnigan a mesuré la distance du haut de l'utérus à l'os pubien et estimé qu'Ita Noonan était enceinte de vingt-neuf semaines. Dans ce cas, tout ce que j'ai à faire maintenant, c'est appeler un médecin pour certifier le décès. En théorie, un fœtus est viable à partir de vingt-huit semaines de grossesse, mais, dans les faits, les bébés nés avant la trentième semaine survivent rarement. Dès lors qu'ils ne montrent aucun signe de vie, la politique de l'hôpital est de ne pas les réanimer.

Sauf que l'utérus s'abaisse dans les jours précédant l'accouchement et qu'une femme peut donner à ce moment-là l'impression de n'être enceinte que de huit mois, voire de sept. Il y a donc une chance minime, mais horrible, pour que Mme Finnigan se soit trompée et qu'Ita Noonan – dont le ventre s'affaisse particulièrement sous le poids de son douzième fardeau – soit en réalité à terme.

— Bridie, allez tout de suite chercher un médecin.

— Vous ne voulez pas que je vous aide d'abord à la recoucher ?

— Filez !

J'ai rugi. Je ne peux mettre des mots sur ma terrible hypothèse.

— J'y vais, dit-elle. Le Dr Lynn ?

J'agite la main.

— N'importe qui.

Un obstétricien n'est pas indispensable pour pratiquer une césarienne posthume puisqu'il n'y a pas de mère à sauver, seulement des chairs mortes à inciser et un bébé vivant à attraper. La fenêtre de tir est de vingt minutes, mais plus vite on agit, mieux cela vaut : les risques de lésion cérébrale sont alors moindres.

Les pas de Bridie résonnent le long du couloir.

Je me sens soudain toute faible.

Assise bien droite, Delia Garrett me fixe d'un air accusateur, comme si cette pièce était l'antichambre de l'enfer, et moi, la gardienne des lieux.

— Mme Noonan... elle n'est plus ?

— Oui. Je suis désolée que vous...

— Dans ce cas, pourquoi criez-vous comme ça ? Quelle est l'urgence ?

Je ne peux pas lui dire qu'un médecin est parfois en mesure de récolter le fruit des entrailles d'une femme pendant que son corps est encore chaud.

Mon dos se contracte lorsque je hisse Ita Noonan sur son lit. Je l'étends à plat, ferme ses yeux au regard surpris et joins ses mains. L'une d'elles glisse sur le côté. Je la coince sous la couverture et, en l'absence d'un prêtre, murmure ces quelques mots :

— *Accorde-lui le repos éternel, Seigneur, et que la lumière perpétuelle brille sur elle.*

Je résiste à la tentation de consulter ma montre. Le temps passe et je ne peux rien pour le ralentir. Peut-être que Bridie mettra plus de vingt minutes à trouver un médecin et qu'il nous sera épargné d'avoir à prendre une décision.

Je roule mon tablier en boule, le jette dans le panier de linge sale et en sors un autre pour être prête à affronter la suite, quelle qu'elle soit. Que puis-je faire à part continuer à avancer ?

Le Dr Lynn arrive, Bridie sur les talons. Elle vérifie le pouls d'Ita Noonan à son cou tout en m'écoutant faire mon rapport avec un débit de mitraillette.

Au fond de moi, je m'interroge. *Qu'est-ce que j'ai fait ? Pourquoi ai-je envoyé Bridie la chercher si vite ?* Si mes craintes persuadent le médecin d'accoucher un enfant malingre et souffrant à vingt-neuf semaines de grossesse, ou vingt-huit, ou même vingt-sept, pour ce qu'on en sait…

Je perçois le moment où le Dr Lynn décide de ne rien faire. Un léger signe de tête. Aucun non-initié ne pourrait comprendre ce qu'elle me communique par là.

Le soulagement me rend groggy. Je la regarde noter :

**Décès causé par des convulsions fébriles consécutives à la grippe.**

Puis elle signe.

**K. Lynn**

— J'informerai moi-même le secrétariat, mademoiselle Power.

Je me demande à quoi correspond ce K. Et si Ita Noonan est la première patiente qu'elle a perdue aujourd'hui.

— J'ai tenté des pressions dans le dos, dis-je. Et je lui ai levé les bras.

— Cela vaut toujours la peine d'essayer de réanimer les gens, répond-elle d'un ton ferme. On a l'esprit plus tranquille quand on a fait le maximum.

Mais je n'ai pas l'esprit tranquille, justement.

— Si je m'étais rendu compte de la vitesse à laquelle son état se dégradait, aurais-je dû lui administrer un stimulant – des sels à respirer ou une piqûre de strychnine ?

Elle secoue la tête.

— Mme Noonan aurait peut-être gagné quelques minutes de souffrance, mais ça ne l'aurait pas sauvée. Non, certains malades de la grippe tombent comme des mouches, d'autres à l'inverse se remettent en un clin d'œil, et on est incapable de résoudre cette énigme et d'y faire quoi que ce soit.

Mary O'Rahilly tousse dans son sommeil médicamenteux.

Le Dr Lynn va poser le dos de sa main contre sa joue rose pour contrôler sa fièvre, puis se retourne vers Delia Garrett.

— Comment évolue votre toux, madame Garrett ?

Un haussement d'épaules, l'air de dire : Quelle importance.

— Aucun signe d'infection puerpérale, mademoiselle Power ?

Je secoue la tête.

Une fois le Dr Lynn partie, Bridie me rejoint près du plan de travail, où je compte des paquets de compresses.

— C'est quoi, cette histoire de vingt-neuf semaines ?

Non sans hésitation, je lui explique à mi-voix :

— Si le fœtus avait été à un stade plus avancé – ou s'il avait été plus prêt, en quelque sorte –, le médecin l'aurait fait naître.

— Mais comment ?

— En ouvrant le ventre.

Je mime le mouvement d'un scalpel avec mon doigt.

Le choc se lit dans ses yeux bleu clair.

— C'est dégoûtant.

Je réussis à feindre l'indifférence.

— Pour sauver une vie sur les deux…

— Et le renvoyer chez lui sans sa mère ?

— Je sais.

Il est maintenant 17 h 53 à ma montre. Je me demande quand exactement le cœur du dernier petit Noonan a cessé de battre. Comment concevoir le fait de mourir avant même d'être né ?

— Bridie, pourriez-vous dire à deux aides-soignants de venir chercher Mme Noonan ?

— Bien sûr.

J'entreprends ensuite de nettoyer la malheureuse en procédant aussi doucement que si elle pouvait toujours tout sentir. J'ai du temps et, chose curieuse, je ne supporte pas de confier la préparation du corps aux employés de la morgue.

Delia Garrett s'est tournée vers le mur, comme pour offrir un peu d'intimité à sa camarade défunte.

J'enfile une chemise de nuit propre à Ita Noonan, détache le petit crucifix en étain de son collier pour le coincer sous ses pouces et dépose un linge blanc sur son visage.

Après ça, je rassemble ses maigres affaires. La découverte de ses cheveux rasés dans un sac en papier a presque raison de moi. Je songe à tous ces Noonan qui attendent son retour à la maison… Le joueur d'orgue de Barbarie (quand apprendra-t-il qu'il est veuf ?) et ses sept enfants ne verront arriver à la place que cet amas de boucles molles.

Groyne entre dans le service en chantant la sérénade à Bridie.

*When I leave you, dear, give me words of cheer,*
*To recall in times of pain.*
*They will comfort me, and will seem to be*
*Like the sunshine after rain*[1]…

Je l'interromps sèchement.

— J'ai demandé deux hommes.

— Désolée, je n'ai trouvé que M. Groyne, répond Bridie.

Groyne lorgne le lit d'Ita Noonan.

— Ah, ne me dites pas que la foldingue de l'usine a passé l'arme à gauche ?

1. « Quand je partirai, ma douce, dis-moi des mots joyeux/Dont je pourrai me souvenir dans les moments difficiles/Ils me réconforteront et seront pour moi/Comme le soleil après la pluie… »

— Mme Noonan était seulement délirante, dis-je en serrant les dents.

Cela ne l'émeut pas du tout.

— Elle a donc rejoint la chorale des invisibles, le chœur céleste. Elle a répondu à l'appel du Seigneur, la pauvre femme. Elle est allée *ad patres*. Elle...

— Taisez-vous ! tonne Delia Garrett depuis son lit.

Pour une fois, Groyne tient sa langue.

Je pousse vers lui le berceau dont la roue couine toujours.

— Pourriez-vous s'il vous plaît emporter ceci et revenir avec un de vos collègues et une civière ?

Dompté, il quitte la pièce.

Je contrôle la température de Delia Garrett, son pouls, sa respiration. Physiquement, elle récupère à merveille.

Bridie essuie le plan de travail et le bureau avec du désinfectant, passe la serpillière sur la partie du plancher salie par les fluides corporels d'Ita Noonan, puis change l'eau pour nettoyer le reste du sol.

Nous faisons tous semblant d'ignorer qu'une morte est étendue parmi nous avec un linge sur le visage.

Au bout de ce qui me paraît une éternité, Nichols et O'Shea se présentent avec une civière qu'ils tiennent renversée sur un côté, comme une échelle.

Mary O'Rahilly cligne des yeux devant les deux hommes et plaque une main sur sa bouche avec l'air de se découvrir plongée dans un mauvais rêve.

— Sainte mère de Dieu !

Nichols garde la tête baissée.

— Désolé, mesdames.

Je comprends que la jeune fille n'a encore jamais vu son masque métallique. Je suis frappée par le malheur de cet homme, contraint de marcher parmi ses semblables avec un demi-visage en cuivre, certes préférable au cratère grotesque caché derrière, mais tout de même très étrange et inquiétant.

Je m'adresse gentiment à lui :

— Allez-y, Nichols.

Bridie est auprès de Mary O'Rahilly. Un bras autour de ses épaules, elle lui murmure à l'oreille – sans doute lui explique-t-elle ce qui s'est passé avec Ita Noonan.

Les aides-soignants transfèrent sans peine la défunte sur la civière. O'Shea La Tremblote fait très bien son travail malgré le mouvement convulsif de ses mains. Est-ce que ce sont elles qui ont été blessées sur un champ de bataille, ou son cerveau ? Tant de vétérans, à l'image de mon frère, sont rentrés chez eux bien cabossés, sans une égratignure sur le corps peut-être, mais l'esprit couvert d'hématomes invisibles.

Nous nous signons toutes sur leur passage.

— Qu'est-il arrivé à cet homme ? demande Bridie après un long silence.

— La guerre.

— Que reste-t-il sous son masque ?

— Je ne saurais vous le dire, Bridie.

Je décroche la fiche de Mary O'Rahilly afin de déloger le clou du mur – je dois encore consigner la perte d'Ita Noonan sur ma montre. Je cherche un espace parmi les marques qui encombrent le disque argenté, mais j'ai atteint le stade où la lune ronde que je grave pour chaque nouvelle patiente décédée doit se superposer à celle d'une autre partie avant elle, quand ce n'est pas au croissant ou à la ligne brisée d'un enfant mort avant ou après sa naissance. Alors que je trace un petit cercle aussi net que possible, le clou dérape et dessine un angle sur la fin. Je tiens la montre serrée dans ma main comme pour compter ses encoches. Ce recensement hiéroglyphique des morts flotte devant moi, telle une rivière de poussière d'étoiles.

Tout s'obscurcit. L'espace d'un instant, je me dis que mes yeux ont un problème. Puis je m'aperçois que ce sont en fait les lampes de la pièce.

Mary O'Rahilly pousse un cri.

— Encore une baisse de tension, dis-je. Mes excuses à vous toutes, mesdames.

C'est devenu quelque chose de récurrent en début de soirée, quand, à chaque heure qui passe, les travailleurs sont de plus en plus nombreux à rentrer chez eux et à prendre un thé en se blottissant autour d'une faible lumière – cette ressource que nous devons tous économiser.

Dans la pénombre, Bridie commence d'elle-même à défaire le lit de gauche.

Je me tourne vers Mary O'Rahilly.

— Avez-vous bien dormi ?

— Je suppose, répond-elle, un peu perdue.

Je palpe son ventre pour vérifier que le fœtus est toujours dans la bonne position et l'ausculte jusqu'à ce que je perçoive de légers et rapides battements de cœur.

— Et la douleur, est-ce qu'elle vous semble différente ?

— Pas vraiment. Je ne crois pas.

Parce qu'elle tousse et frissonne, je lui prépare un whisky chaud.

Elle en avale une grande gorgée et s'étrangle à moitié en manquant de renverser sa tasse.

— Allez-y doucement, surtout si vous n'avez pas l'habitude de boire de l'alcool. Cela devrait vous aider à supporter les contractions, et aussi atténuer votre toux.

Je m'inquiète en secret à l'idée qu'elle n'ait pas la force d'accoucher le moment venu.

— Voulez-vous un lait de poule, madame O'Rahilly ? Ou un bouillon de bœuf ?

Elle secoue la tête avec dégoût.

— Un peu de pain ?

— Pourquoi pas.

Je lui sors une demi-tranche du paquet sur l'étagère.

— Mon mari aurait préféré que je reste chez nous plutôt que d'aller à l'hôpital, se tourmente-t-elle tout haut. On ne le laisse même pas venir me voir.

— Vous, au moins, l'interrompt Delia Garrett, vous n'avez pas à vous faire de souci pour vos autres enfants à la maison.

Mary O'Rahilly acquiesce et grignote son morceau de pain.

— Mais je m'occupe de mes cinq frères et sœurs le matin et le soir. Je ne sais pas comment papa va réussir à se débrouiller tout seul.

— Votre mari ne peut pas garder un œil sur eux en votre absence ? demande Bridie.

La jeune femme secoue la tête.

— Il était docker avant, mais le port est à l'arrêt, ce qui fait qu'il est devenu contrôleur dans les tramways. Juste en tant que remplaçant, précise-t-elle en soufflant fort. Il n'a pas de poste fixe. Il est obligé de se présenter au dépôt des trams tous les matins, qu'il pleuve ou qu'il fasse beau, et s'ils n'ont rien pour lui, il n'a plus qu'à rentrer.

Ce doit être le whisky qui lui délie la langue.

— J'imagine bien que ce n'est pas simple, dis-je.

— Ça le rend fou ! me répond-elle avec un tout petit filet de voix, comme si elle était à deux doigts de tousser. Et moi, je prends du retard dans mon travail aussi.

— Qu'est-ce que vous faites ? s'enquiert Bridie.

— Je ramassais des éclats de charbon pour les revendre, avant, mais mon mari n'aimait pas ça.

Même sans l'avoir jamais rencontré, je commence à trouver cet homme antipathique.

— Alors je fais des travaux de couture à la maison, maintenant, en particulier des jours brodés. On m'apporte une pile de mouchoirs, par exemple, et moi je tire sur certains fils pour les enlever et créer un motif avec les vides, vous voyez ?

— J'en ai toute une série dans ce style, dit Delia Garrett.

— C'est peut-être moi qui les ai faits !

Mary O'Rahilly se raidit brusquement et tousse à quatre reprises dans sa main.

Je consulte ma montre à la lueur de la lampe. Un quart d'heure depuis la dernière contraction.

— Marchez peut-être encore un peu autour de votre lit si vous vous en sentez capable, dis-je lorsqu'elle s'affaisse sur ses oreillers.

Docile, elle se lève aussitôt.

— Attendez, laissez-moi vous aider à bien mettre votre châle.

Je l'enroule autour de ses épaules et par-dessus sa tête.

Son visage se tord de douleur.

— Mademoiselle, pourquoi est-ce que mon bébé ne veut pas sortir ? Est-ce que ça va faire... comme le sien ?

Elle me désigne Delia Garrett du menton.

Je prends sa main chaude à la peau légèrement desquamée.

— N'oubliez pas que j'entends très bien ses battements de cœur avec mon stéthoscope. Votre bébé n'est pas prêt, c'est tout.

Elle opine en essayant visiblement de s'en persuader.

— La nature travaille à son propre rythme, dis-je encore, mais elle sait ce qu'elle fait.

Mary O'Rahilly me dévisage, moi, la fille privée tout comme elle de sa mère. Nous avons toutes les deux conscience que je mens, mais elle puise autant de réconfort que possible dans mes paroles.

Dire qu'elle est arrivée ici ce matin, persuadée que son nombril allait s'ouvrir. Elle n'était guère plus qu'une enfant, mais elle ne va pas tarder à se transformer. Bientôt elle devra devenir mère à son tour.

— Toc, toc ! lance une voix d'homme à l'entrée du service.

C'est Groyne, qui franchit le seuil en portant une jeune fille dans ses bras à la manière d'une mariée.

— Groyne, qu'est-ce que vous faites... ?

Il la laisse tomber sur le lit de gauche.

— Pénurie de fauteuils roulants, dit-il.

Eh bien quoi, espérais-je que la place d'Ita Noonan allait rester vide ?

Une quinte de toux plie la patiente en deux. Quand enfin elle se redresse, je constate malgré la lumière brunâtre qu'elle n'est pas aussi jeune que Mary O'Rahilly, mais juste aussi chétive. De grands yeux sous des cheveux couleur paille. Un énorme ventre.

Je pose une main sur son épaule osseuse.

— Je suis Mlle Power.

Elle tente de me répondre, mais sa toux l'en empêche.

— Attendez, nous allons vous donner un peu d'eau.

Bridie s'empresse de lui remplir un verre.

La nouvelle persiste à vouloir parler, sans que je comprenne un mot de ce qu'elle dit. Elle porte un rosaire enroulé deux fois autour de son bras, si bien que les perles s'enfoncent dans sa peau.

— Tout va bien, madame...

Je me tourne vers Groyne afin qu'il me remette son dossier et j'incline la feuille vers la lumière tamisée de l'ampoule au plafond.

**Honor White, deuxième grossesse, 29 ans**

Elle a le même âge que moi. Accouchement prévu à la fin novembre, ce qui veut dire qu'elle en est à trente-six semaines. Elle a attrapé la grippe il y a un mois et, comme souvent, la maladie a été suivie de complications.

— Vous n'arrivez pas à vous débarrasser de cette saleté, n'est-ce pas, madame White ?

Elle tousse à en avoir les larmes aux yeux. *Problème d'anémie*, me dis-je en notant son teint pâle.

Je remarque également un petit Sacré-Cœur rouge sur le revers de son fin manteau quand je l'accroche à une patère, ainsi qu'une drôle de boule dans sa poche. Les couches de peau sèche se fragmentent dans ma main. Serait-ce... de l'ail ?

— Pour éloigner la grippe, lâche-t-elle tout bas.

Groyne éclate de rire.

— On peut dire que c'est efficace !

L'accent de la nouvelle patiente m'indique qu'elle est originaire de l'ouest du pays. Je ne peux pas la changer avant que l'aide-soignant soit parti, mais il semble vouloir s'attarder.

— Alors, mademoiselle Power, ça se passe bien avec la dure à cuire ?

Je mets un moment à comprendre sa question.

— Oh, le Dr Lynn ? Elle a l'air très expérimentée.

— En matière d'agitation et d'anarchie, ça, oui, ricane-t-il.

— Vous exagérez.

— Il paraît qu'elle a failli être exécutée, intervient Bridie.

Je contemple ses traits animés. Mon assistante prendrait-elle le parti de cet aide-soignant ?

— Où avez-vous entendu ça ?

— Dans l'escalier.

— C'est un fait, affirme Groyne. Après l'insurrection, quatre-vingt-dix condamnations à mort ont été prononcées. Sauf qu'ils ont épargné toutes les femmes, ajoute-t-il, mécontent, et qu'ils ont demandé au peloton de s'arrêter après la seizième exécution !

Cela me gêne que de tels propos soient tenus devant mes patientes.

— Si vous le dites. Mais, au moins, nous avons un médecin qui s'y connaît en obstétrique aujourd'hui.

— Je parierais qu'elle n'est là que pour fuir la police, moi.

Je ne le suis pas.

— Pourquoi la police en aurait-elle toujours après cette femme ? Le gouvernement n'a-t-il pas libéré les rebelles de prison l'année dernière ?

— Vous ne lisez pas les journaux, mademoiselle Power ? se moque Groyne. Ils ont essayé de renvoyer toute cette bande de traîtres derrière les barreaux au mois de mai pour trafic d'armes avec les Allemands. Je ne sais pas comment Sa Grandeur a réussi à glisser entre les mailles du filet, mais je vous le dis, moi, elle est en cavale au moment où on parle, elle...

Il se fige brusquement.

Je me retourne et vois entrer le Dr Lynn. Derrière ses lunettes, rien n'indique qu'elle ait surpris cette conversation, mais je sens mes joues me brûler.

Elle balaie du regard la salle mal éclairée.

— Bonsoir, madame Garrett, madame O'Rahilly et... qui est-ce ?

Je lui présente Honor White.

Les tresses enroulées du médecin sont si bienséantes, son col si prude, que je ne peux croire qu'elle soit de mèche avec une puissance étrangère.

— Restez en vie, mesdames ! lance Groyne avant de repartir en sautillant et en chantant :

*Oh, death, where is thy stingalingaling,*
*Oh, grave, thy victory?*
*The bells of hell go tingalingaling*
*For you but not for me*[1]...

Avec l'aide de Bridie, j'enfile une chemise de nuit à Honor White pendant que le Dr Lynn l'examine. Pas de fièvre, mais son pouls et sa respiration sont assez rapides. Le souffle court, la jeune femme prétend ne pas avoir faim et souhaiter seulement se reposer.

Le médecin me recommande de lui donner une cuillerée de sirop d'ipéca pour décongestionner sa poitrine.

— Avez-vous mal quand vous toussez, madame White ?

Elle se frotte le sternum et murmure :

— Ça me fait comme des coups de couteau.

— Vous n'êtes pas censée accoucher avant fin novembre ?

Honor White acquiesce en silence.

— D'après le médecin, oui.

— Et quand l'avez-vous vu ?

— Il y a un certain temps. Deux ou trois mois.

— Vous ne vous souvenez pas du moment où vous avez senti bouger le bébé pour la première fois, j'imagine ?

Les mouvements du fœtus sont en général perceptibles autour de la dix-huitième semaine de grossesse, d'où la

1. « Oh, mort, où est ton aiguillon/Oh, tombe, où est ta victoire ?/Les cloches de l'enfer sonnent ding-ding-dong/Pour toi, mais pas pour moi... »

question du Dr Lynn. Mais Honor White n'en a aucune idée.

Parce qu'elle se remet à tousser, je lui tends un crachoir avec un peu d'acide phénique au fond. Elle expulse une substance verdâtre striée de noir.

— Donnez-lui du fer tous les jours pour son anémie, mademoiselle Power, mais surveillez-la au cas où son estomac ne le supporterait pas bien.

Je vais chercher un comprimé dans le placard.

— Je pense que vous avez une pneumonie, poursuit le Dr Lynn à l'intention de sa patiente, ce qui signifie que la grippe s'est logée dans vos poumons.

Les yeux brillants de larmes, Honor White tire sur son rosaire.

— Mais ne vous inquiétez pas, Mlle Power prendra grand soin de vous.

*Comme je l'ai fait avec Ita Noonan et Eileen Devine ?*

Honor White pose une main sur son ventre.

— Docteur, avoue-t-elle, j'ai l'impression que je vais éclater.

— Quand vous toussez ?

Elle fait signe que non.

— Il est très courant de se sentir prête à exploser à ce stade de la grossesse, vous savez.

— Non, mais...

Honor White remonte sa chemise de nuit aussi pudiquement que possible sur son gros ventre rose et luisant, et nous montre la ligne brune qui s'étend tout droit de son nombril à son pubis.

— Elle devient chaque jour plus foncée.

Le Dr Lynn réussit à ne pas sourire.

— On appelle ça la *linea nigra*. Ce n'est rien d'autre qu'une ligne de couleur.

— Certaines femmes l'ont sous les yeux, dis-je à la patiente. Voire sur la lèvre supérieure.

— Je vous assure que cette peau brune est aussi solide que la blanche, renchérit le médecin.

— Mais je ne l'avais pas...

Je devine ce qu'elle essaie de dire. Elle ne l'avait pas la dernière fois.

Delia Garrett s'interpose soudain.

— La mienne s'arrête au niveau du nombril.

Honor White se tourne vers sa voisine.

— D'après la mère de Bill, ça voulait dire que j'allais avoir une fille.

Des larmes lui montent aux yeux dans le même temps.

Je ne vois pas ce que je peux faire pour l'apaiser. Il n'y a pas de médicaments pour ce genre de douleur.

Je tends à Honor White son comprimé de fer avec une tasse de whisky chaud pour la toux, mais elle a un mouvement de recul en sentant les vapeurs d'alcool.

— Je suis membre de la Ligue de tempérance, m'explique-t-elle.

Je me rappelle alors le petit Sacré-Cœur sur son manteau.

— Oh, ce n'est qu'une boisson à visée médicinale.

Mais elle secoue la tête en se signant.

— Donnez-lui de la quinine dans ce cas, dit le Dr Lynn. Avec de la limonade chaude. Maintenant, où en est notre primigeste ?

Mary O'Rahilly est allongée sur le dos, les yeux fermés.

— J'ai bien peur que ses contractions ne soient toujours espacées d'un quart d'heure environ.

— Aucun signe de rupture de la poche des eaux ?

— Non.

Le Dr Lynn pince les lèvres et va se laver les mains.

Ah. J'en déduis qu'il est temps de risquer un examen interne.

— Madame O'Rahilly ? Le médecin aimerait vérifier que tout se présente bien.

La jeune fille de 17 ans réagit docilement, comme une poupée, mais elle panique quand je lui fais adopter la position requise pour l'examen – sur le côté, avec les fesses qui dépassent dans le vide – et que je soulève sa chemise de nuit.

— Je vais tomber !

— Non, c'est parfait. Bridie va vous tenir.

Celle-ci s'installe en face de moi et prend les mains de la patiente entre les siennes.

— Je vais vous préparer maintenant, madame O'Rahilly.

Je désinfecte sa vulve, la savonne, puis la rince avec une seringue pour être sûre que le médecin ne fasse pas entrer dans son corps d'éventuels germes présents là.

— Détendez-vous, ma chère, je n'en ai pas pour longtemps, murmure le Dr Lynn.

Mary O'Rahilly ne proteste pas, mais j'entends sa respiration s'accélérer et elle se met à tousser convulsivement.

Je sais que le médecin cherche avec un doigt le col de l'utérus en espérant ne pas le trouver. Ce n'est que lorsqu'il s'efface au point d'être indétectable que la patiente est prête à pousser.

Le Dr Lynn ressort sa main gantée.

— Je pense que je vais rompre la poche des eaux pour activer les choses. Surtout dans le contexte actuel, me glisse-t-elle ensuite discrètement.

À l'évidence, le travail n'est guère plus avancé que lorsque Mary O'Rahilly est arrivée ce matin. Il y a quelques mois encore, nous lui aurions laissé tout le temps dont elle avait besoin, mais le Dr Lynn veut lui épargner d'endurer trop longtemps des contractions épuisantes dans une maternité de fortune, surtout en sachant qu'elle a déjà la grippe.

Je vais donc chercher le plateau avec le long crochet stérilisé.

Mary O'Rahilly éclate en sanglots en l'apercevant.

— Oh, ce n'est pas vous que le médecin va percer avec ça, madame O'Rahilly. Elle compte juste pratiquer une petite ouverture dans la poche remplie de fluides où baigne le bébé.

Mais elle n'a probablement jamais entendu parler non plus du sac amniotique.

— Deux serviettes, Bridie, s'il vous plaît.

Je les plie sous Mary O'Rahilly, qui laisse échapper une rafale de toussotements nerveux, et je procède à une deuxième douche vaginale. Cette fichue lumière tamisée... Je sors ma petite lampe de poche et la braque de telle sorte que le Dr Lynn puisse voir ce qu'elle fait. (Une lampe de fabrication allemande, bien sûr. Un miracle qu'elle fonctionne encore au bout de quatre ans. Je ne m'en sépare jamais.)

De sa main gauche, le médecin dégage adroitement l'entrée du vagin, avant d'insérer le crochet en le tenant encadré de chaque côté par les doigts de sa main droite. Puis son regard se perd au loin, comme si elle franchissait un col montagneux de nuit.

Le liquide amniotique commence à couler. Il est de couleur claire dans le faisceau lumineux de ma lampe. Aucune trace verdâtre, jaunâtre ou marron de méconium, ce qui aurait indiqué que nous avions tout intérêt à sortir le bébé.

— Excellent, dit le Dr Lynn.

Je rabaisse la chemise de nuit de Mary O'Rahilly et l'aide à s'asseoir.

Frissonnante, elle avale une gorgée de son whisky tiède.

— Est-ce que je vais arrêter d'avoir mal, maintenant, mademoiselle ?

Son innocence me fend le cœur. Faut-il lui avouer que nous faisons en sorte d'accélérer et d'intensifier ses contractions, assez pour que son bébé naisse enfin ?

— On a libéré un peu de place là-dedans. Les choses devraient aller plus vite, dis-je simplement.

Bridie emporte les serviettes mouillées pendant que je refais le lit.

Puis je rejoins le médecin, occupée à ôter ses gants.

— Il n'y aura pas de sage-femme ici ce soir une fois que je serai partie, docteur. Seulement une infirmière.

Elle hoche la tête avec lassitude.

— Dans ce cas, dit-elle, je repasserai la voir à la fin de mon service et je demanderai à… Comment s'appelle-t-il ? Prendergast ? Je lui demanderai de vérifier que tout va bien à la première heure demain matin.

Après son départ, Honor White recommence à tousser. Je donne le crachoir à Bridie afin qu'elle le vide et le rince avec une solution d'acide phénique.

Les lampes se rallument à cet instant. Quel soulagement.

Je parcours plus attentivement le dossier de la nouvelle venue et remarque que sous l'intitulé « Nom du mari » figure juste son patronyme, White, sans aucune mention du prénom. Et la profession de monsieur n'a pas été renseignée. Il n'existe donc pas. « Madame » doit être un titre de courtoisie. Une chose encore très choquante avant la guerre, mais qui tend à l'être un peu moins désormais. Y a-t-il davantage d'enfants illégitimes, ou cela semble-t-il moins important à l'heure où tant d'hommes ne rentrent pas chez eux ? Tout de même, une fervente catholique, membre d'une ligue de tempérance et enceinte sans être mariée, peut-être pour la seconde fois, cela m'intrigue

– bien que je n'aie jamais reproché à une patiente célibataire d'attendre un enfant, alors qu'on ne peut pas en dire autant de certaines bégueules de la vieille école comme sœur Luke.

Sur le côté, sous la ligne « Transférée de », je reconnais le nom d'une institution située à quelques rues de là, une grande maison qui héberge des femmes jusqu'à la fin de leur grossesse quand elle n'est pas désirée. Sans que ces dernières aient leur mot à dire, peut-être. Les détails restent flous pour moi, tant ces situations sont jugées honteuses. Tout juste sait-on que les filles enceintes en dehors des liens du mariage sont emmenées chez les sœurs. Ces institutions parsèment le pays, mais on ne parle jamais de ce qui se passe à l'intérieur. Qu'est-il arrivé au premier enfant d'Honor White ? A-t-il survécu ?

Je m'approche de Bridie, qui se lave les mains, et lui chuchote à l'oreille :

— Je sais que vous discutez facilement avec les patientes…

— Désolée, je suis une vraie pipelette.

— Non, non, ça les détend, c'est très bien. Mais en ce qui concerne Mme White… S'il vous plaît, ne lui posez pas de questions sur sa situation.

Bridie fronce les sourcils.

— Elle a mis la charrue avant les bœufs.

Rien chez elle n'indique qu'elle voit où je veux en venir.

— Elle n'est pas mariée, dis-je d'une voix à peine audible. Elle arrive de l'une de ces maisons pour filles mères.

— Oh.

— Je me demande ce qu'ils deviendront après l'accouchement, son bébé et elle. Il sera adopté, j'imagine.

Le visage de Bridie se ferme.

— Il partira plutôt dans les égouts, à mon avis.

Je la regarde sans comprendre. Que peut-elle bien vouloir dire par là ?

— Mademoiselle Julia, j'ai besoin d'aller aux toilettes.

J'apporte un bassin hygiénique à Delia Garrett.

— Pas ça. Je veux aller…

— Désolée, vous devez rester alitée au moins quelques jours.

En fait, nous sommes même censés garder les patientes une semaine entière après leur accouchement, mais le service ne pourra pas se passer de son lit aussi longtemps.

— Mais je vous dis que je suis capable de marcher !

Je suis contente de lui entendre de nouveau ce ton sec.

— Allons, laissez-moi glisser ça sous vos fesses et vous serez très bien.

En soufflant fort, elle soulève une hanche afin de faire de la place au bassin métallique et froid.

Je prends son pouls. Au toucher, je sens qu'elle n'a pas de fièvre, mais je me penche quand même en reniflant discrètement – je me flatte de pouvoir détecter rien qu'au nez les premiers signes d'une infection puerpérale. En l'occurrence, je ne perçois qu'une odeur de transpiration, de sang et de whisky, mais décide malgré tout de rester vigilante.

Enfin, le tintement de l'urine dans le bassin me parvient. Delia Garrett laisse échapper un petit cri.

Plus loin, la nouvelle patiente tousse violemment. Je contourne le lit de Mary O'Rahilly et aide Honor White à se redresser contre un coussin rehausseur.

Son pouls et sa respiration sont toujours aussi rapides.

— C'est un juste châtiment, murmure-t-elle tout en se signant.

— Votre grippe ? Ne croyez pas ça. Elle frappe les gens sans raison.

Honor White secoue la tête.

— Je ne pensais pas qu'à moi.

Je me sens ridicule d'avoir tiré cette conclusion trop hâtive.

— Nous tous, ajoute-t-elle dans un râle. C'est bien fait pour nous.

*Nous tous en tant que pécheurs ?* Peut-être ai-je affaire à une dévote fanatique.

— À cause de la guerre.

Ah, cette fois je comprends. Les êtres humains ont tué tant de leurs congénères que, selon certains, la nature se rebelle contre nous.

— Dieu nous vienne en aide, souffle Honor White.

C'est une prière d'espoir, mais je ne discerne que de la mortification et de la solitude chez cette femme.

— Vous comptez me laisser sur ce truc toute la soirée ? lance Delia Garrett.

Je lui retire le bassin, l'essuie, puis tapote doucement ses points de suture avec de la gaze imbibée d'une solution antiseptique.

— Bridie, pourriez-vous vider et rincer ceci aux toilettes ? Et rapportez-moi une autre protection réfrigérée pour Mme Garrett.

— Bonsoir, mademoiselle Power.

Je me retourne et découvre sœur Luke, l'air plus guindée que jamais derrière son masque.

Comment le temps a-t-il pu filer si vite ? L'horloge indique pile 21 heures. Je me sentirais sans doute abrutie de fatigue si je m'autorisais à y penser, mais je n'ai pas envie de partir.

Je remarque que Mary O'Rahilly et Honor White se sont toutes les deux raidies face à l'infirmière de nuit – qui, il est vrai, a tout d'une momie égyptienne revenue à la vie.

Sœur Luke fait claquer la ficelle de son cache-œil en la resserrant.

— Comment s'est passée votre journée ?

Je ne vois pas comment résumer tout ce que j'ai vécu durant ces quatorze heures. Je me représente les visages des disparues. Celui d'Ita Noonan, emportée par une crise de convulsions malgré tous mes efforts. Celui de la petite Garrett, mort-née avant que je puisse même tenter de la sauver. Sa mère, elle, aurait pu se vider de son sang, mais le sort en a décidé autrement. Que d'arbitraire derrière tous ces destins.

J'informe sœur Luke de tout cela.

— La pneumonie de Mme White doit être surveillée, dis-je à voix basse, de même que la plaie de Mme Garrett. La seule dont le travail a commencé est Mme O'Rahilly, mais comme les choses ne progressent guère, le Dr Lynn vient de rompre la poche des eaux.

Sœur Luke en prend note en ôtant son tablier.

— Ça en met, du temps, n'est-ce pas, madame O'Rahilly ?

Celle-ci réussit à hocher la tête en toussant.

— *Malheur aux femmes qui seront enceintes*, cite la religieuse, philosophe.

Sa remarque me crispe. Certaines des infirmières les plus âgées semblent considérer que toute femme ayant eu des relations avec un homme – même son mari – doit s'attendre à être punie en retour. Je n'aime pas du tout l'idée de lui confier cette fille effrayée et fatiguée.

— Vous pourrez administrer à Mme O'Rahilly un peu plus d'hydrate de chloral pour l'aider à dormir entre ses contractions si nécessaire, ma sœur.

Mais qu'est-ce que cette infirmière va juger nécessaire ?

— Et si les contractions se font plus fortes ou plus fréquentes, allez au service des maladies infectieuses juste en face et envoyez quelqu'un chercher une sage-femme à la maternité, d'accord ?

Elle opine en silence.

— Au vu du manque de médecins à l'hôpital, le Dr Lynn nous autorise à donner du whisky, du chloroforme ou de la morphine à nos patientes.

Cette entorse au protocole lui fait hausser les sourcils.

À cet instant, Bridie arrive précipitamment avec un coussinet de mousse réfrigérée.

— Sweeney, vous êtes-vous rendue utile ? l'interpelle sœur Luke.

Je trouve très abrupte cette façon de s'adresser à la jeune femme, mais Bridie ne s'en formalise pas.

— Elle a même été indispensable, dis-je – ce qui me vaut un sourire rayonnant.

L'infirmière de nuit a commencé entre-temps à déplier un tablier propre.

— Si vous aviez vu la queue devant le cinéma ! Il y avait des hommes, des femmes et des enfants, et tous n'attendaient que d'entrer dans cette grande boîte infestée de microbes.

— Cela fait partie des petits plaisirs accessibles aux pauvres. Comment le leur reprocher ?

Pendant que j'enfile mon manteau, sœur Luke passe vivement une nouvelle paire de fausses manches qu'elle remonte jusqu'au-dessus de ses coudes.

— Ils jouent avec la mort, oui ! Filez, maintenant, Sweeney.

Sa grossièreté me désarçonne, mais Bridie prend ses affaires et obéit.

Je salue rapidement mes trois patientes avant de partir à mon tour avec ma cape et mon sac sur le bras.

Je crains d'abord d'avoir perdu mon assistante, jusqu'à ce que je l'aperçoive plus bas dans l'escalier.

— Bridie !

Je la rattrape et nous finissons de descendre les marches ensemble.

— Vous ne devriez pas laisser sœur Luke vous parler sur ce ton.

Elle se contente de sourire.

— Et je la trouve très dure avec les amateurs de cinéma. La période est si déprimante qu'on a bien le droit de s'offrir un peu d'évasion bon marché, non ?

— J'ai vu un film, un jour.

— Ah oui ? Lequel ?

— Je ne sais pas comment il s'appelait, m'avoue-t-elle. Le temps que je réussisse à m'éclipser et à entrer dans le cinéma par la porte sur le côté, j'avais raté tout le début.

D'où s'était-elle éclipsée ? Et pourquoi s'était-elle introduite en douce dans une salle de cinéma ? N'avait-elle pas de quoi se payer un billet ?

— Mais je n'ai jamais oublié l'héroïne, continue Bridie. Une vraie beauté, toute petite et toute fine, échouée sur une île déserte. Un jour, un type débarque, et hop, ils ont un bébé !

Elle rit, un peu gênée.

— Et puis voilà qu'un autre bateau arrive avec l'épouse de ce type à bord...

— Cela remonte à deux ou trois ans, non ? dis-je. Ça me revient. C'était *Hearts Adrift*. Avec Mary Pickford et... je ne sais plus qui.

— Mary Pickford ? Je ne l'imaginais pas porter un prénom aussi ordinaire.

— C'est une sacrée fille, hein ? Il n'y a rien d'ordinaire chez elle.

— *Hearts Adrift*, répète Bridie lentement, en savourant ce titre. Oh, je comprends maintenant. *Hearts Adrift*, des cœurs à la dérive… C'est parce qu'ils sont naufragés sur une île.

— Et l'avez-vous aimée dans *Petit Démon* ?

— Je n'ai vu qu'un seul film.

Je reste sans voix. Quoi, un seul en l'espace d'à peu près vingt-deux ans ? Je vais au cinéma depuis que j'ai quitté la campagne, et Tim m'a toujours accompagnée après s'être installé à Dublin. Les parents de Bridie refusent-ils de la laisser sortir le soir ou n'ont-ils pas deux sous à lui donner ? Mais je ne veux pas lui faire honte en posant la question.

— Une chance que vous soyez tombée sur un bon film, alors.

Elle me décoche l'un de ses grands sourires.

Je me rappelle l'intrigue de *Hearts Adrift* à présent.

— À la fin, quand Mary Pickford saute dans le volcan…

— J'ai cru que j'allais mourir, moi aussi ! s'exclame Bridie, les yeux aussi brillants que des galets sur le rivage.

— Je ne sais plus ce que devient le bébé, en revanche. Est-ce que le couple marié l'emmène ?

— Non, non, elle l'a dans ses bras au moment de sauter.

L'air extatique, Bridie mime la scène en serrant un enfant invisible contre elle.

C'est un tel plaisir de pouvoir bavarder ainsi sans me préoccuper de mes patientes. Mais, au pied de l'escalier, nous sommes bousculées par des soignants pressés qui viennent prendre la relève des équipes de jour.

— Rentrer chez vous dans le noir ne vous fait pas peur, Bridie ?

— Pas du tout. Où dorment les infirmières ?

— Dans des pensions pour la plupart, mais je loue une maison avec mon petit frère. Je fais une partie du trajet en tramway et je termine à vélo. Tim a 26 ans.

Je précise son âge au cas où j'aurais donné l'impression qu'il n'était qu'un enfant.

— Il s'est enrôlé en 1914, dis-je encore, en m'étonnant moi-même de lui faire cette confidence.

— Ah oui ? Combien de temps est-il parti ?

— Dix-neuf mois pour commencer. Puis il m'a écrit de Macédoine pour m'annoncer qu'il avait été promu sous-lieutenant et qu'il allait avoir une permission. Mais il n'est jamais venu. Il m'a fallu trois jours pour découvrir qu'il était à l'hôpital avec la fièvre des tranchées. À peine s'était-il remis qu'on lui a expliqué que sa maladie avait compté comme un congé, et il a été renvoyé sur le front.

Bridie grogne en signe de compassion.

— Ma foi, autant en rire.

Je me garde toutefois de lui dire que lorsqu'il est enfin rentré d'Égypte quatorze mois plus tard, mon frère ne parlait plus.

— Bonne nuit, Julia.

Je n'ai curieusement aucune envie que cette conversation s'arrête.

— Vous habitez loin ?

— Juste au bout de la rue, répond Bridie en agitant un pouce vers la gauche.

Elle baisse ensuite les yeux.

— Au couvent, précise-t-elle.

Oh, je comprends à présent l'attitude possessive de sœur Luke à son égard. Et aussi pourquoi Bridie porte des vêtements élimés et n'a pas de soirée libre ni d'argent à dépenser…

Pour dissiper la gêne qui s'installe entre nous, je tente de plaisanter.

— C'est assez drôle que le mot « couvent » désigne l'habitation principale d'un ordre religieux où on ne couve rien du tout en réalité.

Cela la fait rire.

— Vous êtes donc… une novice ? Ou dois-je dire… une postulante ?

Elle rit de plus belle, mais avec amertume cette fois.

— Je ne voudrais pas devenir bonne sœur pour tout l'or du monde.

— Oh, au temps pour moi, je pensais…

— Je loge seulement là-bas. Je viens de l'un de leurs foyers. À la campagne.

J'y vois plus clair à présent, et il m'apparaît soudain injuste que l'on dise d'une personne qu'elle a grandi dans un foyer, alors qu'elle n'en a pas connu de véritable.

— Je suis vraiment désolée, Bridie, je ne voulais pas être indiscrète.

— Ce n'est rien.

Nous observons un silence emprunté, jusqu'à ce qu'elle reprenne en marmonnant :

— Je préférais que vous sachiez pourquoi je suis si stupide.

— Stupide ?

— On ne m'a envoyée à Dublin qu'à l'âge de 19 ans. Tout est encore nouveau pour moi.

— Bridie, vous êtes le contraire même de quelqu'un de stupide !

— Ah, mais vous n'avez pas idée des erreurs que je fais, dit-elle amèrement. Qu'il s'agisse de compter la monnaie, lire les panneaux, me repérer parmi toutes les lignes de tramway, trouver mon chemin, ne pas perdre mon chapeau…

— Vous êtes une voyageuse dans un pays étranger. Intelligente et courageuse.

Son visage s'illumine.

— Mademoiselle Power ?

Remontant du sous-sol, le Dr Lynn a failli nous heurter de plein fouet.

— Je sais que c'est beaucoup demander, mais pourriez-vous m'aider avec Mme Noonan ?

Sa question me désarçonne. Que peut-on faire pour cette pauvre femme à ce stade ?

— J'aimerais pratiquer une autopsie.

— Oh, bien sûr, docteur.

Franchement, j'aurais préféré rentrer chez moi, mais comment lui refuser ça ?

La tête flamboyante de Bridie a déjà disparu dans la cohue des soignants. Cela me contrarie que le médecin ait interrompu notre discussion.

Malgré tout, je la suis au sous-sol.

— Il faut le faire ce soir, dit-elle, parce que le corps sera restitué au mari à la première heure demain matin.

Les familles sont rarement informées de la tenue de ces examens post-mortem, tant il est difficile pour elles de comprendre quels bénéfices la médecine tire de la dissection de nos êtres chers.

Puis il me vient à l'esprit que je suis peut-être dans de beaux draps.

— Vous ne pensez pas que la cause du décès puisse être mise en doute ?

— Pas du tout ! C'est juste que depuis le début de cette épidémie, je ne rate aucune occasion de pratiquer une autopsie sur des patients victimes de la grippe, en particulier les femmes enceintes.

C'est bien ma veine. Une pure scientifique. J'aurais pu être près d'aller me coucher à cette heure-ci. Mais, tout de même, le zèle du Dr Lynn m'impressionne, surtout si on considère qu'elle vit sous la menace d'une arrestation – du moins à en croire les ragots. Comment réussit-elle à faire abstraction de ses propres soucis pour se concentrer sur le bien commun ?

La morgue est déserte. J'ai déjà mis les pieds dans cet espace blanc et froid, mais jamais je ne l'avais vu si rempli de cercueils. Ils s'entassent par piles de six contre les quatre murs, comme des bûches prêtes à alimenter une chaudière. Je me demande comment les employés se rappellent qui est qui. Écrivent-ils les noms au crayon sur les côtés ?

— Il y en a tant !

— Et encore, ce n'est rien. Au cimetière, des centaines de cercueils attendent d'être enterrés. C'est un danger pour les vivants, si vous voulez mon avis. Les Allemands, eux, sont une race éminemment pragmatique. Ils incinèrent leurs morts.

— Vraiment ?

— C'est choquant, mais *fas est et ab hoste doceri*, vous savez.

Devant ma perplexité, elle me traduit cette expression :

— « Il est bon d'apprendre, même de son ennemi. » Je ne serais pas surprise si cette grippe trouvait son origine dans des miasmes soufflés par le vent depuis les champs de bataille.

La table de la salle d'autopsie ressemble à un autel tout reluisant en porcelaine blanche, avec une bonde centrale et de profonds sillons, comme les nervures d'une feuille. Pendant que je pose mes affaires, le Dr Lynn fait coulisser un tiroir-plateau et soulève le drap qui recouvre le cadavre étendu dessus.

La peau d'Ita Noonan a viré au gris en quelques heures. Mon regard est attiré par ses doigts d'un jaune vif incongru. Par le renflement de son ventre sous sa chemise de nuit. « Il y a un bébé », avait-elle chuchoté à mon oreille – avec fierté, peur ou désarroi ?

Si les choses avaient suivi leur cours normal, elle se serait délestée de ce fardeau en janvier et, quelques semaines plus tard, elle serait allée se faire asperger d'eau bénite à l'église. Pour la première fois, je songe que la cérémonie des relevailles est une tradition bien singulière, comme si accoucher marquait les femmes d'un léger sceau infamant qu'il convenait d'effacer. La mort d'Ita Noonan a-t-elle annulé son besoin d'être bénie ? A-t-elle suffi à la purifier aux yeux des religieux ?

Le Dr Lynn pose un bloc en caoutchouc sur la table.

— Ceci permet un meilleur accès à la cavité abdominale. Pouvons-nous la porter à deux ou faut-il que j'aille chercher quelqu'un ?

Mais tout en me posant cette question, elle saisit déjà les extrémités du drap.

Si puéril cela soit-il, je ne tiens pas du tout à rester seule dans cette pièce mal éclairée le temps qu'elle revienne.

— Non, dis-je, pas la peine.

J'attrape les coins les plus proches de moi et bande mes muscles. La petite femme est plus lourde que je ne m'y attendais. Mon dos se raidit, m'obligeant à me cambrer pour le soulager. Nous parvenons ainsi à transférer Ita Noonan sur la table et la basculons sur un côté, puis sur l'autre, afin de retirer le drap bruni et caler le bloc en caoutchouc sous ses reins.

De son nez s'écoule un filet rosâtre que je me dépêche d'essuyer.

Le médecin avance la lampe chirurgicale en la faisant rouler sur le sol. Pendant qu'elle la braque sur Ita Noonan en réglant son intensité au maximum, je dénoue les rubans de la chemise de nuit et tire sur le tissu, un peu honteuse de dénuder une défunte.

Puis je me place en face du Dr Lynn avec mon stylo plume et du papier.

— *Livor mortis*, dit-elle. Le bleu de la mort.

Elle presse le bras livide d'Ita Noonan, qui devient blanc à cet endroit.

— Douze heures après le décès, déclare-t-elle, il restera bleu même quand on appuiera dessus.

— C'est curieux, son cadavre ne semble pas encore rigide.

— À cause du froid qu'il fait ici.

— Ah oui ?

— Cela peut paraître contraire à la logique, mais c'est le processus métabolique de la décomposition qui provoque la *rigor mortis*, or les basses températures le ralentissent et préservent la souplesse du corps.

Des taches pourpres s'étendent sur les épaules d'Ita Noonan, ses bras, son dos, ses fesses et l'arrière de ses jambes. Et elle présente des hématomes au-dessus des coudes – la faute à mes efforts pour la réanimer. (Nous devons si souvent infliger des traitements indignes aux patients dans l'espoir vain de les ramener à la vie.)

Le Dr Lynn soupire.

— Quelle épave. Presque complètement édentée à 33 ans. Et sa jambe gonflée devait la faire souffrir en permanence.

Je contemple le ventre de la défunte, pareil à un champ ravagé, passé à douze reprises de l'état de plaine à celui de montagne.

— Savez-vous que les femmes sont une fois et demie plus nombreuses à mourir en couches ici qu'en Angleterre ?

— Non.

— C'est en grande partie parce que les Irlandaises font trop d'enfants, m'explique le Dr Lynn en déballant ses scalpels. J'aimerais bien que votre saint-père ne les laisse plus tomber enceintes après le sixième.

Je me retiens de rire en imaginant cette femme – une socialiste protestante, une suffragette et une fautrice de troubles républicaine affublée d'une chemise masculine et de lunettes d'intellectuelle – exiger une audience auprès du pape Benoît XV et lui exposer ses arguments.

Elle lève les yeux pour vérifier qu'elle ne m'a pas offensée.

— Je suis prête, docteur.

— Bon, je pense qu'on ne va pas se risquer à découper le crâne. Ce n'est pas évident à masquer ensuite.

J'en suis soulagée. J'ai aidé un jour à détacher un visage de sa boîte crânienne, et cela compte parmi les souvenirs que je voudrais pouvoir effacer de mon esprit.

Le Dr Lynn pose un doigt sur la ligne d'implantation des cheveux d'Ita Noonan.

— Cette drôle de grippe. Elle peut se manifester dans un premier temps par une sensation de soif, une nervosité, des insomnies, une maladresse, une pointe de folie, et puis à la fin par une altération ou un émoussement d'un ou plusieurs sens… Mais, hélas, aucun de ces symptômes n'est visible au microscope.

— Dans mon cas, toutes les couleurs me sont apparues un peu grises pendant quelques semaines.

— Alors vous vous en êtes tirée à bon compte. L'amnésie, l'aphasie, la torpeur… Parmi les survivants, certains n'arrêtent pas de trembler et d'autres deviennent raides comme des statues. Sans parler de ceux qui se suicident et qui sont beaucoup plus nombreux que les journaux ne veulent bien l'admettre.

— Les gens passent à l'acte pendant la phase de délire ?

— Ou même longtemps après. Vous n'avez pas eu un patient qui s'est jeté par la fenêtre la semaine dernière ?

— Oh, dis-je, en me sentant soudain crédule. On nous a dit qu'il avait glissé.

Le Dr Lynn approche son scalpel de l'épaule gauche d'Ita Noonan.

— Je vais commencer l'incision du tronc ici. La famille ne s'en apercevra pas. Mon Dieu, bénissez le travail de mes mains.

Je regarde la peau se fendre selon un bel arc bien profond sous les seins ballants. C'est à peine si un petit filet de sang s'en échappe.

— Ce n'est jamais facile quand il s'agit d'un patient dont on a eu la charge, continue le Dr Lynn.

Ce « on » la désigne-t-il elle, ou bien moi ?

— Pardonnez-moi si ce ne sont pas mes affaires, mais puisque la recherche vous intéresse, pourquoi n'officiez-vous pas dans un grand hôpital, docteur ?

Ses lèvres fines se tordent avec amertume.

— Aucun d'eux n'a voulu de moi.

Elle pratique une incision du sternum jusqu'au pubis en passant par le nombril pour terminer de dessiner un Y.

— On m'a offert un poste il y a quelques années, continue-t-elle, seulement les médecins de l'établissement en question n'étaient pas emballés à l'idée d'avoir un collègue en jupons.

Je n'ai pas à faire de commentaire, je le sais, mais c'est plus fort que moi.

— Tant pis pour eux !

— Et, tout bien pesé, tant mieux pour moi. Poser mes valises ailleurs m'a permis de découvrir et d'étudier « les mille blessures qui sont le lot de la chair », comme dit Hamlet. De toute façon, j'aurais fini par être renvoyée en raison de mon engagement pour la cause.

Mes joues me brûlent. Je ne m'attendais pas à ce qu'elle évoque sa vie secrète. Mais parce qu'elle l'a mentionnée, je me force à la questionner.

— C'est donc vrai, ce qu'on raconte ? Vous étiez avec les rebelles sur le toit de l'hôtel de ville ?

— Avec l'Armée citoyenne irlandaise, me corrige-t-elle. J'ai pris la relève du commandant Sean Connolly quand il a été abattu en hissant le drapeau vert.

Un silence.

— J'ai dû soigner plusieurs blessures par balle cette semaine-là, dis-je d'une voix mal assurée.

— Je n'en doute pas.

— Une femme enceinte, une civile, nous a été amenée sur un brancard et s'est vidée de son sang avant que je puisse stopper l'hémorragie.

— J'en ai entendu parler, répond-elle tristement. J'en suis désolée. Elle compte parmi les quelque cinq cents personnes tuées durant ces quelques jours, sans parler des milliers de blessés – tous victimes de l'artillerie britannique.

À ces mots, je vois rouge. L'armée en question est celle de Tim.

— Mon frère a été soldat, dis-je. Il a servi le roi.

Je fais cette précision avec embarras, au cas où cela n'aurait pas été clair.

— Tant d'Irlandais ont sacrifié leur vie pour l'empire et le capital, soupire-t-elle.

— Mais c'est vous, les terroristes, qui avez ouvert le feu les premiers à Dublin, et de façon traîtresse en plus, au beau milieu d'une guerre mondiale !

Mon sang se glace. M'énerver comme ça après un médecin… qu'est-ce qui m'a pris ? Elle va sûrement m'ordonner de sortir.

À la place, elle repose son scalpel.

— Il y a cinq ans encore, je portais à peu près le même regard que vous sur la question nationale, mademoiselle Power, dit-elle d'un ton très courtois qui me déconcerte.

J'ai d'abord défendu la cause des femmes, puis le mouvement des travailleurs. J'espérais une transition pacifique vers une Irlande autonome qui traiterait avec davantage de bienveillance les ouvriers, les mères et les enfants. Mais, au bout du compte, j'ai compris que même s'ils faisaient semblant depuis quarante ans de s'intéresser au principe du *Home Rule*[1], les Britanniques entendaient bien continuer à nous envoyer promener. Ce n'est qu'à ce moment-là, après m'être beaucoup interrogée, je vous assure, que je suis devenue ce que vous appelez une terroriste.

Devant mon silence, elle s'attelle de nouveau à sa tâche et prend des cisailles pour découper les flancs d'Ita Noonan. Elle soulève ensuite d'un même mouvement le sternum et les côtes avant, comme elle aurait soulevé une herse.

Je tremble. Ma propre cage thoracique m'apparaît soudain si fragile. Et nous tous bien vulnérables.

Il faut que je détourne la conversation.

— La grippe vous a-t-elle laissé des séquelles bizarres à vous aussi, docteur ?

— Je ne l'ai pas eue, dit-elle sans me regarder.

Seigneur, et cette femme a les bras plongés jusqu'aux coudes dans les microbes !

— Vous ne voulez même pas mettre un masque ?

— Il existe curieusement très peu de preuves de leur effet protecteur. Je me lave les mains, je fais des bains de bouche avec du brandy et, pour le reste, je me fie à la Providence. Le rétracteur, s'il vous plaît.

Je lui tends ce qu'elle me demande et procède à des mesures et des pesées. Malgré nos convictions diamétralement opposées, je ne veux pas la décevoir.

1. Projet qui visait à garantir, sous la tutelle de la Couronne britannique, un statut d'autonomie à l'Irlande tout entière.

— Quant aux autorités, poursuit-elle, je crois que la pandémie se sera éteinte d'elle-même avant qu'elles se décident à faire autre chose que donner des conseils dérisoires. Recommander les oignons et l'huile d'eucalyptus ! Autant envoyer des scarabées stopper un rouleau compresseur. Non, comme l'a dit un jour un vieux sage grec, nous habitons tous une cité sans murailles.

Elle doit me sentir perdue, parce qu'elle clarifie sa pensée :

— En ce qui concerne la mort.

— Oh, oui, je vois.

Elle sort les poumons d'Ita Noonan – deux sacs noirs qui tombent avec un bruit humide dans ma bassine.

— Mon Dieu, dans quel état ils sont… Prélevez un échantillon, s'il vous plaît. Je m'attends à ce qu'ils soient trop engorgés pour qu'on distingue quoi que ce soit, mais bon…

Je découpe un petit fragment au rasoir et étiquette une lame de microscope.

— Vous savez qu'il y a une machine à oxygène flambant neuve et hors de prix à l'étage ?

Je fais signe que non.

— Je l'ai testée sur deux hommes atteints de pneumonie cet après-midi, sans aucun succès. On leur a envoyé de l'oxygène pur dans le nez, mais leurs voies respiratoires étaient si obstruées qu'il n'arrivait pas à passer.

Plus solennelle cette fois, elle me dicte ses observations :

— Plèvre gonflée. Substance purulente s'échappant des alvéoles, des bronchioles et des bronches.

Je note tout.

— Quand quelque chose s'attaque aux poumons, murmure-t-elle, ils se remplissent, si bien que le malade se noie dans sa propre mer intérieure. Un de mes camarades est mort comme ça l'année dernière.

— De la grippe ?

— Non, non. Tim Ash – c'était son nom – a été nourri de force et il a fait une fausse route.

J'ai entendu parler de suffragettes qui entamaient des grèves de la faim, mais des prisonniers membres du Sinn Féin ?

— Et… il en est mort ?

— Oui. Avec moi à ses côtés qui lui prenais le pouls.

Je suis vraiment désolée pour lui, et pour elle également, mais cela ne me fait pas changer d'avis sur leur combat.

Une tresse détachée de la coiffure du médecin oscille au rythme de ses mouvements. Je me demande combien de temps elle a passé en prison et comment elle a réussi à rester aussi robuste, aussi énergique.

Elle poursuit sa dictée :

— Cordes vocales abîmées. Taille de la thyroïde trois fois supérieure à la normale. Cœur dilaté.

— N'est-il pas toujours plus gros chez les femmes enceintes ?

Elle le soulève pour me le montrer.

— Celui de Mme Noonan est flasque des deux côtés, vous voyez ? Alors qu'il s'élargit seulement sur la gauche dans le cas d'une grossesse pour envoyer plus de sang vers le fœtus.

Je me fais la réflexion que ce dernier exige vraiment plus de tout. Les poumons, les veines – tout le corps de la mère doit tourner à plein régime, un peu comme une usine qui augmenterait ses capacités de production en prévision de la guerre.

— Cela pourrait-il expliquer pourquoi la grippe frappe si durement les femmes enceintes ? Parce que leur système est sous pression ?

— En effet. Le taux de morbidité chez elles atteint des sommets, même des semaines après l'accouchement, ce qui laisse penser que leurs défenses sont affaiblies.

Je songe à la légende de Troie et aux soldats grecs émergeant du ventre du cheval en bois pendant la nuit pour ouvrir les portes de la ville. Elle aussi a fini victime de sa faiblesse interne. Que disait le Dr Lynn, déjà, au sujet d'une cité sans murailles ?

Elle continue à inciser, à prélever, et moi à étiqueter les organes et à les glisser dans des sachets.

— Tant d'autopsies sont réalisées partout dans le monde, grommelle-t-elle, et tout ce qu'on a appris jusqu'ici sur cette grippe, c'est que sa durée d'incubation est de deux jours.

— On n'avance pas dans la mise au point d'un vaccin, alors ?

Elle secoue la tête, ce qui fait tressauter sa natte.

— Personne n'a même réussi à isoler la bactérie sur une lamelle. Peut-être que cette saleté est trop petite pour qu'on la distingue et qu'on devra attendre que les fabricants de microscopes en produisent un plus puissant. À moins qu'il ne s'agisse d'une nouvelle forme de microbe…

Il y a là de quoi être déstabilisé et effrayé.

— Tout ça doit nous inciter à rester humbles, dit le Dr Lynn avec tristesse. La médecine vit son âge d'or, réalise de grands progrès dans la lutte contre la rage, la typhoïde, la diphtérie, et pourtant une banale grippe suffit à nous laisser sur le carreau. Non, ce sont des gens comme vous qui font la différence à l'heure actuelle. Les infirmières, je veux dire. Il semblerait que seuls des soins attentionnés puissent sauver des vies.

Elle se penche sur la cavité abdominale – une bouillie baignant dans un liquide sombre – et reprend sa dictée :

— Foie enflé, signe d'hémorragie interne. Reins enflammés et suintants. Côlon ulcéreux.

Mon scalpel suit le sien, et je prélève de nouveaux échantillons.

— Bien sûr, on peut toujours accuser les étoiles, commente-t-elle.

— Pardon ?

— C'est le sens du mot « influenza », l'autre nom de la grippe. *Influenza delle stelle* : l'influence des étoiles. Pour les Italiens du Moyen Âge, cette maladie prouvait que le ciel gouvernait leur existence et que certaines personnes avaient littéralement une mauvaise étoile.

J'imagine des corps célestes essayant de nous guider comme des cerfs-volants à l'envers. Ou tirant peut-être sur la ficelle juste pour s'amuser.

Le Dr Lynn libère l'intestin d'Ita Noonan et le déroule à la manière d'un charmeur de serpents.

— *Autopsie* signifie en grec « voir de ses propres yeux ». Vous et moi avons de la chance, mademoiselle Power.

— De la chance ? D'être en vie et en bonne santé, vous voulez dire ?

— D'être ici, au cœur de l'action. Nous n'apprendrons jamais davantage ni plus vite que dans cette pièce.

Elle repose son scalpel et étire ses doigts peut-être contractés avant d'inciser délicatement l'utérus d'Ita Noonan.

— Nous contribuons tous à accroître la somme des connaissances humaines, même Mme Noonan.

Elle soulève la paroi de l'utérus et ouvre le sac amniotique.

— Sans oublier le dernier petit Noonan, ajoute-t-elle en sortant le fœtus et en le prenant en coupe dans ses mains.

Un garçon. C'était un garçon.

— A priori, la grippe ne l'a pas atteint. Le mètre, s'il vous plaît.

Elle allonge l'enfant sur un plateau en dépliant ses jambes comme pour le faire tenir debout rien qu'une fois dans sa vie.

Je mesure la distance entre le sommet de son crâne et ses pieds.

— Juste un peu moins de 38 centimètres, dis-je d'une voix à peine audible.

Je le pose ensuite sur la balance.

— Pas tout à fait 1,5 kg.

— Un fœtus d'environ vingt-huit semaines, conclut le Dr Lynn, soulagée. Et en sous-poids.

Je saisis le message. Elle a eu raison de ne pas faire de césarienne.

Quel étrange petit visage. Je me laisse aller à le regarder trop longtemps et, tout d'un coup, je me surprends à suffoquer, aveuglée par de l'eau salée.

— Mademoiselle Power. Julia.

Elle s'adresse à moi avec gentillesse. Comment connaît-elle mon prénom ? Étranglée par mes sanglots, j'ai du mal à lui répondre.

— Excusez-moi, je…

— Ce n'est rien.

— Il est parfait.

— En effet.

Je pleure sur cet enfant, sur sa mère étendue là, sur ses quatre frères et sœurs partis avant lui, et sur les sept orphelins restants et leur père éploré. M. Noonan va-t-il les élever lui-même ? Les enverra-t-il chez leurs grands-parents, ou leurs tantes, voire chez des inconnus ? Seront-ils dispersés aux quatre vents ? Iront-ils dans un foyer, si on peut appeler ça ainsi, semblable à celui où a vécu Bridie Sweeney ?

Je m'essuie les yeux pendant que le Dr Lynn replace les organes à l'intérieur du corps.

Ses gestes se font plus lents quand elle dépose le fœtus dans le ventre de sa mère. Je lui tends une boîte de compresses en lin. Elle en prend trois poignées pour faire office de rembourrage, puis rabat le sternum et la peau comme elle aurait tiré des rideaux face à la nuit. De mon côté, je suis prête, avec une aiguille déjà enfilée.

Quand elle a fini de recoudre le corps, elle me remercie brièvement et repart faire sa tournée dans les étages.

Je lave Ita Noonan une dernière fois avant de lui passer une chemise propre.

Ce n'est que devant l'entrée de l'hôpital, au moment où j'inspire une grande bouffée d'air froid, que je prends conscience de ma fatigue. Je me dirige vers l'arrêt du tramway en boutonnant mon manteau quand je manque tomber dans un nid-de-poule profond d'une bonne cinquantaine de centimètres. Aurais-je été secrètement heureuse de me casser une jambe si cela avait pu me tenir éloignée un mois de l'hôpital ?

*Laisse-les partir*, me dis-je comme toujours au terme d'une longue journée. Eileen Devine. Ita Noonan et son fils, qu'elle ne mettra jamais au monde. L'enfant mort-née de Delia Garrett. La mystérieuse Honor White et son rosaire. Mary O'Rahilly et son travail interminable. Il faut que je me déleste de tout ça si je veux pouvoir manger, dormir et être de nouveau en forme demain matin.

Les trois réverbères les plus proches sont éteints. À coup sûr, leurs électrodes en carbone sont de fabrication allemande et ne peuvent pas être remplacées. Dublin se délabre, ses lézardes deviennent béantes. Toutes ses lumières vont-elles disparaître les unes après les autres ?

Je repère un croissant de lune enveloppé de nuages au sommet d'une flèche. Un vendeur de journaux aux yeux rouges, qui a posé sa casquette à l'envers sur le trottoir dans l'attente de quelques pièces, chante un couplet rebelle d'une voix haut perchée :

— *Tonight we man the gap of danger*[1]...

J'imagine le Dr Lynn et ses compagnons grimpant sur le toit de l'hôtel de ville. Ils ont bravé le danger, comme dans la chanson de ce gamin, et tout ça pour quoi ? Qu'un médecin puisse détruire des corps au lieu de les réparer défie l'entendement.

*Mais enfin, ceux de l'armée en font autant*, me dis-je à cet instant. Tout est si embrouillé avec la guerre.

Un tramway de marchandises passe devant moi avec son chargement de pommes de terre. Le suivant transporte des cochons qui couinent dans le noir, et le troisième tire des wagons remplis de déchets. Je retiens mon souffle jusqu'à ce que la puanteur se soit estompée.

Le vendeur de journaux répète son refrain. Ce cri de guerre a l'air innocent dans sa bouche. Bien sûr, il se moque peut-être éperdument du roi ou de la liberté – peu importe quelle chanson il entonne, du moment qu'elle plaît aux gens. Les marchands ambulants sont censés avoir au moins 11 ans, mais j'en donne plutôt 8 à celui-là. Quel genre de foyer va-t-il retrouver ce soir ? J'ai rendu bien assez de visites de contrôle à des patients

1. « Ce soir, nous allons braver le danger. »

pour le deviner. Des fissures zèbrent les murs des nobles demeures d'autrefois. Des familles de cinq personnes se partagent désormais le même matelas sous des moulures qui s'effritent et des vêtements dégoulinants suspendus à des cordes à linge. Tous les Dublinois qui le peuvent se sont réfugiés dans les quartiers périphériques, laissant les autres occuper comme des squatteurs le cœur pourrissant de la capitale.

Ou peut-être que ce garçon n'a pas de toit. On peut sans doute survivre à une nuit glacée de la fin du mois d'octobre dans ces rues, mais combien de nuits, et pendant combien d'années ? Je songe au Dr Lynn et à son rêve d'une Irlande qui traiterait avec bienveillance les plus pauvres de ses citoyens.

Je m'interroge aussi sur l'orphelinat dans lequel Bridie a grandi et me rappelle sa remarque sur l'enfant non désiré de Honor White. « Il partira dans les égouts. » Une jeune femme pour le moins extraordinaire, cette Bridie Sweeney. Tant d'enthousiasme et d'énergie. Où a-t-elle appris tout ce qu'elle semble comprendre ? Pas de peigne à elle, une seule sortie en cachette au cinéma. Est-elle jamais montée dans une voiture ? A-t-elle jamais écouté de la musique sur un gramophone ?

« Faith of Our Fathers » retentit dans l'église derrière moi, assourdissant la chanson du vendeur de journaux. La lumière des bougies à l'intérieur fait chatoyer les vitraux. Sur la porte, une affichette :

TOUSSAINT

EN CES TEMPS DE CRISE,
DEUX MESSES SPÉCIALES SERONT CÉLÉBRÉES
CHAQUE SOIR À 18 HEURES ET 22 HEURES
POUR SOLLICITER LA PROTECTION DIVINE.

Ce message est comme une piqûre de rappel. Demain sera un jour de fête religieuse, il faudrait donc que j'assiste à la messe de vigile. Mais je n'en ai pas le courage. Je suis morte de fatigue.

Cette expression déplacée me fait grimacer. J'ai une conscience aiguë de chacun de mes muscles – autant dire tout le contraire de la mort. Je devrais m'estimer heureuse d'avoir les pieds endoloris, le dos qui crie grâce et une sensation de brûlure au bout des doigts.

Enfin, un tramway s'arrête. Il est bondé, mais je joue des coudes pour monter avec les autres. Les gens nous jettent des regards mauvais, mécontents d'être encore plus serrés, et certains se tortillent pour s'écarter au cas où nous serions contagieux.

Je gagne la plate-forme supérieure et reste debout en me tenant à la rambarde. Une petite affiche a été collée sur le sol tous les deux pas :

LES CRACHATS PROPAGENT LA MORT

L'une d'elles a déjà été souillée d'une traînée de morve brun-gris.

Des corps inconnus pèsent contre le mien. Dans ma tête, je vois des tramways sillonner laborieusement Dublin en suivant le tracé de leur ligne comme le sang dans les veines. « Nous habitons tous une cité sans murailles », c'est le cas de le dire. Je me représente des traits gravés sur la carte de l'Irlande et tout autour du globe. Des voies de chemin de fer, des routes, des couloirs de navigation : une toile qui illustre la circulation des êtres humains et relie toutes les nations en un seul et grand corps souffrant.

Une lumière dans la vitrine d'un pharmacien éclaire un mot d'excuse manuscrit :

**Pénurie d'acide phénique**

Nous longeons ensuite des devantures de magasin et des maisons, et j'entrevois cette fois des navets évidés dans lesquels vacille la flamme de petits cierges. Cela me réjouit que ces vieilles coutumes festives perdurent. Quand Tim et moi étions enfants, on avait droit pour Halloween à un barmbrack, un pain moelleux aux raisins secs dont on faisait griller des tranches sur le feu et qu'on beurrait jusqu'à ce que les fruits soient tout luisants. J'espérais toujours tomber sur la bague porte-bonheur cachée dedans, mais ça n'arrivait jamais. Mon ventre se met à gargouiller. Combien de temps s'est-il écoulé depuis le ragoût de cet après-midi ?

Je me demande aussi ce que Bridie a mangé ce soir avec les autres pensionnaires du couvent.

Le tramway poursuit son chemin, laissant sur le côté un dédale sombre de rues où vivent la plupart de mes patients – des escaliers branlants, des cloisons effondrées, des cours sales, des briques brunies par la fumée des feux de charbon. Les impostes brisées au-dessus des portes m'évoquent des yeux arrachés. Un Noir s'est avachi contre un mur.

Non, un Blanc, mais métamorphosé. *Rouge, marron, bleu, noir*. Le pauvre est au bout de ce terrible arc-en-ciel. Quelqu'un a-t-il couru au central téléphonique appeler une ambulance ? Mais le tram s'éloigne avant que j'aie pu noter le nom de la rue.

Je ne peux plus rien faire pour lui, de toute façon. Mieux vaut essayer de l'oublier.

En descendant à mon arrêt, je hume les effluves d'une cantine pour les nécessiteux. Du corned-beef ? Du chou ?

L'odeur est assez infecte, mais elle me donne encore plus faim.

— *John Brown's baby has a pimple on his arse*, chante un ivrogne.

*John Brown's baby has a pimple on his arse,*
*John Brown's baby has a pimple on his arse,*
*And the poor child can't sit down*[1].

Je retrouve mon vélo, toujours bien cadenassé. Avant de l'enfourcher, je relève les côtés de ma jupe et les attache avec les rubans prévus à cet effet.

Une lumière m'aveugle soudain. Une voix haut perchée retentit :

— Tout va bien ici ?

Deux membres de la patrouille féminine braquent leur lampe torche jusqu'au mur au fond de l'impasse. Pour assurer ma protection ou, disons-le autrement, pour vérifier que je ne suis pas ivre morte ou en train de me dévergonder avec un soldat.

— Très bien, dis-je d'un ton sec.

— Bon, circulez.

Je pousse mon vélo jusqu'au bout du cul-de-sac.

Une cloche sonne dans une usine devant moi. Des « munitionnettes » commencent à sortir en s'interpellant. Elles ont les doigts si jaunes que je les distingue à la lumière des réverbères. Ces femmes font-elles partie de l'équipe des canaris d'Ita Noonan ? L'une d'elles tousse bruyamment, rit et tousse encore tandis que je passe en pédalant.

Au bout de ma rue, je croise des garçons habillés n'importe comment – un foulard de couleur vive autour

---

1. « Le bébé de John Brown a un bouton sur le cul/Et le pauvre ne peut pas s'asseoir. » (Chanson populaire parmi les soldats britanniques pendant la Première Guerre mondiale.)

d'un front, une cravate à carreaux portée sur le nez, des blousons d'hommes enfilés à l'envers. Le plus petit a un masque de fantôme en papier mâché. Je regrette juste qu'ils n'aient pas de chaussures aux pieds. Un peu étonnée qu'on les ait laissés aller de maison en maison au vu du contexte – on pourrait s'attendre à ce qu'ils trouvent porte close partout –, je tente de me rappeler ce que les anciens nous donnaient à Halloween autrefois, dans le coin du pays où Tim et moi avons grandi.

Un gamin fait sonner son clairon dans ma direction. Son instrument est cabossé, balafré de soudures, et le placage de l'embouchure est presque complètement usé. Son père est un vétéran de la guerre, peut-être ? Non, plutôt un soldat tombé au front dont le bugle a été envoyé à sa place à sa famille. Mais je suis peut-être trop sentimentale. Qui sait si ce garçon ne l'a pas gagné à la suite d'un pari.

Les plus jeunes entrechoquent des couvercles de casserole.

— Des pommes et des noix, madame !

Le fantôme miniature n'est pas en reste :

— Allez, vous n'auriez pas une vieille pomme ou une noix pour nous ?

Il m'a l'air éméché (hypothèse tout à fait plausible dans la mesure où beaucoup croient que l'alcool tient la grippe à distance). Bien qu'il m'ait appelée madame au lieu de mademoiselle, je cherche un demi-penny dans mon sac à main.

Il me souffle un baiser par-dessus son épaule.

Aux yeux d'un enfant, manifestement, je fais bien plus de 30 ans. Je repense à Delia Garrett, qui m'a traitée de vieille fille. Être infirmière, c'est comme être victime d'un mauvais sort : on intègre très jeune la profession, et on en repart en ayant pris plus d'années qu'il ne s'en est écoulé en réalité.

Je me demande si le fait d'avoir 30 ans demain me contrarie, mais la vraie question est plutôt la suivante : si je ne me marie jamais, le regretterai-je ? Et comment le savoir avec certitude avant qu'il soit trop tard ? Bien sûr, ce n'est pas une raison suffisante pour courir sans réfléchir après tous les partis vaguement sérieux, à l'image de certaines femmes. Dans les deux cas, je risque fort de m'en mordre les doigts.

Une odeur de froid m'accueille quand j'entre dans notre maison mitoyenne. Des restes de bougies brûlent dans des pots à confiture.

Assis à table, mon frère gratte la tête luisante de sa pie.

Je me remémore cette vieille comptine qui associe un présage à un nombre de pies donné. *Une pour le chagrin, deux pour la joie.*

— Bonsoir, Tim.

Il me salue d'un petit signe.

C'est curieux comme on peut tenir la conversation pour un fait acquis. Un ruban tendu entre deux personnes, jusqu'à ce qu'il soit coupé.

Je poursuis sur un ton trop enjoué :

— Quelle journée ! Mme Finnigan a été appelée en renfort à la maternité, si bien que ta très chère sœur a été promue responsable du service par intérim.

Tim hausse les sourcils.

J'ai la terrible habitude de compenser son mutisme en parlant deux fois plus. Je me débarrasse de mon sac, ôte mon manteau et ma cape. Le truc, c'est de ne pas poser de questions, ou alors seulement des questions sans difficulté dont je peux deviner les réponses.

— Comment va ton oiseau ?

J'ignore s'il lui a donné un nom.

Tim ne croise pas souvent mon regard, mais il arrive à esquisser un demi-sourire.

L'été dernier, il a découvert cet énorme volatile cloué au sol dans la rue par une patte bien amochée. Il lui a acheté un clapier rouillé dont il maintient la porte ouverte avec une ficelle pour lui permettre d'aller et venir à sa guise, mais en plus de renverser des objets avec sa queue d'un vert lustré, sa pie sème des fientes partout où ça lui chante, et chaque fois que je me plains de la menace qu'elle représente, Tim fait semblant de ne pas m'entendre.

J'espérais manger quelque chose de chaud ce soir, seulement il faut se rendre à l'évidence, il y a une coupure de gaz. Et l'eau ? J'ouvre le robinet, qui ne laisse tomber que quelques gouttes. Et crotte !

C'est un luxe pour moi de jurer en dehors de mon service. De me défaire des oripeaux de Mlle Power, l'infirmière, et de n'être plus que Julia.

Une casserole encore tiède attend sur le réchaud. Pendant que Tim allume la flamme pour ramener l'eau à ébullition et préparer du thé, je repousse le carnet qui traîne toujours sur la table de la cuisine, celui où nous nous écrivons des messages. Les miens sont nombreux et bavards. Ceux de Tim, rares et succincts. Ce qui bloque sa gorge a le même effet sur sa main.

— Je n'ai pas eu une minute de répit aujourd'hui, dis-je dans le silence. Une de mes patientes est morte en convulsant.

Tim prend un air compatissant et tire sur le talisman accroché à une chaîne autour de son cou, comme pour l'inviter à me protéger.

Je lui ai offert cette sinistre amulette un peu par plaisanterie la semaine où il s'est enrôlé dans l'armée. Elle représente un petit personnage avec une tête en chêne démesurément grosse par rapport à son corps en laiton. Certains soldats ont donné le nom de poucets à ces figurines aux bras mobiles à cause de leurs deux pouces toujours tournés vers le haut – un signe porte-bonheur. Les seuls traits encore visibles sur le visage de celle-là sont ses deux grands yeux. Je suppose que le reste a été effacé à force d'être frotté. Je songe à Honor White et à son rosaire enroulé deux fois autour de son poignet. Il n'y a pas que les soldats qui s'accrochent à des amulettes.

— Enfin bon, ça aurait pu être bien pire, je t'assure, dis-je.

J'aimerais lui parler de cette drôle de rouquine qui m'a aidée aujourd'hui, mais une fille sans instruction aux chaussures percées, élevée dans un orphelinat et logée dans un couvent… il risquerait de croire à une blague. Bizarrement, je n'arrive pas à trouver les mots pour la décrire.

Tim ôte les couvercles recouvrant deux assiettes et pose ces dernières sur la table, à nos places respectives.

Il a attendu durant toute cette longue soirée lugubre pour manger un repas à peine chaud avec sa grande sœur. Parce qu'il n'aime guère les effusions, j'évite de trop en faire.

— Oh, Tim, tu t'es surpassé ! Des haricots d'Espagne !

Encore un petit sourire.

Avant la guerre, mon frère était plus vif d'esprit et plus joyeux que moi. Comme Bridie, en fait. On sentait une flamme brûler en lui.

— J'en déduis que tu es allé au jardin ouvrier aujourd'hui.

Nous n'avons que 5 ares, mais il y accomplit des merveilles.

Les pommes de terre sont une denrée rare, et celles de ce soir, des billes parfaites pas plus grosses que des glands. À peine bouillies, la peau encore craquante sous la dent.

J'ai des scrupules, quand même.

— C'est du gâchis de ne pas les avoir laissées plus longtemps en terre pour qu'elles continuent de se développer, non ?

Grand seigneur, mon frère hausse les épaules.

Il y a des oignons aussi, bien sûr. On en a à ne plus savoir quoi en faire – c'est notre gouvernement qui va être content. Quant à la laitue, les limaces ont laissé quelques trous dedans, mais qu'importe, elle a le goût de la vie.

— Et regarde-moi ça ! Du céleri ! Ils ont commencé à en vendre pour soigner les nerfs des gens, tu te rends compte ?

Je supposais que cela l'amuserait, mais son visage reste inexpressif. Peut-être que la notion de nerfs brisés remue trop le couteau dans la plaie.

À l'hôpital militaire, sa pathologie a été qualifiée de névrose de guerre. Elle peut prendre tout un tas de formes surprenantes, et toucher même des civils, comme cette Anglaise qui a perdu la raison pendant un raid aérien au point de décapiter son enfant.

Les médecins ont administré de l'hydrate de chloral à Tim pour prévenir ses cauchemars, ou au moins faire en sorte qu'il en ait oublié les détails à son réveil. Résultat, il a sans cesse l'estomac tout retourné. On lui a prescrit aussi des massages apaisants, des marches revigorantes, des séances d'hypnose censées le remettre sur les rails, des formations de brossier, de menuisier et de cordonnier afin de l'aider à se rendre utile.

Parce qu'il était assez valide par rapport à tant d'autres, il a été renvoyé à la vie civile au bout de quelques mois. Le psychologue s'était avoué impuissant devant son mutisme, et l'hôpital avait besoin de son lit. Il est donc reparti avec pour toute ordonnance du repos, de la nourriture et une activité plaisante.

Je l'ai sevré de ses sédatifs en réduisant peu à peu les doses. Maintenant il se montre moins nerveux, même s'il ne supporte toujours pas la foule. Et, dans l'ensemble, il mange mieux, surtout quand je partage son repas avec lui. Je peux juste espérer que la vie au calme et ses occupations – jardiner, faire les courses et le ménage, cuisiner, prendre soin de sa pie – le guériront avec le temps.

— Il y avait du courrier ce matin ?

Mon frère secoue la tête et fait un signe avec ses mains.

— Je ne te suis pas.

Il tend le doigt vers le vestibule en secouant encore la tête, presque énervé.

— Ce n'est pas grave, Tim.

Mais il recule sa chaise en la raclant sur le sol et ouvre le petit tiroir de la table, celui qui se coince sans arrêt.

— Vraiment, ça n'a pas d'importance.

J'ai toujours du mal à accepter qu'il soit parfois obligé de sortir son carnet pour se faire comprendre de moi, la personne la plus proche d'une maman qu'il ait jamais eue. Cela me donne l'impression que des milliers de kilomètres nous séparent.

Il fait glisser vers moi son message rédigé d'une écriture irrégulière.

**Interruption provisoire.**

— Du courrier ? Oh, de la distribution, je vois. Il doit y avoir trop de malades parmi les agents chargés du tri. À l'hôpital, dis-je tristement, on ne nous autoriserait jamais à interrompre notre service. Pas même une journée. Nos portes à nous ne peuvent se refermer.

Combien de temps me faudra-t-il pour me rappeler de ne pas lui demander si le facteur a apporté quelque chose ? Combien de semaines encore avant que la tournée cesse de me manquer ? C'est ainsi que la civilisation s'arrêtera peut-être, un petit rouage rouillé après l'autre.

— J'ai croisé des gamins déguisés qui allaient de maison en maison, tout à l'heure. J'ai beau chercher, ça ne me revient pas : qu'est-ce que les anciens saupoudraient sur nous à Halloween pour nous protéger contre les mauvais sorts des farfadets ?

Tim brandit un flacon en verre.

— Du sel ! Mais oui !

Les souvenirs affluent en moi tandis que j'en prends une pincée avant de la frotter d'un air mi-moqueur, mi-solennel sur mon front, puis sur le sien.

Il cille quand je le touche, mais ne recule pas.

Je suis si contente qu'il ait déjà eu la grippe, une semaine avant moi, et dans une forme tout aussi légère. Sinon, j'en serais réduite à surveiller son état tous les matins et tous les soirs. Des années durant, j'ai vécu dans la peur de perdre mon frère, jusqu'au jour où il m'est revenu complètement transformé. Je ne supporte pas l'idée que le sort m'arrache ce qu'il reste de lui.

Les bougies se liquéfient dans leurs pots à confiture. Tim se roule avec soin une fine cigarette.

— Je peux en avoir une ?

Il la glisse vers moi et s'en prépare une autre.

Nous les fumons sans nous presser. Je repense à cette règle que les anciens combattants ont rapportée du front : ne jamais être le troisième à allumer sa clope avec la même allumette. Est-ce simplement du bon sens, parce que la probabilité pour qu'une flamme attire l'attention d'un sniper dans le noir sera d'autant plus grande qu'elle brûlera longtemps ? Ou le but est-il vraiment de préserver le cercle magique de l'amitié, celui de deux compagnons penchés sur une lueur éphémère ?

Au-dessus du bureau de Tim, à l'étage, il y a une photo accrochée de travers. Son copain Liam et lui posent, chacun avec un bras passé autour du cou de l'autre.

Tout joyeux, ils exhibent fièrement leur bel uniforme, qu'ils viennent d'enfiler pour la première fois. Celui de Tim est pendu dans l'armoire maintenant, avec son unique étoile sur l'épaule. Son certificat de bonne conduite – un formulaire imprimé rempli à la main – est quant à lui rangé au fond d'un tiroir.

**L'ex-soldat susnommé a servi** deux ans
et trois cent quarante-sept jours
**sous les drapeaux, et son comportement**
**durant cette période a été** bon.

Mon frère écrase sa cigarette et va dans le garde-manger. Son shillelagh, son bâton de combat à la tête noueuse toute tachée, est appuyé contre le mur. Il l'utilise pour tuer les rats qui s'aventurent à l'occasion dans nos réserves – il n'a aucune pitié pour eux depuis qu'il a fait la guerre.

Il revient avec un barmbrack à la croûte brun sombre et luisante.

— Où as-tu trouvé ça ?

Ma question est purement rhétorique, et faussement scandalisée. À coup sûr, il l'a acheté à la vieille qui vit plus loin dans la rue, celle connue pour ses tartes aux pommes.

— Je remplace maman ?

Je découpe le pain encore tiède et dépose d'épaisses parts sur l'assiette de Tim et la mienne. Des fruits secs parsèment la mie pâle. Le barmbrack est si frais qu'il n'a pas besoin d'être grillé ni beurré.

— Je parie que je vais tomber sur la pièce cachée à l'intérieur – un présage de fortune.

Tim opine avec le plus grand sérieux, comme s'il me prenait au mot.

Je mords dans le pain. De la farine de blé blanche qui n'a pas été coupée avec quoi que ce soit. Le goût piquant du thé dont se sont imbibés les raisins secs.

— C'est un régal, dis-je entre deux bouchées.

Je m'interroge sur ce que cela a coûté, mais bon, Tim veille à ce qu'on ait toujours de quoi finir la semaine.

Les yeux de mon frère sont rivés sur le mur de la cuisine – ou un point au-delà. Qu'est-ce qu'il ne peut s'empêcher de voir ?

Je mords dans quelque chose de dur.

— Oh !

Je déplie le papier sulfurisé, qui, l'espace d'un instant, me rappelle l'empaquetage du bébé Garrett mort-né. À l'intérieur, il y a une bague dont la peinture dorée s'écaille déjà.

— Mariée avant la fin de l'année, dis-je d'un ton très blasé.

Tim applaudit lentement.

— Tu n'as rien trouvé dans ta part, toi ?

Il secoue la tête et continue à grignoter son pain. Par devoir : c'est ainsi qu'il semble manger, maintenant. Et avec une pointe d'appréhension, comme s'il craignait que la nourriture se transforme en cendres dans sa bouche.

Il fut un temps où j'aurais été ravie de tomber sur la bague en fer-blanc, où j'aurais même cru à moitié à sa promesse.

*Savoure ton pain, Julia.*

Je mords bientôt dans un deuxième petit paquet, et il s'en faut de peu pour que je l'avale, celui-là. Encore un porte-bonheur !

Avant d'avoir ôté le papier, je devine à la forme ce dont il s'agit. Le dé à coudre. Je le glisse à mon auriculaire et le lève en me forçant à sourire.

— Qu'est-ce que tu dis de ça, Tim ? Mariée et vieille fille la même année. Ça prouve bien que tout ça est ridicule.

Oser croire que nous sommes peut-être le jouet des étoiles. Qu'elles nous tirent dans un sens ou dans l'autre avec leurs fils en soie invisibles.

Une bougie se noie dans sa cire fondue. Tim éteint la mèche avec son pouce et son index, souffle dessus, puis la presse encore une fois entre ses doigts par précaution.

Je me sens soudain si fatiguée que la tête me tourne.

— Bonsoir, Tim.

Je laisse mon frère caresser son oiseau à la lumière de l'autre bougie. J'ignore quand il dort, ces derniers temps. Il est toujours couché après moi, et debout avant. Fait-il encore des cauchemars ? S'il ne fermait jamais l'œil de la nuit, il se serait sûrement déjà effondré. Mais puisqu'il continue à se lever le matin, je suppose que c'est bon signe et que je devrais m'en contenter.

Je monte l'escalier dans le noir, les paupières si lourdes que je titube presque.

De façon morbide, je rumine ce qui aurait pu se passer si Bridie Sweeney n'avait pas été envoyée à ma rescousse aujourd'hui et si elle n'avait pas surgi de nulle part, comme le Saint-Esprit. À un moment donné, aurais-je rendu mon tablier et crié que ce travail était au-dessus de mes forces ? Ou – chose plus probable – aurais-je échoué à sauver Delia Garrett ?

Je trébuche sur le long tapis du couloir et dois prendre appui contre le papier peint pour ne pas tomber.

*Ça suffit, Julia. Il est temps de dormir.*

# III

# BLEU

*I slept and dreamt that life was beauty. And then I woke*[1]... Les paroles d'une vieille chanson tournent en boucle dans ma tête.

*And then I woke...*

La sonnerie discordante du réveil m'arrache à mon sommeil. J'appuie sur le bouton-poussoir et me houspille : *Debout !*

Mes jambes m'ignorent complètement. Les fils qui relient le marionnettiste à sa poupée semblent sectionnés, ou du moins emmêlés.

Je tente la persuasion, me dis que Tim doit déjà avoir préparé le thé.

Je tente la réprimande. Mary O'Rahilly, Honor White, Delia Garrett – toutes ont besoin de moi. Comme Mme Finnigan nous l'a répété cent fois : « Les patients d'abord, l'hôpital ensuite, soi-même en dernier. »

La chanson me hante encore. *I slept and dreamt that life was beauty. Then I woke up and...*

Je songe à Bridie et à son halo de cheveux cuivrés. Je ne lui ai même pas demandé hier soir si elle comptait revenir. Son premier jour pourrait très bien l'avoir dissuadée à jamais de remettre les pieds dans un hôpital.

1. « J'ai dormi et rêvé que la vie n'était que beauté. Et puis je me suis réveillé... »

Et toujours ce disque rayé dans ma tête : *And then I woke...*

*Then I woke...*

*I woke, and found that life was duty*[1]. Voilà.

J'extrais péniblement mes jambes du lit dans le noir, fais ma toilette à l'eau froide avec une éponge et me brosse les dents.

La pie estropiée de Tim sautille sur la table de la cuisine en poussant des cris aussi stridents que les coups de sifflet d'un agent de police. Ses yeux brillent d'une redoutable intelligence. Je me rappelle la comptine. *Deux pour la joie.* Celle-là se sent-elle seule malgré la compagnie silencieuse de mon frère ?

— Bonjour, Tim.

Il me tend deux tranches de pain grillées.

— Qu'est-ce que tu as sur la joue ?

Il hausse les épaules, comme si ce n'était qu'une traînée de confiture ou de suie.

— Viens là que je regarde.

Il lève aussitôt la main pour m'empêcher d'approcher.

— Laisse-moi faire mon travail, Tim.

Je l'oblige à tourner la tête pour mieux voir. C'est une éraflure derrière laquelle un hématome est en train de virer au pourpre.

— Tu t'es cogné ?

Il me fait vaguement signe que oui.

— Ou est-ce qu'une petite frappe s'en est encore prise à toi dans la rue ?

Il se recroqueville sur lui-même.

Drôle d'époque pour les vétérans invalides de Dublin. Dans la même journée, Tim peut serrer la main d'un vieillard qui le remerciera de s'être engagé, puis se faire

1. « Je me suis réveillé et j'ai vu que la vie n'était que devoir. »

traiter de tire-au-flanc par une veuve au motif qu'il est rentré sain et sauf de la guerre, ou entendre un passant lui crier que ce sont des vermines de soldats qui ont rapporté la grippe chez nous. Mais quelque chose me dit qu'un prétendu rebelle nationaliste lui a reproché d'être un pion à la solde de l'empire et lui a jeté des ordures à la figure. Cela est déjà arrivé.

— Réponds-moi, Tim. Sinon j'imaginerai le pire. Écris-le si tu préfères.

En poussant son carnet vers lui, je heurte le crayon, qui roule en décrivant un cercle.

Il l'ignore.

Être une mère, ce doit être un peu ça : une lutte constante pour interpréter la détresse d'un bébé. Mais un bébé fait chaque jour des progrès, alors que mon frère...

Je me hasarde à poser ma main sur la sienne.

Tim accepte ce contact un bref instant. Il ouvre ensuite le tiroir de la table et en sort deux paquets ficelés avec de vieux rubans.

Mon anniversaire. Je l'avais complètement oublié.

Ainsi donc, mon frère m'aime. Une larme tombe sur ma jupe.

Tim ramasse le crayon et le carnet.

**Seulement 30 ans !**

Je ris et m'essuie les yeux.

— Ce n'est pas ça, en fait.

Mais au lieu d'essayer de lui expliquer ce qui me bouleverse, je déballe le premier cadeau. Quatre truffes belges.

— Tim ! Tu les gardais cachées depuis le début de la guerre ?

Il sourit, très content de lui.

Le deuxième paquet est tout rond. Sous ses couches de papier de soie, je découvre une grosse orange.

— Elle vient d'Espagne ?

Il fait signe que non.

Je joue le jeu et tente de deviner.

— D'Italie ?

Il opine d'un air satisfait.

Je porte le fruit à mon nez et respire son odeur d'agrume en l'imaginant traverser la Méditerranée, passer par le détroit de Gibraltar et remonter l'Atlantique nord. À moins qu'il n'ait été acheminé par la route via la France – est-ce seulement encore possible aujourd'hui ? J'espère juste que personne n'a été tué durant le transport de cette précieuse cargaison.

Pendant que Tim rassemble ses outils de jardin, je glisse l'orange et les chocolats dans mon sac en projetant une pause déjeuner festive. Dehors, le ciel noir est strié de rose. Tim parvient à faire démarrer sa moto à la troisième tentative. Je l'ai achetée à une veuve qui avait mis aux enchères les affaires de son mari officier – mais ça, je ne l'ai pas précisé à mon frère de peur qu'il soit contrarié de conduire l'engin d'un homme mort.

Je le regarde s'éloigner lentement en agitant la main en signe d'au revoir, puis rentre chercher mon manteau et ma cape. Je passe les crochets dans les œillets et, debout près de mon vélo, remonte mes jupons et les attache. Il fait doux, pour un premier matin de novembre.

Bridie n'a probablement jamais fait de vélo, elle. Son enfance dans un orphelinat explique tant de choses : les marques laissées par la teigne, son bras brûlé dans un accident domestique, sa gratitude démesurée devant tout ce qu'on lui donne, que ce soit la nourriture infecte de la cantine, une crème pour la peau ou de l'eau chaude. Pas étonnant qu'elle ne sache rien de la manière dont un fœtus vit et bouge dans le ventre de sa mère ; elle a grandi dans une maison remplie d'orphelins et, à la fin, faute d'avoir un autre endroit où aller, elle a atterri chez des bonnes sœurs qu'elle ne supporte pas.

Je passe devant les portes enchaînées d'un établissement scolaire, où un avis fraîchement peint annonce :

FERMETURE JUSQU'À NOUVEL ORDRE
SUR DEMANDE DU COMITÉ DE SANTÉ PUBLIQUE

J'ai une pensée pour les jeunes Noonan. Dès lors qu'ils sont privés d'école, les enfants des quartiers pauvres ne bénéficient plus du repas gratuit auquel ils avaient droit sur place.

Des nuages s'échappent en tourbillonnant des fenêtres hautes de l'usine d'armement. Des employés doivent désinfecter les ateliers avec des fumigateurs. Peut-être se sont-ils affairés toute la nuit dans leur brouillard soufré. Une ligne s'étire en serpentant depuis l'entrée du bâtiment. Les mains enfoncées dans les poches pour se protéger du froid de l'aube, les ouvrières se dandinent d'un pied sur l'autre en discutant, impatientes de se mettre au travail.

Dans ma tête, je m'adresse à Ita Noonan : *Votre tâche est terminée.*

Je pédale plus vite. J'ai 30 ans. Où serai-je à 35 ans ? En supposant que la guerre ait pris fin d'ici là, à quoi aura-t-elle fait place ?

Retour à la réalité. Qu'attendra-t-on de moi ce matin ? Je vais retrouver Delia Garrett, en pleurs dans son lit. Honor White, la femme sans mari, toujours à suffoquer. *Pourvu que ses poumons remportent la bataille.* Mary O'Rahilly : *S'il vous plaît, faites que l'accouchement soit derrière elle et qu'elle ait son bébé dans les bras.*

Je fixe le cadenas à mon vélo dans l'impasse.

En atteignant le monument aux morts, je remarque que la dalle sur laquelle il repose est barrée de ces mots, sans doute peints par un rebelle :

PAS NOTRE GUERRE

Je me demande s'il s'agit du voyou qui s'est attaqué à Tim.

Cette guerre n'est-elle pas celle du monde entier, maintenant ? Ne l'avons-nous pas attrapée au contact les uns des autres de la même façon que nous attrapons certaines maladies contagieuses, sans pouvoir l'empêcher ? Nous n'avons aucun moyen de garder nos distances. Aucune île sur laquelle nous cacher. Comme les pauvres, peut-être, la guerre sera toujours là, partout sur la planète, mélange durable de bruit et de terreur régi par l'homme-squelette.

Je rejoins un groupe de gens qui attendent le tramway en se tenant tous suffisamment éloignés de leurs voisins pour ne pas se faire postillonner dessus à la moindre quinte de toux, mais pas trop non plus pour être sûrs de pouvoir accéder à l'automotrice lorsqu'elle s'arrêtera. Un ivrogne chante d'une voix étonnamment mélodieuse, sans se soucier des mines réprobatrices :

*I don't want to join the bloody army,*
*I don't want to go to bloody war.*
*I'd rather stay at home,*
*Around the streets to roam,*
*Living on the earnings of a*[1]…

Nous nous préparons tous à une rime salace.

… *lady typist*, fredonne-t-il.

1. « Je ne veux pas m'enrôler dans cette putain d'armée/Je ne veux pas faire cette putain de guerre./Je préférerais rester dans ma cahute/Traîner dans les rues/Et empocher l'argent d'une… dactylo. »

Le tramway arrive, et je réussis à monter.

Depuis le niveau inférieur, je compte trois ambulances et cinq corbillards dans la rue. Les cloches des églises sonnent en continu. J'essaie d'ignorer un journal, à quelques centimètres de moi, dont l'un des titres annonce le torpillage d'un paquebot.

LES RECHERCHES SE POURSUIVENT POUR RETROUVER DES SURVIVANTS

En dessous, des mots captent tout de même mon attention.

ESPOIR D'UN ARMISTICE

Mais par deux fois déjà, la presse a déclaré la guerre terminée. Je refuse d'y croire tant que je n'en aurai pas la preuve.

C'est un soulagement pour moi de descendre au niveau de l'hôpital dans la lumière de l'aube et de respirer un peu avant de franchir les grilles. Un nouveau communiqué plus long que d'habitude a été cloué sur un réverbère :

ÉVITEZ LES LIEUX PUBLICS
COMME LES CAFÉS, LES THÉÂTRES,
LES CINÉMAS ET LES PUBS.

NE FRÉQUENTEZ QUE LES PERSONNES
QUE VOUS DEVEZ ABSOLUMENT VOIR.

ABSTENEZ-VOUS DE LEUR SERRER LA MAIN,
DE RIRE OU DE DISCUTER TROP PRÈS D'ELLES.

SI VOUS DEVEZ EMBRASSER QUELQU'UN,
FAITES-LE À TRAVERS UN MOUCHOIR.

SAUPOUDREZ DU SOUFRE DANS VOS CHAUSSURES.

AU MOINDRE DOUTE, RESTEZ CHEZ VOUS

J'entre malgré mes chaussures non saupoudrées de soufre et passe sous l'inscription *Vita gloriosa vita.*

J'ai envie de rejoindre directement mon service, mais je me force à aller compléter mon petit déjeuner au cas où cette journée se révélerait ne serait-ce qu'à moitié aussi mouvementée qu'hier.

Au sous-sol, je prends ma place dans la file d'attente, et parce que je m'interroge sur ce qu'il y a vraiment dans les saucisses de nos jours, je décide d'opter plutôt pour du porridge.

Autour de moi, les gens spéculent sur la capitulation prochaine de l'empereur allemand et l'imminence de la paix. Une pensée me traverse l'esprit : on ne pourra signer aucun traité avec la grippe. La guerre que nous menons dans les hôpitaux est une guerre d'usure, une bataille sans merci livrée pour chaque corps.

Un interne en médecine raconte l'histoire d'un homme qui s'est présenté de lui-même au bureau des admissions, persuadé que sa gorge de plus en plus serrée était le signe qu'il avait la grippe. Le type était en fait en pleine forme, il avait juste peur.

Ses collègues ricanent avec lassitude.

Seulement, la panique n'est-elle pas un symptôme comme un autre ? Que dire de la force invisible qui bloque la gorge de mon frère ?

La queue s'étend jusqu'à un poster de la Croix-Rouge qui glorifie le travail des infirmières et, montrant l'une d'elles au chevet d'un soldat blessé, proclame en lettres bien voyantes :

SI J'ÉCHOUE, IL MEURT

Je mange mon porridge debout dans un coin, sans réussir à en avaler plus de la moitié.

Pas de cheveux roux en vue quand j'entre dans mon service. Pas de Bridie Sweeney.

Infatigable, sa tenue toujours d'une blancheur immaculée, sœur Luke s'avance vers moi, tel un grand navire.

— Bonjour, mademoiselle.

Je me découvre incapable de lui demander des nouvelles de Bridie, comme si la jeune femme était sous sa garde.

Hier soir, dans l'escalier, j'ai perdu du temps à parler de stars de cinéma, et Bridie n'a jamais mentionné un éventuel retour, non ? J'ai tant besoin de son aide que je me suis mis dans la tête qu'elle allait forcément revenir. Cela me secoue un peu, d'ailleurs, de prendre conscience que je comptais de façon irrationnelle sur sa présence aujourd'hui. Quelques heures lui ont suffi pour faire partie de ces personnes dont on a absolument besoin.

Sur le lit de droite, Delia Garrett a l'air endormie.

Sur celui du milieu, Mary O'Rahilly est enroulée comme un escargot autour de son ventre. Le Dr Lynn a percé la poche amniotique pour laisser s'écouler les eaux, mais il n'est pas bon de trop différer l'accouchement, maintenant. Plus on attend, plus le risque d'infection augmente.

— Des progrès de son côté ?

— Des contractions toutes les huit minutes, me répond sœur Luke en grimaçant. Plus fortes qu'avant, mais les médecins ne sont pas satisfaits.

Mary O'Rahilly non plus, à n'en pas douter. Je note ses yeux clos, ses cheveux bruns mouillés par la sueur. Même sa toux semble fatiguée.

Je me dis soudain que Bridie est peut-être bien présente ce matin, mais dans un autre service. Le secrétariat doit envoyer tous les volontaires là où ils sont le plus indispensables.

Honor White récite son rosaire en silence en égrenant les perles entre ses mains livides.

— Celle-là affiche une très grande piété en public, ironise la religieuse.

Sa remarque m'exaspère.

— Je pensais qu'un tel comportement trouverait grâce à vos yeux.

— S'il était sincère, oui. Mais une année de prières n'a pas du tout ramené Sa Sainteté dans le droit chemin.

— Mme White ? Comment pouvez-vous savoir ça ?

Sœur Luke se tapote le nez à travers son masque.

— Une sœur de notre couvent travaille à la maison pour filles mères, et je l'ai interrogée sur notre « Mme » White. C'est son deuxième séjour sur place. Moins de six mois après son départ, la voilà revenue dans le même état. Vous vous rendez compte ?

Je serre les dents. Puis une question s'impose à moi :

— Attendez… elle est restée un an dans cette maison après son premier accouchement ?

— Oui, ce sont leurs conditions, si l'enfant survit.

— Je ne comprends pas.

— C'est le temps qu'une femme doit passer à faire des ménages et à s'occuper des petits en dédommagement de son hébergement si elle n'a pas les moyens de le payer.

Je décrypte ses paroles. Pour avoir commis le crime de tomber enceinte, Honor White loge dans une institution caritative qui la punit en exigeant d'elle qu'elle prenne soin de son bébé et de celui d'autres femmes. Elle doit aux bonnes sœurs une année entière de sa vie afin de rembourser ce qu'elles dépensent pour l'emprisonner durant tout ce temps. C'est là une logique bizarre et fallacieuse.

— Et au bout d'un an… est-ce que les mères peuvent repartir avec leur enfant ?

Sœur Luke ouvre de grands yeux.

— L'emmener ? Pour en faire quoi ? La plupart de ces filles ne veulent sûrement rien tant qu'être débarrassées de ce fardeau et de la honte qui l'accompagne.

Ma question a peut-être été naïve. Je sais que les mères célibataires n'ont pas une vie facile. Tout de même, je me demande si ces femmes ne pourraient pas se prétendre veuves.

— Il y a des exceptions, concède sœur Luke. Une fille qui n'a péché qu'une fois pourra être autorisée à ramener son enfant chez elle, dans sa famille, sous réserve qu'elle se soit vraiment amendée, qu'elle aime beaucoup son bébé et qu'elle ait une sœur mariée, voire une mère, prête à faire passer l'enfant pour le sien. Mais une pécheresse endurcie ? poursuit-elle en plissant les yeux en direction de Honor White. Celle-là devra rester deux ans, cette fois. Certaines sont gardées après ça, s'il s'avère qu'elles sont incorrigibles. C'est la seule façon d'éviter un nouvel écart de conduite.

Cela me laisse sans voix.

Puis j'aperçois des boucles rousses à l'entrée du service. Mon soulagement est tel que je chancelle presque.

— Bonjour, Bridie !

Elle me décoche un grand sourire.

Mais je n'aurais pas dû l'appeler par son prénom, pas devant sœur Luke. Bridie, elle, s'abstient de m'appeler Julia ou quoi que ce soit d'autre et se contente de me saluer d'un petit signe de tête.

— Vous avez déjeuné ?

Elle acquiesce avec enthousiasme.

— Du boudin noir et une montagne de saucisses.

— Sweeney, l'interrompt sœur Luke. Saupoudrez du désinfectant sur ce sol, attachez un torchon à ce balai et frottez bien partout.

Le jour, c'est moi qui suis responsable de ce service. Pourquoi lui donne-t-elle des ordres ? J'attends ostensiblement qu'elle s'en aille.

Elle ôte son tablier et met sa cape.

— Avez-vous assisté à la messe, mademoiselle Power ?

Je reste d'abord perplexe devant sa question. Après tout, nous ne sommes pas dimanche.

— Oh, l'office des morts ? Oui.

Dieu me pardonne ce mensonge, je ne supporterais pas un sermon de la part de cette femme.

— Celui de la Toussaint, voulez-vous dire.

Je sens le plaisir qu'elle prend à me corriger.

— Le 1^er^ novembre, nous rappelle-t-elle à toutes, nous célébrons l'Église triomphant au ciel, qui veille sur nous autres, pauvres pécheurs sur la Terre. Alors que demain, jour de la fête des fidèles défunts, nous honorerons les pénitents – les âmes saintes au purgatoire.

Pense-t-elle sérieusement que j'aspire à un cours magistral sur les subtilités du calendrier liturgique ? Déjà, Bridie s'emploie à nettoyer le sol. Je vais ranger mon manteau et mon sac et commence à me laver les mains.

Honor White est secouée par une quinte de toux grasse.

— Vous devriez lui mettre un cataplasme, me fait remarquer sœur Luke.

Mais je n'oublie pas que l'infirmière de nuit n'a aucune autorité sur moi.

— À vrai dire, ma sœur, l'expérience m'a appris que les cataplasmes ne sont pas d'une grande utilité face à de telles infections pulmonaires.

Son sourcil visible – celui qui n'est pas recouvert par son cache-œil – disparaît sous sa coiffe.

— J'ai bien plus d'expérience que vous, et elle m'a appris qu'ils servent à quelque chose pour peu qu'on les applique correctement.

Je devine à la posture de Bridie qu'elle ne perd aucun mot de cet échange.

Qu'il est tentant de répliquer à sœur Luke que son expérience et sa formation datent du siècle dernier ! Je préfère pourtant garder mon calme.

— Dans la mesure où nous manquons de personnel, je crois que je vais me fier à mon jugement.

Un petit reniflement méprisant salue ma réponse.

— Dormez bien, dis-je.

La religieuse boutonne sa cape d'un air qui laisse entendre qu'elle n'a pas du tout l'intention de trahir une telle faiblesse.

— Sweeney, maugrée-t-elle, ne traînez pas dans les pattes des gens aujourd'hui.

À peine a-t-elle quitté la salle que Bridie s'appuie sur son balai en grognant.

— Vous l'avez bien mouchée, cette vieille chouette. Ça l'a remise à sa place.

Mais il n'est pas dans son intérêt que je fasse naître des tensions entre elle et sœur Luke. Pas alors qu'elles vivent sous le même toit. Et puis les patientes ne devraient pas avoir à être témoins de dissensions au sein du personnel. Je secoue donc la tête pour l'inciter à se taire, tout en ajoutant :

— Je suis contente que vous soyez revenue.

— Pourquoi ne l'aurais-je pas fait ? répond-elle en souriant.

— Oh, je ne sais pas, dis-je, pince-sans-rire. À cause de la dureté du travail ? Des mauvaises odeurs ? Des horreurs du métier ?

— On trime encore plus au couvent, et par-dessus le marché il y a les prières.

— Par « on », vous voulez dire les religieuses et vous ?

— Non, les pensionnaires. On est une vingtaine de filles. De toute façon, c'était une évidence pour moi de revenir. Changer de décor me fait autant de bien qu'un peu de repos. Et on ne s'ennuie pas ici. Il se passe sans arrêt quelque chose de nouveau !

Son enthousiasme est contagieux. Puis je me rappelle l'entaille qu'elle s'est faite hier avec le thermomètre cassé.

— Comment va votre doigt ?

— On ne voit plus rien, dit-elle en me le montrant. Votre crayon est magique.

— C'est de la science, en fait.

Delia Garrett s'est à moitié réveillée et peine à s'asseoir dans son lit. Je vérifie que la plaie au niveau des points de suture cicatrise bien.

Amorphe, elle répond à mes questions par des monosyllabes.

— Votre poitrine est-elle sensible aujourd'hui ?

Des larmes coulent sur ses joues.

— Une compression mammaire devrait vous soulager, madame Garrett.

Sans que l'on sache bien pourquoi, aplatir les seins semble leur faire comprendre qu'ils doivent arrêter de produire un lait non désiré. Je vais chercher une bande propre et l'enroule quatre fois autour d'elle sous sa chemise de nuit.

— Dites-moi si c'est trop serré ou si cela vous gêne pour respirer.

Delia Garrett hoche la tête avec indifférence.

— Un whisky chaud ?

— D'accord.

Elle n'en a probablement pas besoin pour sa grippe, mais à sa place j'aurais envie de passer les prochains jours à ne rien faire que dormir.

Honor White est bien redressée contre ses oreillers, ainsi qu'il est recommandé en cas de pneumonie. Voyant qu'elle souffle fort et qu'elle a le teint verdâtre, je consulte sa fiche pour m'assurer que sœur Luke a pensé à lui faire prendre ses vitamines. C'est le cas, elle a même noté « mal de ventre » à côté. Le fer a souvent cet effet. Pouls, respiration, température – ses signes vitaux n'ont pas empiré, mais ils ne se sont pas améliorés non plus.

Devant son refus obstiné de boire quelque chose de fort, je lui donne une faible dose d'aspirine pour faire retomber sa fièvre, et une cuillerée de sirop contre la toux. Après quoi je dénoue le col de sa chemise de nuit et lui applique une pommade camphrée sur la poitrine.

« Incorrigible. » Ce mot me fait de la peine pour elle. Elle qui a déjà tant enduré doit maintenant se préparer à deux années d'emprisonnement supplémentaires. La loi autorise-t-elle vraiment les bonnes sœurs à la retenir contre son gré ?

Puis je me sermonne. Et si Honor White avait choisi de loger dans la maison des filles mères ? Elle n'a peut-être pas d'autre abri. Que sais-je au fond de cette femme silencieuse, des épreuves qu'elle a traversées et de ses désirs ?

Mary O'Rahilly s'agite dans le lit du milieu. Je me tourne vers elle et vérifie mes notes. Sept minutes entre chaque contraction, cette fois.

J'attends jusqu'à ce que je devine à son visage que la douleur est passée.

— Comment ça va, madame O'Rahilly ? Vous avez pu vous reposer un peu cette nuit ?

— Je crois.

— Souhaitez-vous aller aux toilettes ?

— Sœur Luke m'y a déjà emmenée. J'en ai encore pour longtemps, à votre avis ?

Elle exprime son angoisse d'une voix si douce que je distingue à peine ce qu'elle dit.

— Espérons que non.

C'est tout ce que je peux lui répondre. J'essaie de me rappeler combien de temps après la rupture de la poche amniotique le risque d'infection augmente de façon exponentielle. Est-ce au bout de vingt-quatre heures ? Si un médecin ne passe pas très vite dans le service, j'enverrai Bridie en chercher un.

— Nous allons vous préparer un whisky chaud. Plus un autre pour Mme Garrett. Et une limonade chaude pour Mme White.

Avant que j'aie pu faire un geste, Bridie a déjà commencé à faire chauffer les boissons sur la lampe à alcool. Elle apporte les tasses et les distribue à chaque patiente.

Ces gracieuses articulations enflées… Je me demande à quel point ses engelures la gênent.

— Pensez à remettre de la pommade chaque fois que vous vous lavez les mains, Bridie.

— Je peux, c'est vrai ?

— Servez-vous.

Elle prend le pot et applique une noisette de baume sur ses doigts rougis, avant de les approcher de son visage.

— J'adore cette odeur.

Cela m'amuse.

— L'eucalyptus ? Le tramway qui m'emmène ici tous les matins empeste la même chose. Vous savez qu'il s'agit d'une vapeur dégagée par des arbres ?

— Pas ceux que j'ai vus jusqu'à présent !

— Ce sont de grands arbres dont l'écorce se détache tous les ans. On les trouve dans les montagnes Bleues, en Australie. Quand il fait chaud, paraît-il, ils émettent une brume parfumée, une sorte de brouillard bleu – d'où le nom de ces montagnes.

— Ça alors ! murmure-t-elle.

Honor White a incliné la tête en arrière et fermé les yeux. Prie-t-elle encore ? Ou est-elle juste épuisée par ses poumons congestionnés ?

Mary O'Rahilly gémit.

— Où avez-vous le plus mal ?

Ses petites mains agrippent son dos, ses hanches, son ventre – tout son corps.

— Les contractions s'intensifient ?

Elle fait signe que oui en aspirant ses lèvres entre ses dents.

Je me demande si elle a envie de pousser, mais je n'ose pas poser la question de peur de lui mettre cette idée dans la tête. Elle compte parmi ces femmes dociles prêtes à dire tout ce qu'elles pensent susceptible de faire plaisir à leur interlocuteur.

— Levez-vous, madame. Voyons si cela atténue un peu la douleur.

Je l'installe sur une chaise contre le mur et enfonce un doigt juste sous ses genoux.

— Ah !

— Ça va mieux ?

— Je… je crois.

Je dis à Bridie de s'accroupir et de placer ses mains au même endroit que moi.

— Maintenez la pression. Si cela vous fatigue, asseyez-vous par terre et appuyez-vous contre elle.

— Je ne me fatiguerai pas, m'assure-t-elle.

Honor White récite tout bas des prières en s'accrochant aux perles de son rosaire comme une femme qui se noie s'agripperait à un gilet de sauvetage.

Je me surprends alors à faire cette annonce :

— Il se trouve qu'aujourd'hui c'est mon anniversaire, mesdames.

— Joyeux anniversaire ! s'exclame Bridie.

— Tiens, donc.

La voix derrière moi est celle d'un homme. Groyne.

— Il serait sans doute inconvenant de demander l'anniversaire de qui ? lance-t-il depuis le pas de la porte.

— Vous désirez ? dis-je sans un sourire.

L'aide-soignant s'avance en poussant un berceau métallique dont les roulettes couinent.

— Sœur Luke a dit que vous en auriez peut-être besoin pour Mme O'Rahilly.

Delia Garrett laisse échapper un cri de douleur et nous tourne aussitôt le dos.

Est-ce le même berceau qui a attendu de recevoir son bébé hier ? Mais il est impossible de lui épargner ce genre de visions.

— Vous ignorez ma question, mademoiselle Power ? se moque Groyne. C'est une réponse en soi. J'ai remarqué que les filles sont en général contentes d'avouer leur âge jusqu'au jour où elles atteignent 25 ans.

— J'en ai 30, et ça m'est égal qu'on le sache.

— Ooh, une femme adulte !

L'aide-soignant s'accoude contre le chambranle de la porte, manifestement peu pressé de partir.

— Je suppose que vous allez choisir les prochains membres de notre Parlement, et tout et tout. Enfin, si vous êtes propriétaire de votre maison, ajoute-t-il, toujours narquois. Ou si vous occupez un logement dont le loyer annuel dépasse 5 livres.

La maison est à mon nom depuis que Tim s'est enrôlé dans l'armée, mais je n'ai pas l'intention de discuter de nos arrangements avec ce type.

— Vous n'approuvez pas le droit de vote accordé aux femmes, monsieur Groyne ? intervient Bridie.

Il lui oppose un « pff » méprisant.

Je ne peux pas rester en dehors de ça.

— Nous n'avons pas suffisamment prouvé notre valeur à vos yeux ?

— Vous ne servez pas dans l'armée, à ma connaissance.

Sa réplique me déconcerte.

— Sur le champ de bataille, vous voulez dire ? Nous sommes nombreuses à nous être engagées en tant qu'infirmières, conductrices et…

Il balaie mon argument d'un geste de la main.

— Mais vous ne payez pas l'impôt du sang. Pas comme nous autres. Est-il normal que vous ayez votre mot à dire dans les affaires du pays alors que vous n'êtes pas prêtes à donner votre vie pour le roi ?

Ses propos me mettent hors de moi.

— Regardez autour de vous, monsieur Groyne. C'est ici que chaque nation prend sa première inspiration. Les femmes paient l'impôt du sang depuis la nuit des temps.

Mais il repart en ricanant.

Bridie m'observe avec un sourire en coin, avant d'appuyer spontanément sur les tibias de Mary O'Rahilly lorsqu'elle recommence à gémir.

J'attends que la contraction passe.

— Plus que cinq minutes d'intervalle avec la précédente, madame O'Rahilly.

— C'est bon signe ? demande-t-elle faiblement.

— Très bon.

Par-dessus son épaule, Delia Garrett pose sur sa voisine un regard alcoolisé plein de rancœur.

Ce berceau… Je n'ai pas envie de le placer au bout du lit de Mary O'Rahilly, de peur qu'elle ait l'impression qu'on la presse d'accoucher, mais il ne ferait que nous gêner si je le laissais près de l'évier. Et puis, il l'aidera peut-être à garder le moral en lui rappelant à quoi servent ses douleurs. Ma décision prise, je le cale à ses pieds.

— Je fais juste en sorte que tout soit prêt, ma chère.

Elle ferme les yeux et gémit encore en renversant la tête en arrière.

Je vais sortir du placard l'ensemble du matériel potentiellement utile lors d'un accouchement. Déjà, Bridie fait bouillir des gants et des instruments dans un sachet.

— Vous semblez toujours deviner à l'avance ce qu'il faut faire, Bridie.

Elle accueille mon compliment avec un plaisir évident.

— Et vous ? C'est quand, votre anniversaire ?

— Je n'en ai pas.

— Allons, Bridie, tout le monde en a un.

— Alors je suppose que c'est un secret.

— Si vous préférez garder ça pour vous…, dis-je, un peu vexée.

— Non, personne ne me l'a jamais dit, m'avoue-t-elle.

Juste à ce moment-là, Honor White tousse si fort que je vais jeter un coup d'œil dans son crachoir pour vérifier qu'elle n'a pas rejeté un bout de poumon. Rassurée, je lui applique encore un peu de pommade à base de camphre sur la poitrine.

Puis Mary O'Rahilly me demande si elle peut s'allonger, et je l'aide à se coucher sur le côté gauche.

Ce n'est qu'un peu plus tard, près de l'évier, que j'ai l'occasion d'échanger de nouveau quelques mots avec Bridie.

— Vous n'avez pas connu vos parents ?

— Je n'ai aucun souvenir d'eux.

— Ils sont toujours en vie ?

Elle hausse les épaules à sa manière curieusement espiègle.

— Ils l'étaient quand j'ai été confiée, ou plutôt conduite, à l'orphelinat. Ils n'étaient pas capables de s'occuper de moi, d'après les bonnes sœurs.

— Vous étiez jeune ?

— Je ne sais pas. Jusqu'à mes 4 ans, j'ai été placée. Dans une famille d'accueil, précise-t-elle devant ma perplexité évidente. Auprès d'une mère de substitution, vous comprenez ? Si j'ai atteint l'âge de 4 ans sans perdre l'usage d'aucun membre, c'est qu'elle a dû prendre assez bien soin de moi.

Tout cela est dit d'un ton très calme qui fait que j'ai d'autant plus mal au cœur pour elle – ou plutôt pour la petite fille désemparée qu'elle a été.

— C'est peut-être elle qui m'a appelée Bridie, en hommage à sainte Bridget, poursuit-elle. J'avais un autre nom avant, mais on n'a pas voulu me dire lequel. Je sais juste que ce n'était pas celui d'une sainte.

J'essaie de démêler ce triste récit.

— « On », c'est-à-dire les religieuses ?

— Et aussi les professeurs et les surveillants de l'orphelinat. Officiellement, il s'agissait d'une école industrielle – et tant pis si ça n'en était pas vraiment une. Elle était dirigée par deux bonnes sœurs qui rentraient tous les soirs au couvent en nous laissant sous la responsabilité de deux employés.

Je me rappelle ma question sur son anniversaire, celle qui a déclenché toutes ces confidences.

— Aucune de ces personnes ne vous a jamais dit quel jour vous étiez née ?

— Ni même l'année.

J'en ai la gorge nouée.

— Partagez mon anniversaire avec moi, si vous voulez, dis-je avec hésitation. On n'aura qu'à prétendre que le vôtre tombe aujourd'hui aussi. Ça pourrait très bien être le cas, après tout.

Bridie me décoche un grand sourire.

— D'accord. Pourquoi pas ?

Nous continuons à travailler en silence.

— Vous avez de la chance que votre père vous ait gardée après la mort de votre maman, déclare-t-elle soudain.

— Pourquoi ne l'aurait-il pas fait ? dis-je, surprise de sa remarque.

— Eh bien, j'ai connu trois sœurs qui avaient perdu leur mère et qui ont été envoyées à l'orphelinat parce que le prêtre de la paroisse ne voulait pas les laisser vivre sous le même toit que leur père. Il disait que ce n'était pas convenable étant donné leur âge, ajoute-t-elle, sarcastique.

— Pourquoi ? Étaient-elles trop petites pour être élevées par un homme ?

— Non, les deux aînées avaient 13 et 14 ans, et la plus jeune 11 ans.

Je rougis en comprenant. Pour qu'un prêtre fasse un tel commentaire, à la fois prude et salace…

— Vous pensez qu'il aurait été préférable qu'elles restent chez elles, Bridie ?

Sa réponse est immédiate, et sans équivoque.

— Oui. Peu importe ce qui leur serait arrivé.

En clair, même si leur père leur avait fait subir des attouchements ? Elle n'est pas sérieuse ?

— Bridie !

— Au moins, elles auraient pu se serrer les coudes. À l'orphelinat, elles n'avaient pas le droit de communiquer.

Cette fois encore, je ne la suis pas. Fait-elle allusion à un vœu de silence ?

— Qui ça, Bridie ? Les trois filles ?

— Elles n'avaient pas le droit de se parler, m'explique-t-elle. On leur a dit qu'elles n'étaient plus sœurs.

Tant d'arbitraire et de cruauté me choque.

Elle change de sujet.

— Vous et votre frère…

— Je n'avais que 4 ans, donc j'ignore si quelqu'un s'est opposé à ce que notre père nous élève à la ferme. Trois ans plus tard, il s'est remarié. Mais je suis restée la petite maman de Tim.

Je prends alors conscience d'une chose.

— Je suppose que les rôles sont inversés maintenant, vu que c'est moi qui pars travailler tous les jours, comme un bon chef de famille, tandis que Tim se charge de préparer le dîner à la maison !

Bridie éclate de rire.

— Tant mieux pour vous.

Je me rappelle l'affiche de ce matin. « Abstenez-vous de rire ou de discuter trop près des gens. »

— Oh, croyez-moi, je mesure ma chance !

— Tant mieux pour vous deux, je veux dire. Vous veillez l'un sur l'autre.

— Désolée de vous déranger, nous interrompt sèchement Delia Garrett, mais ce serait trop demander d'avoir encore un peu de whisky chaud ?

— Bien sûr que non, madame Garrett.

Je remarque à cet instant que Mary O'Rahilly pleure en silence. Est-ce à cause de la douleur ou de cette attente interminable ?

Je prends un linge frais et lui essuie le visage.

— Si on essayait dc vous asseoir encore sur la chaise et d'exercer des pressions sur vos hanches ?

Mais le Dr Lynn entre soudain, avec la même chemise, la même cravate et la même jupe qu'hier.

— C'est parti pour une nouvelle journée de combat, dit-elle en guise de salut. Dieu nous garde.

Je m'empresse d'aller lui chercher les dossiers des trois patientes, à commencer par celui de Mary O'Rahilly.

Delia Garrett ne me laisse pas le temps de placer un mot.

— Je veux rentrer chez moi ! tonne-t-elle.

— Et c'est bien normal, ma pauvre, répond le médecin. Malheureusement, la semaine après l'accouchement est en fait plus dangereuse pour la santé que la semaine qui précède.

Je pense à ma mère quand elle a tenu Tim pour la première fois dans ses bras. Et à toutes celles dans cet hôpital que j'ai vues sourire, penchées sur leurs nouveau-nés, avant qu'elles soient prises de frissons le deuxième jour et qu'elles meurent le sixième.

Delia Garrett presse le plat de ses mains contre ses yeux gonflés.

— Je n'ai même pas de fichu bébé à ramener à la maison.

— Il est auprès de Dieu maintenant, et nous devons veiller à ce que M. Garrett et vos petites filles ne vous perdent pas, vous aussi.

Delia Garrett renifle et se calme.

Le Dr Lynn ausculte ensuite Honor White, à qui elle prescrit du sirop d'héroïne.

— Je ne consomme pas de drogue, proteste la jeune femme, le souffle court.

— Ma chère, c'est un médicament. Nous l'utilisons comme antitussif dans les cas d'atteintes bronchiques sévères.

— Mais quand même.

— Mme White est membre de la Ligue de tempérance, dis-je à voix basse.

— Mon oncle aussi, réplique le Dr Lynn. Ça ne l'empêche pas de suivre les recommandations de son médecin.

— Pas de drogue, s'entête Honor White.

Un soupir agacé.

— De l'aspirine, alors, mademoiselle Power, mais pas plus d'un gramme. Et de la limonade chaude.

Pour finir, elle va se laver les mains, enfile des gants et s'approche de Mary O'Rahilly. J'installe la jeune fille sur le côté, avec les fesses dépassant du bord du lit.

— Ah, cette fois il y a du progrès !

L'examen terminé, le Dr Lynn ôte ses gants.

J'aide Mary O'Rahilly à se rallonger sur le dos. Son ventre saillant pointe en avant comme la proue d'un bateau.

— Elle est prête à pousser, déclare le médecin. Vous pouvez lui donner du chloroforme, ça ne risque plus de ralentir le travail.

La patiente ferme les yeux et geint lorsque la douleur revient.

Avant de partir, le Dr Lynn m'adresse un dernier conseil :

— Ne forcez pas la dose tout de même, d'accord ?

Je hoche la tête. Je sais que le chloroforme peut passer dans l'organisme de l'enfant et endommager ses poumons.

Je prends un flacon sur une étagère et en verse une cuillerée sur le petit tampon d'un inhalateur que je tends à Mary O'Rahilly.

— Respirez ça chaque fois que vous en avez besoin.

Elle s'exécute aussitôt.

— Vous êtes grande ouverte à l'intérieur.

— Vraiment ?

— Mettez-vous sur la gauche, maintenant, avec les pieds en haut du lit pour que vous puissiez les enfoncer dans cet oreiller. C'est la meilleure position.

Dans le même temps, j'enlève les draps qui l'empêchent de bouger.

Mary O'Rahilly se retourne laborieusement sur son matelas.

— Je vais attacher cette grande serviette tout près de votre tête pour que vous puissiez tirer dessus. Attendez la prochaine contraction, et soyez prête à pousser.

Je connais si bien la douleur des femmes que je la sens presque venir.

— Baissez le menton, madame O'Rahilly. Vous allez retenir votre souffle et tirer de toutes vos forces sur la serviette, comme si vous sonniez la cloche d'une église. On y est. Poussez !

Elle pousse, la malheureuse. Elle serre les dents et s'y prend plutôt bien pour quelqu'un qui n'a jamais fait ça de sa vie.

— C'est un début, dis-je quand elle se relâche. Reposez-vous une minute.

Mais elle se met soudain à gémir.

— M. O'Rahilly ne sera pas content que je reste absente si longtemps.

Je jette un coup d'œil à Bridie en me retenant de rire.

— Ne vous inquiétez pas pour lui, madame O'Rahilly. Vous ne pouvez pas faire sortir ce bébé plus vite qu'il n'en a envie.

— Oui, mais…

Bridie pose ses mains sur les siennes, toujours agrippées à la serviette.

— Ne pensez pas à ça, dis-je. Vous n'avez rien d'autre à faire aujourd'hui qu'accoucher.

Des gouttes de sueur se forment sur le front de la jeune femme, qui commence à donner de grands coups de pied dans ses draps.

— Je ne peux pas.

— Bien sûr que si. Ça revient. Poussez !

Mais elle perd le contrôle de cette contraction, et la douleur la submerge complètement. Elle se tord, sanglote, tousse.

— Je ne sais pas comment faire, mademoiselle. Je suis trop bête.

Mon regard croise celui de Bridie.

— Pas du tout, madame O'Rahilly. La nature sait comment faire, elle.

*Ou plutôt, la nature sait parvenir à ses fins.* Mais ça, je ne le dis pas tout haut. Parce que je l'ai déjà vue briser une femme comme une coquille de noix.

— Je reste ici pour vous aider si nécessaire, je vous le promets. Je ne bouge pas de cette pièce.

— Et Bridie ?

— Moi non plus.

Je redonne l'inhalateur à la jeune femme.

— Oh, oh…

Une nouvelle contraction.

— Poussez !

Elle bloque sa respiration, si fort qu'elle devient cramoisie, et gémit entre ses dents serrées.

— Économisez vos forces, dis-je d'un ton apaisant. Détendez-vous autant que possible entre les contractions.

Mais le répit est de courte durée.

Bridie et moi manipulons ses jambes pendant qu'elle tousse et halète. Je fais tourner son bassin, presse ses hanches. Peine perdue, rien ne semble la soulager.

— Je peux avoir le truc de tout à l'heure ?

Je verse un peu plus de chloroforme dans l'inhalateur et le lui rends. Puis je vérifie son pouls, sa température, sa respiration.

Les vagues de douleur se succèdent, toujours plus intenses. Je tente toutes les astuces que je connais. Je masse sa mâchoire crispée. Quand des crampes lui vrillent le mollet droit, je charge Bridie de le malaxer.

Quarante minutes s'écoulent ainsi.

— Combien de contractions faut-il avant d'accoucher ? chuchote Bridie.

— Il n'y a pas de règle.

La voix de Mary O'Rahilly nous parvient, presque inaudible :

— Je crois que je vais vomir.

Bridie court chercher une bassine.

Durant le quart d'heure suivant, je me laisse aller à l'inquiétude. Le fœtus n'a pas l'air de vouloir sortir, et les traits tirés de Mary O'Rahilly m'indiquent que ce travail prolongé l'épuise complètement – sans parler de la grippe, contre laquelle elle doit lutter aussi.

J'entraîne Bridie à l'écart.

— Trouvez-moi le Dr Lynn, voulez-vous ? Dites-lui que Mme O'Rahilly pousse depuis une heure. Ou, non, attendez…

Il n'est pas rare qu'un premier enfant mette deux heures à sortir. Je n'arrive pas à déterminer ce qui me tracasse. S'agit-il d'un cas d'inertie utérine – les contractions de cette pauvre fille ne sont-elles pas assez fortes pour faire descendre le fœtus dans le canal vaginal ? Ou quelque chose bloque-t-il le passage ? La liste des dangers défile dans ma tête : œdème, rupture utérine, hémorragie, infection…

— Dites au médecin que je crains une dystocie. Vous vous souviendrez du mot ?

Elle le répète, dystocie, et file sans tarder.

J'ai une peur bleue maintenant, mais je ne peux pas m'autoriser à le montrer à mes patientes. Non pas qu'elles fassent beaucoup attention à moi, cela dit. Les yeux fermés, Honor White n'en finit pas de prier, tandis que Delia Garrett sommeille sous l'effet de l'alcool.

Je cale un genou contre le dos de Mary O'Rahilly afin de lui servir d'appui quand elle enfonce ses pieds dans ses oreillers.

À son retour, Bridie est suivie de deux hommes portant chacun une veste bleu marine solidement boutonnée et un grand casque conique frappé d'une étoile.

Je les dévisage, puis me lève et tire un drap sur Mary O'Rahilly.

— Comment osez-vous débouler ici comme ça ? Dehors ! Dehors ! Vous êtes dans une unité de soins pour femmes.

Les policiers ne reculent que jusque sur le seuil de la salle.

— Nous cherchons…, commence le plus petit des deux.

— C'est la doctoresse que nous voulons, le coupe son collègue. Lynn. Nous avons un mandat d'arrêt. Pour crimes de guerre, ajoute-t-il en tapotant sa poche de poitrine.

Le premier reprend, l'air incertain :

— C'est ici, la maternité ?

Je me retiens à temps de lui dire que la maternité principale est à l'étage. Mais s'ils sont assez stupides pour croire qu'un hôpital de cette taille peut n'accueillir que trois femmes prêtes à accoucher, pourquoi devrais-je les détromper ? J'agite la main en direction du berceau.

— À votre avis ?

Le plus grand fronce les sourcils et ajuste la lanière de son casque sous son menton.

— Dans ce cas, où pouvons-nous trouver cette Mme Lynn ?

— Comment voulez-vous que je le sache ?

Le fait est que je ne peux pas me passer d'elle, pas maintenant, alors qu'il n'y a pas un obstétricien dans tout le bâtiment. Si ces types viennent à l'interpeller – et à l'emprisonner ou à l'envoyer encore en Angleterre –, qu'arrivera-t-il à Mary O'Rahilly ? Mes patientes sont ma priorité. La politique attendra et puis c'est tout.

— Et qu'est-ce que c'est que cette histoire de mandat d'arrêt ?

L'agent sort une feuille de sa poche. Non sans peine, il lit :

— Loi sur la défense du royaume, article 14 (b). Être soupçonné d'agir, d'avoir agi ou d'être sur le point d'agir d'une façon préjudiciable à la sécurité publique.

— En clair ?

Bridie prend une inspiration en semblant vouloir s'interposer.

Je lui jette un regard d'avertissement.

— Je reviens de l'étage et je n'ai pas vu le Dr Lynn, affirme-t-elle.

Les épaules du premier policier s'affaissent.

— Très bien. Quand elle repassera, dites-lui qu'elle a pour obligation de se présenter… non, de se livrer au château de Dublin[1] de toute urgence.

— Je n'y manquerai pas, monsieur l'agent.

La tête tournée vers nous depuis son matelas, Mary O'Rahilly observe la scène avec des yeux apeurés quand une contraction la pousse à tirer sur sa serviette en gémissant.

Les policiers filent sans demander leur reste.

Je rejoins la jeune femme et cale son pied droit contre ma hanche en prévision de la contraction suivante. Toujours aucun progrès.

Dès que j'en ai l'occasion – de nouveau devant l'évier –, j'interroge Bridie discrètement.

— C'est vrai que vous n'avez pas pu trouver le Dr Lynn, ou vous avez inventé ça ?

— Pas tout à fait, m'avoue-t-elle avec un sourire espiègle. On m'a dit qu'elle était au bloc opératoire et qu'on lui transmettrait le message.

1. À l'époque, siège de la police de Dublin.

Mary O'Rahilly pousse un cri.

Je m'empresse de retourner auprès d'elle. Après avoir palpé son ventre, je vérifie avec mon stéthoscope obstétrical que le cœur du fœtus bat toujours. Cela fait plus d'une heure et quart maintenant que le travail a commencé, et j'ai l'impression que la tête du bébé n'a pas avancé d'un centimètre.

— Qu'est-ce qui peut bien lui bloquer le passage ?

Une telle confiance se lit dans les yeux bleu clair de Bridie. Elle me regarde comme si je savais tout, comme si rien ne nous était impossible, à mes mains et à moi.

*La vessie.* Mary O'Rahilly n'est pas allée aux toilettes depuis mon arrivée.

— Bridie, un bassin hygiénique, s'il vous plaît. Vite.

Je persuade ma patiente de prendre appui sur une hanche le temps que je glisse le bassin sous ses fesses.

— Il faut que vous fassiez pipi pour libérer un peu de place là-dedans, madame O'Rahilly. Essayez de vous vider. Même d'une goutte.

Elle sanglote et tousse.

— Il n'y a rien, geint-elle.

Se peut-il que la tête du fœtus fasse pression sur l'urètre, empêchant l'urine de couler ?

— Je vais vous aider.

C'est une façon bien simple de présenter un geste médical si délicat, mais en l'absence d'un médecin, je n'ai pas le choix.

Je demande encore à Mary O'Rahilly de basculer sur le côté gauche. Puis je fonce me laver les mains et prends un cathéter stérile ainsi qu'un flacon rempli d'une solution d'acide phénique.

Le menton baissé, les lèvres retroussées sur ses dents et les yeux exorbités, Mary O'Rahilly pousse autant qu'elle peut.

J'attends la fin de la contraction.

— Vous faites du super boulot, madame O'Rahilly.

Le contact du désinfectant froid sur ses parties intimes lui arrache un petit cri.

Je me tourne vers Bridie et articule en silence : « Tenez-la. »

Elle appuie ses mains sur les chevilles de la jeune femme.

— Madame O'Rahilly, restez immobile une minute, s'il vous plaît…

J'ai déjà posé un cathéter, mais pas souvent, et jamais à une parturiente.

— Ça va piquer, dis-je. Ne vous inquiétez pas, il n'y en a pas pour longtemps.

Ses traits se tordent. Sans trop savoir comment, je trouve le passage et j'y enfonce l'extrémité du cathéter sur 1 centimètre. Elle crie franchement, cette fois.

Et si ses entrailles étaient déformées par le petit crâne ? Et si je perçais sa vessie ? J'inspire à fond avant de pousser la sonde…

De l'urine de la couleur d'un thé dilué éclabousse mon tablier. Je dirige aussitôt l'autre extrémité du cathéter vers le bassin hygiénique.

— Vous avez réussi ! s'exclame Bridie.

Mary O'Rahilly pisse comme un soldat maintenant, comme un cheval, comme une source de montagne. Quand le flux se tarit, je ressors la sonde et Bridie emporte le bassin vers l'évier.

J'essuie les cheveux bruns qui balaient les yeux de la jeune femme.

— Cela devrait aller mieux, dis-je avec plus de conviction que je n'en éprouve.

Elle acquiesce faiblement.

Sauf que le temps passe, et cela ne va toujours pas mieux. Aucune de mes initiatives n'a eu le moindre effet.

J'envisage de lui faire un lavement, mais elle a si peu mangé que cela ne servirait probablement pas à grand-chose. Les contractions continuent de se succéder toutes les trois minutes, telle une torture administrée avec une précision d'horloger. Mary O'Rahilly a beau faire des efforts, rien dans son gros ventre tendu ne semble vouloir descendre. Se peut-il que la tête du fœtus soit coincée au niveau du détroit supérieur du bassin ? Je ne constate toujours aucun changement, si ce n'est que la jeune femme faiblit et pâlit de plus en plus.

Je tente de chasser le brouillard dans mon cerveau et de me rappeler ce qu'on m'a enseigné sur les accouchements dystociques. Les causes possibles sont le passage, le passager ou la puissance. Le bassin de Mary O'Rahilly est peut-être trop étroit ou mal formé. Ou alors la tête du fœtus est trop grosse ou ne se présente pas sous le bon angle. Ou la parturiente est trop épuisée pour l'expulser toute seule.

*S'il vous plaît, faites qu'on ne soit pas obligés d'employer le forceps.* Certes, ces pinces sauvent des vies, mais j'ai vu des mères et des enfants sortir de là si abîmés…

Je pose une main sur le front de la jeune femme. Pas de fièvre. En revanche, son pouls est filant et dépasse les 100 pulsations par minute.

La panique monte en moi. La grippe et le travail de l'accouchement sont en train de la plonger dans un état de choc cardiogénique.

*Du sérum physiologique en intraveineuse.*

— Restez avec elle, dis-je à Bridie.

Sur les plateaux stériles de l'étagère supérieure, je saisis une longue aiguille, un tube souple et une poire en caoutchouc. Puis je remplis un grand bol gradué d'un litre d'eau chaude dans laquelle j'ajoute une mesure de sel, avant de ramener la solution à la température du corps humain en y versant un peu d'eau froide.

J'attache ensuite un garrot au-dessus du coude droit de Mary O'Rahilly et le serre jusqu'à ce qu'une veine bleu ciel se détache sur sa peau – le tout sans qu'elle paraisse le remarquer. À l'approche d'une nouvelle contraction, elle agrippe docilement la serviette en appuyant ses pieds contre les barreaux nus du lit. (Son oreiller est tombé par terre, mais je ne peux pas l'atteindre.)

J'enfonce l'aiguille et actionne la poire pour injecter le sérum aussi vite que possible dans son organisme.

À la fin, j'attrape son poignet, compte les pulsations pendant quinze secondes et multiplie le résultat par quatre. Son pouls est presque redescendu à 90. Bien. Mais est-il un tant soit peu plus fort ?

— Que faites-vous, mademoiselle Power ?

C'est le Dr MacAuliffe, dans son beau costume noir.

Flûte. J'ai besoin du Dr Lynn et de son expérience des maternités. A-t-elle déjà été arrêtée ? Se peut-il qu'elle ait croisé les hommes en bleu ?

— J'ai administré du sérum physiologique à Mme O'Rahilly, qui était en état de choc cardiogénique.

Je retire la canule de son bras et pose un pansement propre à l'endroit de la perfusion.

— Pressez un doigt ici, voulez-vous, Bridie ?

— Pourquoi est-elle tête-bêche dans son lit ? demande MacAuliffe.

— Ça lui permet de s'arc-bouter contre les barreaux.

Il n'a pas attendu ma réponse pour commencer à se savonner les mains. Après que je lui ai donné une paire de gants stériles, il enfonce la droite dans le ventre de Mary O'Rahilly, guette la contraction suivante et appuie fort avec la gauche au sommet de l'utérus.

La jeune femme émet une longue plainte.

Je me mords la lèvre. On ne peut pas faire sortir un bébé de sa mère comme ça sans risquer de les blesser tous les deux. J'ai vu des utérus perforés ou retournés à la suite de manipulations trop brutales. Mais le signaler passerait pour de l'insubordination.

— Vous dites qu'elle pousse depuis une heure et quarante-cinq minutes ? La tête du fœtus devrait être bien plus bas que ça.

Je me retiens de répliquer : « C'est bien pour ça que j'ai fait appeler un médecin. »

— Hmm, dit-il. Il y a clairement une disproportion.

Le mot que je redoutais d'entendre. Une disproportion fœto-pelvienne, soit une incompatibilité entre une femme au bassin étroit et un fœtus au crâne trop gros.

— J'estime le diamètre occipito-frontal entre 10 et 12 centimètres, continue MacAuliffe, et le détroit inférieur du pelvis à un peu moins de 10 centimètres. Mais je ne peux pas en être certain sans réaliser une mesure exacte avec un pelvimètre de Skutsch, et cela supposerait probablement une anesthésie générale.

Cette fille risque de s'évanouir d'une minute à l'autre, et il veut l'endormir pour jouer avec des instruments et des formules qui lui permettront de chiffrer précisément le problème ?

— Mais tout bien pesé, je pense qu'il est temps d'opérer.

*Quoi, là, dans un service improvisé de maladies infectieuses dont les lits sont à peine espacés de quelques centimètres ?*

— Le taux de mortalité est si élevé en cas de césarienne que je préfère tenter une symphyséotomie, murmure-t-il. Ou mieux encore, une pubiotomie.

Cela me fait mal au cœur pour Mary O'Rahilly. Ces interventions visant à élargir le diamètre pelvien sont courantes dans les hôpitaux irlandais parce qu'elles n'abîment pas l'utérus, et par conséquent n'empêchent pas de futures grossesses. Et une pubiotomie présente un avantage sur une césarienne : la patiente aura plus de chances d'en réchapper, même si l'opération est réalisée sous anesthésie locale, et sur un petit lit, par un jeune chirurgien généraliste qui n'a qu'une connaissance théorique de la procédure à suivre. Mais cela l'obligera à rester deux semaines et demie étendue ici, les jambes attachées ensemble, et elle pourrait très bien en garder des séquelles – j'ai entendu parler de femmes laissées boiteuses, incontinentes ou dans un état de souffrance permanente.

Je réfléchis à la manière de formuler mes objections.

Pendant ce temps, Mary O'Rahilly pousse et grogne, mais tout doucement, comme si elle ne voulait pas attirer l'attention sur elle.

MacAuliffe se penche dans son champ de vision.

— Je vais insensibiliser votre bas-ventre et vous accoucher maintenant, madame O'Rahilly. L'opération est très simple et, grâce à elle, vous n'aurez plus aucun mal à mettre ce bébé au monde, ainsi que ses futurs frères et sœurs.

Elle le fixe en clignant des yeux, l'air terrifiée.

Ne devrait-il pas la prévenir qu'il va scier son pubis en deux ?

Devrais-je le faire ?

— Docteur MacAuliffe…

— Un message pour vous, mademoiselle Power.

Je me retourne et découvre l'élève infirmière d'hier, tout essoufflée sur le pas de la porte.

— Qu'y a-t-il ?

— Le Dr Lynn demande si vous avez pensé à la position de Walcher.

*Wal-quoi ?* Je ne comprends rien à ce qu'elle me dit – jusqu'à ce que ces syllabes se transforment à mes oreilles en un mot allemand qui fait soudain sens.

— Pourquoi ne pas tenter la position de Walcher, docteur ? dis-je, en bafouillant presque dans ma précipitation. Est-ce que cela ne pourrait pas ouvrir un peu plus le bassin, au moins de ce dont on a besoin ?

Il accueille ma proposition avec une moue agacée.

— Peut-être, mais à ce stade…

— Oh, docteur, vous êtes attendu de toute urgence au service des maladies infectieuses de l'unité pour hommes, ajoute l'infirmière.

Je saisis ma chance et prends mon ton le plus humble :

— Et si j'essayais pendant que vous allez là-bas, juste pour voir si cela change quelque chose avant l'opération ?

Les yeux de Mary O'Rahilly vont et viennent entre nous.

MacAuliffe soupire.

— Bon, il faudra d'abord que je me procure une scie à os, de toute façon. Mais préparez-la, d'accord ?

Je n'en fais rien. Au lieu de raser, laver et désinfecter Mary O'Rahilly, j'attrape le manuel d'obstétrique du Dr Jellett dès l'instant où le chirurgien quitte la pièce. Je tourne les pages, mais mes mains tremblent tant que je ne trouve pas celle consacrée à la position de Walcher. J'en suis réduite à la chercher dans l'index.

> Position de décubitus dorsal rarement utilisée… susceptible de favoriser un élargissement du bassin d'un centimètre. À ne pas maintenir durant plus de deux à quatre contractions utérines, ou plus d'un quart d'heure.

Parce que cela fait trop souffrir la parturiente ? Le Dr Jellett ne le précise pas.

Les instructions du manuel requièrent une table d'opération ou, à défaut, un lit d'hôpital dont on puisse remonter les extrémités. Et moi, je ne dispose que d'un lit bon marché presque au ras du sol.

Mais au moins n'y a-t-il pas de barreaux à un bout, et Mary O'Rahilly a assez de place pour laisser pendre ses jambes de chaque côté. Tout ce que j'ai à faire, donc, c'est de le surélever.

— Debout, madame O'Rahilly. Juste une minute.

Elle résiste. S'affaisse. Pleure dans mes bras.

— Bridie, dis-je d'une voix calme. Pourriez-vous regarder dans ce meuble, là, et me sortir les coussins rehausseurs…

— Lesquels ?

— Tous. Mettez-les sous ce matelas.

Bridie ne peut pas comprendre ce que j'ai en tête, mais elle ne pose aucune question et se contente d'ôter le matelas et d'empiler les coussins.

Une nouvelle contraction commence. J'attrape Mary O'Rahilly par les aisselles pour la soutenir pendant qu'elle crie, puis s'accroupit, puis glisse mollement à terre. Je sais que je devrais prendre son pouls et vérifier qu'elle ne fait pas un autre malaise, mais je n'ai pas de main libre.

— C'est bon, Bridie.

Ou plutôt, il faudra que ça fasse l'affaire, dans la mesure où nous n'avons plus de coussins.

Elle laisse retomber le matelas – désormais tout incliné, comme si la pièce avait été secouée par un tremblement de terre – et s'empresse de tendre les draps par-dessus.

Une chance que Mary O'Rahilly soit si petite. Cet agencement hasardeux ne marcherait jamais avec une femme de grande taille.

— Aidez-moi à l'installer, Bridie. Je veux qu'elle ait les fesses sur la partie rehaussée du lit et les jambes ballantes sur le côté.

Elle me jette un regard surpris, mais obéit sans hésiter.

— Non ! sanglote Mary O'Rahilly, qui, une fois allongée avec le dos arqué et les hanches plus haut que la tête, se retrouve aussi impuissante qu'un insecte cloué sous son énorme ventre.

— Faites-moi confiance. Le poids de vos jambes permettra à votre bassin de s'élargir suffisamment pour laisser passer le bébé.

Cela donne l'impression qu'elle le retient captif, mais n'est-elle pas une prisonnière, elle aussi ?

— Oh, oh, la douleur monte…

Elle pousse un cri assez fort pour être entendu dans tout le couloir et pleure sans pouvoir reprendre sa respiration.

— Je vais me casser en deux !

Je suis une tortionnaire qui s'amuse à infliger le supplice de la roue à cette pauvre fille. « À ne pas maintenir durant plus de deux à quatre contractions utérines. » Cela suppose-t-il de renoncer après la deuxième ? La troisième ? La quatrième ? Dois-je attendre que MacAuliffe revienne avec sa scie pour faire son nécessaire travail de boucher ?

— Tout ira bien, madame O'Rahilly.

Mais la jeune femme ne connaît aucun soulagement, aucun répit. Elle est comme un canoéiste descendant des rapides. Rien ne se dresse entre elle et son destin. L'atmosphère dans la petite salle est si électrique que l'air semble grésiller.

— Tenez-la, Bridie. Empêchez-la de tomber.

Je me baisse entre les pieds de Mary O'Rahilly et me concentre sur la fleur rouge sang de ses parties intimes.

— Poussez plus fort, madame O'Rahilly. Maintenant !

Elle s'exécute en gémissant. L'espace d'un bref instant, un disque noir apparaît.

— J'ai vu la tête ! Encore un gros effort. La troisième fois sera la bonne.

Épuisée, elle a toutes les peines du monde à me répondre.

— C'est impossible.

— Si, vous êtes formidable.

Une idée folle me traverse l'esprit.

— La tête de votre bébé est là. Si vous pouviez la sentir…

Le teint écarlate, Mary O'Rahilly se tord en haletant.

Je saisis sa main droite, pour être prête.

La douleur rôde, revient sur ses pas, attend. Puis fond sur elle.

— Poussez !

Cette fois, je tire sa main entre ses cuisses écartées. Ce n'est pas hygiénique, mais c'est peut-être ce dont elle a besoin. Dès que j'entrevois le cercle noir, je pose ses doigts dessus.

Le visage de la jeune femme exprime une surprise sans nom.

Durant cette brève accalmie, je me relève. Un bout de tête gros comme un shilling est encore visible.

— Je sens des cheveux ! s'exclame Mary O'Rahilly.

— Les mêmes cheveux bruns que vous.

À présent que son bébé est prêt à sortir, il n'est plus nécessaire de la maintenir dans la position de Walcher. J'attrape sa jambe droite et appuie le plat de son pied contre mon ventre.

— Ôtez les rehausseurs, Bridie.

Elle les retire aussitôt. Le matelas retombe à l'horizontale, et Mary O'Rahilly avec. Je cale l'un des coussins derrière sa tête et l'aide à redresser le buste.

— Voulez-vous que je range…

— Laissez ça là, Bridie. Tenez plutôt son autre jambe pour moi.

Elle se dépêche de faire le tour du lit et s'empare du pied gauche de la jeune femme.

Sur le lit voisin, Honor White s'est reculée tout contre le mur et semble hypnotisée par la scène sous ses yeux.

— Il arrive, madame O'Rahilly.

Elle bloque sa respiration et me pousse si fort avec son pied qu'elle manque de me faire perdre l'équilibre.

Une tête conique couverte de sang et tournée sur le côté commence à émerger.

— Sacré nom ! s'écrie Bridie.

À moitié dedans, à moitié dehors. Cet instant entre deux mondes est toujours étrange. Le bébé a une couleur normale, mais je ne peux rien affirmer de plus à ce stade.

— La tête est sortie. C'est presque fini, madame O'Rahilly.

Dans le même temps, je cherche le cordon ombilical. Je n'utilise pas mes doigts pour ne pas introduire de microbes dans le corps de la jeune femme, mais incline simplement le petit visage vers le dos de sa mère et… oui, le cordon est là, autour du cou. Dans cette position, il risque d'emprisonner le bébé dans le ventre maternel, ou bien d'être comprimé et de le priver de son apport en sang. Dans tous les cas, il faut que je le libère. Au moins n'est-il enroulé qu'une fois. Je le tire jusqu'à ce qu'il soit assez long pour passer par-dessus le petit crâne.

Un médecin trop pressé saisirait l'enfant pour achever lui-même de l'accoucher, mais on m'a appris qu'il y avait mieux à faire. *Ouvrir l'œil et attendre.*

— Allez, sortez-le, maintenant ! dis-je lorsque arrive la contraction suivante.

Mary O'Rahilly devient violette.

La chose la plus extraordinaire se produit alors, celle à laquelle j'ai assisté tant de fois et dont je ne me lasse jamais : la tête conique se tourne vers le bas, comme celle d'un nageur, et le bébé plonge dans mes mains. Vivant.

Bridie éclate de rire, l'air aussi ravie que devant un spectacle de magie.

J'essuie le nez et la bouche du nouveau-né. Déjà, il vagit, et son souffle soulève sa chair mouillée. C'est une fille. Une fille aux jambes toutes maigrelettes et aux parties intimes sombres et gonflées.

— Bravo, madame O'Rahilly. Vous avez une jolie petite fille.

Mary O'Rahilly émet un son à mi-chemin entre une toux et un rire. Peut-être a-t-elle du mal à croire que cette tâche impossible soit terminée. Ou que ce mot, « fille », soit celui qui désigne son bébé maintenant, et non plus elle-même.

En attendant que le cordon cesse de pulser, j'examine l'enfant – aucun doigt ni aucun orteil ne manquent à l'appel, le frein de la langue n'est pas trop court, la fontanelle n'est pas creusée et je ne constate pas d'atrésie anale ni de dysplasie des hanches. (Presque chaque enfant naît parfait, en réalité, même ceux conçus dans la plus grande pauvreté, comme si la nature faisait en sorte qu'ils prennent tout ce dont ils ont besoin à leur mère, quel qu'en soit le coût pour elle.) Il ne présente pas non plus de signe d'asphyxie malgré ces longues heures passées coincé contre l'os pelvien. Et la maladie de Mme O'Rahilly ne semble pas lui avoir laissé de séquelles.

Le cordon est inerte à présent. Dès l'instant où je couche le bébé sur le ventre mou de sa mère, les mains de Mary O'Rahilly s'avancent pour toucher sa peau collante.

Je ligature le cordon à deux endroits, puis le coupe avec des ciseaux. Après ça, j'enveloppe la petite dans un lange propre et la donne à Bridie.

Les joues rouges, celle-ci exulte.

— Ça alors, c'était quelque chose, Julia !

— Montrez-la-moi, supplie Mary O'Rahilly.

Bridie se baisse afin qu'elle puisse bien voir.

— Les enfants ont le crâne légèrement pointu quand l'accouchement a été long, dis-je en devançant la question de la jeune femme. Mais il s'arrondit en quelques jours.

Elle hoche la tête, l'air béat. Je remarque une tache rouge dans son œil gauche – elle a dû pousser si fort qu'un vaisseau a éclaté.

La voix asthmatique de Honor White s'élève sur le lit d'à côté :

— L'enfant qui donne le plus de soucis à sa mère reçoit d'elle deux fois plus d'amour en retour.

Je la regarde, interloquée.

— C'est un dicton, ajoute-t-elle.

Peut-être dans sa partie du pays. Je ne l'ai jamais entendu, moi. Je songe aux soucis, dans tous les sens du terme, que le premier bébé de cette femme a dû lui occasionner, et à tous ceux qui l'attendent encore.

Mary O'Rahilly caresse la tête de sa fille et son oreille délicatement ourlée.

— Elle est si petite !

— Oh, elle vient juste de naître, c'est tout, dis-je.

Je n'ai pas de balance, mais le bébé me paraît dans la norme.

Cinq minutes plus tard, le placenta entier sort de lui-même, avec un aspect tout à fait rassurant. Mary O'Rahilly ne saigne même pas. Et malgré ce qu'elle a enduré pour cette première fois, elle est à peine déchirée. Je désinfecte la petite fissure, mais il n'y a là rien qui ne puisse cicatriser tout seul. Et son pouls est proche de 80 à présent.

Je dépose le bébé dans son berceau et envoie Bridie me chercher des paquets de mousse glacée.

— Oh, au passage, demandez à quelqu'un de prévenir le Dr MacAuliffe que Mme O'Rahilly a accouché normalement, dis-je avec satisfaction.

Je fais asseoir la jeune femme dans la position de Fowler afin que tous ses fluides puissent s'échapper d'elle, puis je lui mets une ceinture abdominale, ainsi que des compresses de gaze maintenues par un bandage sur ses gros mamelons marron. Il ne me reste plus qu'à lui enfiler une chemise de nuit propre et à enrouler un châle autour de ses épaules.

Honor White tousse fort, avec un bruit qui m'évoque un marteau sur une feuille de métal. Je lui fais prendre une cuillère de sirop d'ipéca et lui apporte un peu plus de limonade chaude.

— Madame Garrett ? Vous avez besoin de quelque chose ?

Mais Delia Garrett s'est tournée face au mur. Un bébé en vie, voilà ce dont elle a besoin.

Je reviens auprès de l'enfant de Mary O'Rahilly afin de lui nettoyer le visage et l'intérieur de la bouche avec un linge stérile. Suivent deux gouttes de nitrate d'argent dans chaque œil. Aucun signe de fièvre, pas de nez qui coule, ni de congestion, ni de léthargie. Cette petite semble être sortie du ventre de sa mère sans avoir attrapé sa grippe. Avec l'aide de Bridie, je lui donne son premier bain dans l'évier – je commence par retirer la substance blanche sur sa peau avec un gant de toilette imbibé d'huile d'olive, avant de la savonner avec une éponge, de la tremper dans l'eau chaude, et enfin de l'essuyer en la tapotant avec une serviette douce.

Bridie montre le bout de cordon noué sur son ventre.

— Vous ne le lui enlevez pas ?

— Non, il séchera et tombera tout seul d'ici quelques jours.

Après l'avoir poudré, je le recouvre d'un pansement et fixe par-dessus la ceinture abdominale qui soutiendra l'enfant des hanches jusqu'aux côtes. Je termine en mettant des langes au bébé, une chemise ajustable, un jupon, une robe chaude et des chaussettes tricotées.

— Maintenant, madame O'Rahilly, dis-je en m'approchant d'elle, vous avez mérité de faire un bon somme.

Elle tente de se redresser dans son lit.

— Est-ce que je peux d'abord la revoir ?

J'approche sa fille pour qu'elle puisse l'examiner à loisir.

Elle tend aussitôt les bras pour la prendre.

En temps normal, on isolerait peut-être un nouveau-né de sa mère malade et on l'enverrait directement à la nurserie, mais j'imagine que le personnel manque là-bas, et les bébés nourris au biberon ne se développent pas aussi bien que ceux nourris au sein. Tout bien considéré, je pense que celui-là a tout à gagner à rester ici, même dans ce service de maladies infectieuses plein à craquer.

— D'accord, dis-je. Faites juste attention à ne pas tousser ou éternuer sur elle.

— C'est promis.

J'attends pour être sûre qu'elle tient bien sa fille, mais elle a l'air de savoir d'instinct comment s'y prendre.

— M. O'Rahilly sera ravi, n'est-ce pas ?

Une larme étincelle et coule sur la joue de la jeune femme. Je regrette d'avoir mentionné son mari.

— Il voulait un garçon, c'est ça ?

Le bébé vagit faiblement.

— Aimeriez-vous la mettre au sein tout de suite ?

Sans un mot, Mary O'Rahilly tire sur les cordons de sa chemise de nuit.

Je l'aide à l'enlever et retire la compresse qui recouvre l'un de ses mamelons.

— Chatouillez-lui la lèvre supérieure avec.

— Vraiment ?

— C'est ce qui les incite à ouvrir la bouche, dit Delia Garrett.

En appui sur un coude, elle observe la scène avec une mine indéchiffrable.

— Comme ça ? demande Mary O'Rahilly.

Delia Garrett fait signe que oui.

— Dès qu'elle ouvrira le bec, fourrez-lui votre mamelon dedans.

L'instant venu, Mary O'Rahilly cale le petit visage contre son sein. Je pose une main en coupe sur le crâne du bébé pour le plaquer plus fort contre elle.

— Voilà, c'est ça. Allez-y fermement.

La jeune mère pousse un léger cri.

— Ça fait mal ? s'enquiert Delia Garrett. C'est possible, les premières semaines.

— Non, c'est juste que…

Mary O'Rahilly ne trouve plus ses mots.

Aucun bébé ne m'a jamais pris le sein, je ne peux donc qu'imaginer ce que l'on doit ressentir au contact de ces gencives qui s'accrochent à votre mamelon. Un mouvement fatigué, mais impérieux ? Le travail d'un ver qui cherche à s'enfoncer dans la terre ?

Mary O'Rahilly s'inquiète.

— Je ne vais pas l'étouffer ?

— Aucun risque, dit Delia Garrett.

De son côté, Bridie les regarde avec une expression empreinte de douceur, mais aussi avec gêne.

Je me demande si elle a été allaitée par sa mère, celle dont on lui a dit qu'elle n'avait pas pu l'élever. A-t-elle seulement eu l'occasion de voir ce genre de chose en grandissant dans son étrange communauté d'enfants parias ?

Tout est divinement calme dans le service. Le bébé ne tarde pas à s'endormir contre le sein de sa mère – il n'y a pas beaucoup à téter, les premiers jours. Pour autant, Mary O'Rahilly ne veut pas qu'on réveille sa fille, pas même le temps de changer ses draps. Lui laisser la petite augmente les risques qu'elle attrape la grippe, je le sais, mais enfin, rien ne favorise davantage le sommeil et la croissance du nourrisson que l'allaitement. J'ajuste le châle de la jeune femme autour d'elle pour qu'il leur tienne bien chaud à toutes les deux.

Pendant que Bridie sort de la salle avec un plateau chargé d'affaires à stériliser et un panier de linge sale à déverser dans la trappe de la buanderie, je prépare du thé pour tout le monde. Delia Garrett réclame trois biscuits, ce que j'interprète comme un signe positif.

À son retour, Bridie sirote sa boisson en soupirant.

— Quel régal.

Je goûte la mienne et tente d'apprécier cette saveur de copeaux de bois et de cendres.

— Non, ce n'est pas un régal, Bridie. Avant la guerre, les gens auraient recraché ce truc.

— Oui, mais vous l'avez fait infuser exprès pour nous. Et vous avez mis trois sucres dedans.

Je me demande à combien de cuillerées de sucre ont droit les pensionnaires du couvent. Une chacune ?

— Et vous y avez ajouté un biscuit.

— Vous êtes un cordial à vous toute seule, Bridie. C'est exactement ce dont j'avais besoin. Reprenez un gâteau, si vous voulez. Vous devez être morte.

— Pas même à 1 %, n'oubliez pas, dit-elle en souriant.

— C'est vrai. Nous sommes toutes à 100 % vivantes.

Je termine mon thé et décide de le renommer « Poussière des Indes ».

Du coin de l'œil, je vois que Mary O'Rahilly s'est assoupie. Je vais retirer le bébé du creux de son bras et le dépose dans son berceau.

— Comme dans l'histoire, murmure Bridie.

— Quelle histoire ?

— Celle sur la mère qui revient.

— Qui revient d'où ?

— Vous savez bien, Julia. De l'autre côté.

Je comprends alors.

— Vous voulez dire qu'elle est morte ?

— Oui. Le bébé n'arrête pas de pleurer, alors sa maman revient l'allaiter.

Je connais quelques histoires de fantômes, mais pas celle-là. Les yeux rivés sur la petite fille de Mme O'Rahilly, je m'interroge. Combien de temps le spectre de la mère reste-t-il avec l'enfant dans l'histoire ? Pas à jamais, ce ne serait pas toléré. Peut-être toute la nuit, jusqu'au chant du coq.

Il m'apparaît soudain que le bébé n'a toujours pas été déclaré. Je déniche un certificat vierge dans le bureau et lui établis une fiche. J'inscris O'Rahilly comme nom de famille, avant de noter l'heure de la naissance.

— Bridie, pouvez-vous tenir le fort pendant que je vais faire signer ça à un médecin ?

Je marque une pause sur le pas de la porte.

— Je sais que je ne sais rien, récite-t-elle.

Cela me fait sourire.

— Je reconnais que vous en savez un peu plus qu'hier matin, quand même.

Tout en me dirigeant vers l'escalier, je pense à Mme Finnigan. Elle serait scandalisée si elle voyait combien de règles je m'habitue à enfreindre, à tordre ou à appliquer en veillant juste à en respecter l'esprit plutôt que la lettre. Seulement *pour toute la durée*, bien sûr. « Jusqu'à un avenir proche », comme disent les messages officiels. Encore que j'aie du mal à me projeter dans un avenir proche. Comment arriverons-nous à retrouver une vie normale après la pandémie ? Et serai-je soulagée de redevenir une simple infirmière sous les ordres de ma supérieure ? Serai-je contente de m'appuyer de nouveau sur des protocoles familiers, ou bien à jamais frustrée ?

Des bribes de conversation flottent autour de moi, pareilles à la fumée des cigarettes.

— Entre le sixième et le onzième jour, explique un médecin en costume noir à l'un de ses collègues.

— Ah oui ?

— C'est typique, avec cette grippe. S'ils doivent partir, ils le font à ce moment-là.

Partir, c'est-à-dire mourir. Cela me rappelle Groyne et ses euphémismes fleuris.

Je pourrais faire signer le certificat de naissance à n'importe quel médecin, pourtant je ne cesse de demander où est le Dr Lynn, jusqu'à ce qu'une jeune infirmière m'oriente vers une pièce au bout d'un couloir au dernier étage de l'hôpital. Une musique douce s'en échappe, mais le temps que je frappe à la porte, elle s'arrête déjà.

Je découvre un cagibi miteux. Assise à une table qui fait office de bureau, le Dr Lynn lève les yeux vers moi.

— Est-ce que je vous ai interrompue… alors que vous chantiez, docteur ? dis-je sans oser mentionner la visite des policiers.

— Oh, c'est le gramophone que vous avez entendu, dit-elle avec un petit rire. J'aime me remonter le moral en écoutant un peu de Wagner quand je rattrape le retard pris dans la paperasse.

Je ne vois aucun gramophone dans la pièce. Devant ma perplexité, elle me montre l'appareil posé sur une chaise derrière elle.

— C'est un modèle sans pavillon – ou plutôt un modèle avec un pavillon caché à l'intérieur, derrière des lamelles. C'est tout de même plus esthétique.

Voilà donc ce que contenait la valise en bois que je l'ai vue porter hier matin.

— Je suis venue vous dire que Mary O'Rahilly avait pu accoucher sans intervention chirurgicale, grâce à la position de Walcher.

— Bon travail !

Elle tend la main vers le certificat et le signe.

— Faut-il que je descende faire quelques points de suture à la mère ? L'enfant a-t-elle besoin d'être examinée ?

— Non, elles vont très bien toutes les deux.

— Je chargerai le secrétariat de prévenir le mari, dit-elle en me rendant le document. Autre chose ?

Je m'attarde un instant sans trop savoir comment poursuivre.

— Je me demandais… Aurais-je dû tenter la position de Walcher bien plus tôt ? Est-ce que cela aurait abrégé le travail de la mère – assez en tout cas pour lui épargner un choc cardiogénique ?

— Pas nécessairement. Si elle n'était pas prête, ça n'aurait rien changé. De toute façon, il est inutile de ruminer et d'avoir des regrets au beau milieu d'une pandémie.

J'opine en silence, quand une tache marron sur son col attire mon attention. A-t-elle conscience de s'être salie ? Je note le luxueux manteau de fourrure drapé sur le dos de la chaise qui sert de support au gramophone. Et la couverture d'hôpital et l'oreiller laissés par terre, derrière le bureau. Ce médecin philanthrope campe-t-elle ici comme une clocharde ?

Le Dr Lynn suit mon regard.

— Je ne peux guère rentrer chez moi dans les circonstances actuelles, plaisante-t-elle.

— À cause de la grippe, vous voulez dire ?

— Et de la police.

Elle doit donc être au courant que des agents ont débarqué à l'hôpital pour l'arrêter. Sait-elle aussi que je les ai induits en erreur ? La question est trop embarrassante pour que je la pose.

— Depuis quelque temps, continue le Dr Lynn, je prends un taxi au lieu de mon tricycle quand je dois sortir.

Cette image m'arrache un sourire.

— J'essaie de me faire passer pour la veuve d'un officier en portant ce vêtement emprunté à une de mes amies qui a épousé un comte, enchaîne-t-elle avec un geste moqueur en direction de son manteau. Et je me force à boiter un peu de la jambe gauche.

Je ne peux retenir un éclat de rire. La situation m'évoque une scène burlesque dans un film.

Je redeviens vite sérieuse cependant.

— Si ce n'est pas indiscret… c'est vrai ? Pas le fait que vous boitiez, bien sûr.

— Qu'est-ce qui est vrai ?

Va-t-elle m'obliger à lui demander clairement pour quelle raison elle est recherchée ?

Mais elle devine où je veux en venir et secoue la tête.

— Pas cette fois. Tout ce que nous avons fait au printemps dernier, mes compagnons du Sinn Féin et moi, c'est protester contre le plan qui vise à étendre la conscription en Irlande. Ce prétendu complot allemand a été inventé de toutes pièces pour justifier notre arrestation par la police, et le résultat est que presque tous mes camarades sont retenus depuis, sans aucun motif, dans des prisons britanniques.

Est-il possible que cette histoire de trafic d'armes avec l'Allemagne soit un mensonge ? Mais le Dr Lynn n'a pas nié sa participation à l'insurrection de 1916, j'ai donc tendance à la croire lorsqu'elle professe son innocence.

Une autre pensée me traverse l'esprit. Si vraiment elle tente d'échapper aux forces de l'ordre en faisant profil bas dans son dispensaire ou en ne recevant que des patients privés en consultation, pourquoi diable a-t-elle accepté ce remplacement dans un grand hôpital où nous sommes tous des étrangers pour elle, et où beaucoup d'employés – à commencer par Groyne – seraient ravis de voir des policiers lui passer les menottes et l'embarquer ? Sauf que… même Groyne doit bien reconnaître que nous manquons cruellement de médecins compétents.

— Je les ai envoyés promener cet après-midi. Je veux parler des deux agents qui vous cherchaient.

— Ah oui ? Merci beaucoup.

Elle me surprend en me tendant la main. Une main ferme et chaude dans la mienne.

— Ils reviendront peut-être demain, dis-je, paniquée. Vous n'êtes pas en sécurité ici.

— Oh, ma chère, je ne le suis nulle part. Seulement, comme on dit, à chaque jour suffit sa peine.

Je devrais avoir déjà regagné mon service, mais je ne peux me décider à partir. Sur le bureau, une photo encadrée la montre bras dessus, bras dessous avec une femme.

— C'est votre sœur ?

Elle me décoche un sourire en coin.

— Non, ma famille a malheureusement essayé de me faire déclarer folle quand j'ai été emmenée de force en Angleterre, et aujourd'hui encore ils refusent que je rentre à la maison pour Noël.

— Je suis désolée.

— C'est Mlle Ffrench-Mullen, sur la photo. La chère amie chez qui j'habite… enfin, quand je ne campe pas dans des débarras. Nous nous sommes rencontrées en participant aux opérations de secours montées pour les réfugiés belges au début de la guerre, et elle finance mon dispensaire.

Manifestement, le Dr Lynn ne fait rien comme tout le monde. Mais je mesure soudain mon indiscrétion et marmonne un merci en me dirigeant vers la porte.

— Est-ce que le bébé a pris le sein ?

— Oh, oui, très bien même.

— Tant mieux. Rien ne vaut le lait maternel, même si les femmes des quartiers pauvres n'en ont pas beaucoup à donner, dit-elle en soupirant. Ce bébé la sucera jusqu'à la moelle, et malgré ça il aura moins de chances de survivre à sa première année qu'un homme dans les tranchées.

J'en suis horrifiée.

— Vraiment ?

— La mortalité infantile à Dublin est de 15 %, réplique-t-elle gravement. Voilà à quoi ça mène de vivre dans les logements les plus humides et les plus surpeuplés d'Europe. Il y a une telle hypocrisie de la part des autorités à prêcher l'hygiène à des gens forcés de subsister comme des rats dans un sac. Chaque année, des bataillons de nouveau-nés fragiles viennent au monde sans aucune défense contre la dysenterie, la bronchite, la syphilis, la tuberculose… et le taux de mortalité chez les enfants illégitimes est bien plus élevé encore.

Je songe aux bébés de Honor White. La différence entre eux et celui de Mary O'Rahilly ne peut guère être qualifiée de physiologique. Les nourrissons nés hors mariage ne doivent trouver que très peu de personnes prêtes à se battre pour les maintenir en vie.

Le Dr Lynn s'enflamme de plus en plus :

— Ah, l'asthénie constitutionnelle, comme disent les classes aisées en se lamentant. Mais peut-être que les gamins des quartiers pauvres ne seraient pas si faibles si on leur donnait du bon lait et de l'air frais !

Je me sens malmenée, mais aussi ébranlée par sa ferveur.

Elle incline la tête sur le côté en semblant me jauger.

— Dans notre proclamation, il y a un passage qui me tient particulièrement à cœur : « Chérir également tous les enfants de la nation. »

Je me raidis devant cette allusion au manifeste que les rebelles ont placardé dans toute la ville il y a deux ans pour annoncer leur république imaginaire. Je me souviens en avoir parcouru rapidement un exemplaire (dont la partie inférieure avait été arrachée) sur un réverbère tordu. Je lui réponds avec brusquerie :

— Mais de là à fonder cette nation sur la violence ?

— Voyons, Julia Power, y en a-t-il une seule qui ait été fondée autrement ? Soyez franche, ajoute-t-elle en levant les mains en l'air, me considérez-vous comme quelqu'un de sanguinaire ?

Des larmes me brûlent les yeux.

— C'est juste que ça me dépasse qu'un médecin ait pu prendre les armes. Près de cinq cents personnes sont mortes.

Elle ne se vexe pas et me regarde bien en face.

— Le problème est là : elles seraient mortes de toute façon, mais de pauvreté plutôt que sous les balles. La manière dont cette île perdue est gouvernée tient du massacre à petit feu. Si on continue à ne rien faire, nous aurons tous les mains sales.

La tête me tourne.

— Je n'ai pas de temps à consacrer à la politique, dis-je faiblement.

— Oh, mais tout est politique, vous savez.

Je baisse les yeux.

— Je ferais mieux de rejoindre mon service.

— Dites-moi, votre frère, le soldat… Il est rentré ?

Sa question me prend au dépourvu.

— Oui, Tim vit avec moi. Mais il… n'est plus comme avant.

Elle attend la suite.

— Il est muet, en fait. Pour le moment. D'après le psychologue, il devrait se remettre tôt ou tard.

Ce n'est pas tout à fait un mensonge, seulement une exagération.

Elle fait la moue.

— Quoi ? dis-je d'un ton accusateur. Vous ne le croyez pas ?

— Je n'ai jamais rencontré votre frère, mademoiselle Power, mais s'il est allé en enfer et qu'il en est revenu, comment pourrait-il ne pas en garder des séquelles ?

Si bienveillantes soient-elles, ses paroles m'anéantissent. Je suis celle des deux qui le connaît, et je ne peux nier qu'elle a raison. Je devrais l'accepter, je ne retrouverai sans doute jamais le Tim d'autrefois.

Je me dirige vers la porte.

Au même instant, le Dr Lynn tourne la manivelle du gramophone.

Ce n'est pas une mélodie à proprement parler. Une femme chante, d'abord d'une voix très mélancolique, accompagnée par des instruments à cordes, puis elle gagne en puissance, comme un lent feu d'artifice.

— Ça s'appelle « Liebestod », dit le Dr Lynn sans que j'aie rien demandé. Un chant d'amour et de mort.

— L'amour de la mort ?

— Non, l'amour et la mort en même temps. Elle chante sur le corps de son bien-aimé.

Je n'ai jamais rien entendu de pareil. Le son s'amplifie, encore et encore, puis la voix va decrescendo, et les instruments à leur tour se taisent au bout d'un moment.

Dans l'escalier, je sens mes jambes flageoler. Mon demi-bol de porridge doit remonter à trop loin. À ce stade, déserter mes patientes quelques minutes de plus ne risque guère de changer quoi que ce soit, je me dépêche donc de descendre à la cantine au sous-sol et de charger un plateau.

— Regardez-moi ça ! s'exclame Bridie à mon retour.

Pour un peu, on croirait que je lui sers un festin.

— Tout s'est bien passé en mon absence ?

— Aucun souci.

— Bon travail, dis-je en répétant les paroles du Dr Lynn.

Aucune des patientes n'a faim, à l'exception de Delia Garrett, qui prend un peu de pain et de jambon. Bridie, elle, avale une assiette de ragoût, et je réussis pour ma part à manger un peu de bacon et de chou.

— Laissez ce pain, Bridie, il y a de la moisissure dessus.

— J'ai un estomac en fer forgé, m'assure-t-elle en l'engloutissant.

— Je suis désolée…

C'est Honor White qui nous interpelle. L'instant d'après, elle est secouée par une grosse quinte de toux.

Je me lève en m'essuyant la bouche.

— Qu'y a-t-il, madame White ?

— J'ai peur d'avoir mouillé mon lit.

— Ne vous inquiétez pas, ça pourrait arriver aussi à un évêque. Venez, Bridie, nous allons changer ses draps.

Mais la tache sur celui du dessous ne dégage pas l'odeur âcre habituelle de l'urine. Plutôt quelque chose de doux, presque comme du lait.

Je vérifie sa fiche, qui me confirme que le bébé n'est pas censé naître avant fin novembre. Mince, encore un accouchement prématuré. Je ne peux retenir une pensée égoïste et puérile : *Il n'y a pas moyen de rester tranquille cinq minutes ?*

— Je crois que vous avez perdu les eaux, madame White.

Elle ferme les yeux et serre convulsivement son rosaire entre ses mains.

— Ça ne va pas recommencer ! proteste Delia Garrett en roulant sur le côté et en rabattant son oreiller sur sa tête.

J'aimerais tant qu'on ait un autre endroit où installer cette pauvre femme…

Je m'adresse à Honor White.

— Vous êtes en avance de quelques semaines, mais ne vous en faites pas.

Je palpe son abdomen. Les fesses du fœtus sont en haut, comme il se doit. Seulement, au lieu de trouver l'arc dur de sa colonne vertébrale, mes doigts s'enfoncent dans un creux avant d'atteindre la tête. Il est tourné vers le ventre de sa mère. C'est assez fréquent en fin de grossesse, et cette position peut expliquer pourquoi la poche des eaux s'est rompue si tôt. Avec un peu de chance, il aura pivoté le temps que Honor White soit amenée à pousser. Le risque, sinon, est que cela induise un travail long et douloureux, une mauvaise déchirure, voire (dans le pire des cas) un recours au forceps…

Je prends le stéthoscope obstétrical et le déplace sur le ventre de ma patiente jusqu'à ce que je perçoive des battements ténus, mais pleins d'allant, en bas de son flanc droit.

— Les choses avancent bien. Je vais juste me laver les mains et voir où nous en sommes avant qu'on refasse votre lit.

Mais d'abord, je lui apporte un bassin hygiénique afin qu'elle vide sa vessie et ses intestins. Puis je la fais allonger sur ses draps trempés. Elle écarte les jambes sans un mot.

Je tiens à m'assurer qu'il n'y a pas de prolapsus du cordon ombilical, c'est-à-dire qu'il n'a pas commencé à sortir avant le bébé – le risque étant qu'il soit alors comprimé par le crâne. À mon grand étonnement, le col de Honor White est déjà complètement dilaté. Ma main gantée le détecte à peine. Je m'en veux de ne pas l'avoir examinée plus tôt.

— Avez-vous des contractions, madame White ?

Elle acquiesce en toussant.

— Où ça ? Dans le dos ?

Nouveau hochement de tête.

— Depuis combien de temps ?

Un moment.

— Vous auriez dû me le dire.

Sa mine reste impassible.

— Bien ! Vous avez déjà fait une bonne partie du travail.

Vous êtes presque prête à pousser, aurais-je ajouté si son fœtus avait été en position antérieure.

Un médecin donnerait d'habitude une dose de morphine à la mère et nous croiserions les doigts pour que ses contractions finissent par retourner le bébé dans son sommeil, mais Honor White n'en voudra jamais, et de toute façon nous n'avons plus le temps.

Si au moins l'enfant se présentait par le siège, je tenterais peut-être de le faire rouler sur lui-même en exerçant des pressions sur le ventre de sa mère. Là, le mieux est de jouer sur la gravité. Je demande à Honor White de se lever et de s'asseoir sur une chaise.

— Penchez-vous en avant, s'il vous plaît, madame White. Les mains sur les genoux.

Bridie m'aide à lui enfiler une chemise de nuit propre, puis à changer les draps – le tout comme si nous avions toujours fait ça ensemble.

Du coin de l'œil, je vois Honor White retenir son souffle et devenir écarlate.

— Ne poussez pas encore, madame White !

Elle relâche l'air de ses poumons en toussant.

— C'est à cause de votre bébé, dis-je. Sa tête fait pression sur vous de telle sorte que vous avez l'impression d'être prête à accoucher.

Elle réprime un grognement.

Bridie s'emploie pendant ce temps à ramasser les draps souillés.

— Une fois que vous aurez balancé ça dans la trappe de la buanderie, dis-je, pourriez-vous aller voir le Dr Lynn et la prévenir que nous avons un cas de présentation postérieure persistante avec Mme White et que son col est presque entièrement dilaté ?

Elle se répète ces mots tout bas pour les mémoriser.

— Dites-lui seulement ça : postérieur.

Elle hoche la tête et sort en courant.

Maintenant que je l'observe plus attentivement, je remarque que les traits de Honor White se tordent à l'approche d'une nouvelle contraction. Une quinte de toux déchirante la plie en deux – si violente que je lui tends le crachoir. Elle y rejette une substance sombre.

Mary O'Rahilly a les yeux brillants de sollicitude.

— Si je peux me permettre, madame White, j'ai trouvé que le chloroforme soulageait beaucoup.

Pas de réponse.

— Vous ne voulez pas prendre l'inhalateur, rien qu'une minute, au moins pour apaiser votre toux ? Vous garderiez plus de forces pour pousser, comme ça.

Mais Honor White refuse farouchement.

Elle m'inquiète, celle-là. Je la croyais juste du genre stoïque, mais peut-être qu'elle s'impose ces douleurs dans un sinistre esprit de pénitence, afin d'expier ce que les religieuses ont nommé son « second écart de conduite », sa « seconde faute ». Il m'arrive d'être appelée auprès de malheureuses qui ont commencé à accoucher chez elles sans aucune aide, et cela tourne souvent mal. Comme si leur isolement sapait toute leur énergie. Et cela ne concerne pas que les mères célibataires. J'ai rencontré un jour une femme de près de 50 ans, si gênée de se retrouver de nouveau enceinte à son âge qu'elle n'en avait parlé à personne, pas même à son mari : elle est entrée dans cet hôpital sur un brancard, avec un petit pied qui sortait d'elle, et Mme Finnigan et moi avons passé une longue nuit éprouvante à les sauver, son enfant et elle.

— Maintenant, madame White, levez-vous et appuyez-vous contre le lit en balançant les hanches.

Ma requête semble la déconcerter.

— Allez-y, c'est pour que votre bébé se tourne dans la bonne position.

Elle m'obéit, cette fois, et entame une danse lente et incongrue en oscillant face au mur.

Un cri chevrotant s'élève soudain du berceau de la petite O'Rahilly.

Je la prends dans mes bras et montre à sa mère comment la changer.

— Elle a fait tout vert !

— C'est comme ça, au début.

— Beurk, dit-elle tendrement.

— Comment allez-vous appeler votre fille, M. O'Rahilly et vous ?

— Peut-être Eunice, en hommage à ma tante.

— Joli prénom, dis-je sans le penser.

Peu après, nous remettons la petite Eunice au sein.

Revenue sans bruit dans la salle, Bridie frotte le dos de Honor White – laquelle ne lui prête aucune attention, mais ne la rejette pas non plus.

— Elle a les jambes qui tremblent, c'est impressionnant ! me signale Bridie.

— Est-ce que je ne peux pas juste m'allonger et pousser ? demande Honor White.

— Hélas, non.

Je palpe encore son ventre en quête du moindre signe indiquant une rotation du fœtus.

— Le médecin ne devrait pas tarder, dis-je.

*S'il vous plaît, mon Dieu, faites que le Dr Lynn arrive à temps pour l'accouchement. Que se passera-t-il si jamais le crâne du bébé reste coincé dans le bassin de sa mère sans que je puisse rien faire pour les sauver l'un de l'autre et les arracher à cet enfer partagé ?*

Delia Garrett tient son magazine en écran devant ses yeux.

— Madame White, on va essayer autre chose. Mettez-vous à quatre pattes sur le lit.

— Comme un chien ? s'offusque Mary O'Rahilly.

Mais Honor White grimpe déjà sur le matelas en s'appuyant sur le bras maigre de Bridie et recommence à osciller d'avant en arrière avec rage.

— Oh, oh, il faut que je…

— Laissez-moi regarder. Ne bougez pas.

Je fonce me laver les mains, enfile des gants et asperge Honor White de lotion désinfectante. Un nouvel examen interne m'apprend que le col de l'utérus s'est totalement effacé.

— S'il vous plaît !

Même si le fœtus est toujours tourné vers son ventre, je ne peux pas m'opposer à son besoin de pousser. Du moment que l'arrière du crâne ouvre la voie et que le bébé a la tête bien baissée, elle devrait pouvoir accoucher maintenant, non ?

— Très bien, allongez-vous sur le côté gauche et allez-y.

Je prie pour que la nature opère un de ces miracles de dernière minute auxquels on assiste parfois, quand soudain, enfin, le fœtus pivote glorieusement sur lui-même avant d'émerger en pleine lumière.

Honor White se laisse retomber sur le lit, la tête près du mur, comme une martyre.

— C'est bien, madame White. Courage.

Sa température n'a pas augmenté. Le pouls est juste un peu trop rapide, et faible aussi. Je m'apprête à écouter les battements de cœur du fœtus en quête d'un éventuel signe de détresse, quand une contraction arrache une plainte à la jeune femme.

— Baissez le menton, retenez votre souffle et poussez un bon coup.

Je vois tous ses muscles se raidir et la douleur la traverser de part en part.

— Sentez-vous libre de faire du bruit, madame White.

Elle m'ignore complètement.

J'enroule une serviette autour du barreau supérieur de la tête de lit pour qu'elle puisse tirer dessus. N'étant pas dans le bon sens, elle ne peut prendre appui sur rien avec ses pieds, mais je n'ai pas envie de lui faire changer de position maintenant. Quelle plaie que cette fichue pièce mal équipée !

Un couinement s'élève lorsque Bridie arrive avec un deuxième berceau.

— Pour quand on en aura besoin, dit-elle.

— Mon Dieu, soutenez-moi, marmonne Honor White. Aidez-moi. Sauvez-moi.

Une tache s'élargit autour de sa hanche. Il est tout à fait habituel que les parturientes aient des pertes marron, mais celle-là est rouge vif.

Son regard suit le mien.

— Je suis en train de mourir ?

— Oh, un accouchement n'est jamais quelque chose de très propre.

Le temps que le Dr Lynn déboule dans le service, l'hémorragie s'est nettement aggravée.

Je lui fais un rapide compte rendu de la situation.

— Trente-six semaines, c'est seulement une de moins qu'il n'en faut au fœtus pour ne pas être considéré comme prématuré, déclare-t-elle. Les poumons devraient être bien formés. Et la plupart des contemplateurs d'étoiles naissent sans aucune aide extérieure.

— Les contemplateurs d'étoiles ?

C'est Bridie qui a posé la question.

— Les enfants avec la tête en bas, mais face au ventre de leur mère, comme s'ils observaient le ciel, dis-je.

— C'est le pouls de cette femme qui me préoccupe, enchaîne le Dr Lynn. Ça, et aussi cette hémorragie. Il est fort probable que le placenta soit déjà en train de sortir.

Honor White subit un examen interne de plus en silence.

Le médecin retourne ensuite se laver les mains.

— Vous avez fait tout ce qu'il fallait, madame White, mais nous allons vous accoucher sans plus attendre. Le forceps, s'il vous plaît, mademoiselle Power.

J'en ai le ventre noué.

— Le long ou le court ?

— Le long.

Cela m'annonce une mauvaise nouvelle : la tête du fœtus n'est pas beaucoup descendue dans le bassin.

Bridie nous fixe avec des yeux ronds, mais je n'ai pas le temps de lui expliquer.

Je vais chercher le forceps d'Anderson, celui aux poignées ergonomiques surmontées d'un trou de préhension, ainsi qu'un flacon d'acide phénique, un scalpel, des ligatures, des ciseaux, des linges, une aiguille et du fil. Puis je remplis une seringue d'hydrochlorure de cocaïne.

J'ai déjà vu des femmes gravement blessées par cet instrument, et des nourrissons aux crânes enfoncés ou broyés, handicapés moteurs à vie. *Ne pense pas à ça.*

Pendant que je m'affaire, le Dr Lynn demande à Honor White de s'allonger sur le dos.

— Attendez !

Une veine gonfle sur la tempe de la jeune femme. Agrippée à sa serviette, elle pousse une fois de plus.

— Vous êtes prête, maintenant ?

Elle acquiesce en toussant à s'en arracher les poumons.

— Comme elle refuse qu'on lui donne du chloroforme, je vous ai préparé de quoi l'anesthésier localement, docteur.

Je maintiens les jambes de Honor White immobiles le temps que le Dr Lynn lui injecte la seringue d'hydrochlorure de cocaïne dans les parties intimes.

Une fois la zone insensibilisée, elle incise le périnée. Travaillant vite pour devancer la contraction suivante, elle enfonce jusqu'au bout la première branche plate du forceps et la positionne contre le crâne du fœtus. Puis la seconde.

Honor White ne peut réprimer un cri.

Le sang coule de plus en plus, et je me demande comment le médecin peut voir ce qu'elle fait au milieu de tout ça. C'est là le paradoxe du forceps : si on ne sort pas très rapidement le bébé, l'instrument peut amplifier une hémorragie.

*Plus vite, plus vite.*

Le Dr Lynn clipse les deux pinces ensemble.

Honor White se tord de douleur.

Je l'aide à se redresser un peu afin qu'elle puisse reprendre son souffle et j'essuie la sécrétion catarrheuse sur ses lèvres.

— Tout doux, murmure le Dr Lynn en se parlant à elle-même.

Pendant qu'elle continue à manipuler les horribles pinces, je me place derrière la patiente pour l'empêcher de bouger, alors même que la tache rouge sur ses draps ne cesse de s'étendre.

— Seigneur Jésus, halète Honor White.

Le Dr Lynn se relève et me jette un regard préoccupé en secouant la tête.

— Je ne peux pas l'atteindre.

Elle retire le forceps d'un bloc et le dépose sur un plateau.

— Si on essayait l'ergotoxine pour accentuer les contractions ? Mais ses effets sont si imprévisibles...

Je ne l'ai jamais vue si indécise. Embarrassée, je saisis le poignet de Honor White. Vingt-six pulsations en quinze secondes, soit 104 à la minute. Ce qui m'inquiète, moi, ce n'est pas la rapidité, mais la faiblesse de son pouls, semblable à une musique à peine audible sous mes doigts.

Je me penche plus bas pour entendre ce qu'elle chuchote :

— *Même si je marche dans la sombre vallée de la mort, je ne crains aucun mal, car Tu es avec moi.*

Sa joue grisâtre est toute moite contre le dos de ma main.

— Vous sentez-vous nauséeuse, madame White ?

J'ai l'impression qu'elle acquiesce, mais je n'en suis pas sûre.

— Sa pression artérielle est en train de chuter, docteur.

En clair, elle risque de perdre connaissance à tout instant.

Le Dr Lynn reste pétrifiée. Pour une fois, elle a l'air de ne pas savoir quoi faire.

— Dans ce cas, dit-elle, je doute que du sérum physiologique soit suffisant. Mme White a besoin de sang, mais les stocks de l'hôpital sont au plus bas. Pensez-vous qu'il y ait des donneurs dans l'établissement ?

Des « veinards », comme on dit en plaisantant.

— Toutes les infirmières figurent sur le registre, docteur. Je vais le faire.

— Oh, mais...

— Je suis là, et vous n'aurez même pas à vérifier que nous sommes compatibles, puisque j'appartiens au groupe O.

Une donneuse universelle. Son visage s'illumine à ces mots.

Je fonce chercher un kit stérile.

Derrière moi, la toux de Honor White déchire le silence.

— Continuez à pousser si vous en êtes capable, lui conseille le Dr Lynn.

La jeune femme obéit en grognant. Son lit n'est plus qu'une mare de sang.

Je prépare mon bras gauche en faisant une dizaine de grands moulinets avec – le tout sous le regard perplexe de Bridie, qui m'observe comme si elle était témoin de quelque rituel mystérieux.

Je vérifie l'état de mes autres patientes. Mary O'Rahilly parvient sans que je sache comment à dormir, mais pas Delia Garrett.

— Que diable...

— Nous allons lui transfuser du sang, lui dis-je d'un ton aussi désinvolte que si je faisais ça tous les jours.

Il n'y a pas de place pour mettre une chaise près du lit de Honor White, je m'assois donc au bord du matelas et déboutonne ma manchette d'une main tremblante. Je n'ai pas peur, je suis juste excitée à l'idée de pouvoir fournir exactement ce qu'il nous faut.

— Madame White, annonce le Dr Lynn d'une voix forte, je vais vous donner un demi-litre du sang de Mlle Power.

Pas de réaction. A-t-elle déjà tourné de l'œil ?

Je reprends son pouls.

— Il est monté à 115, docteur.

Ce qui est normal, son cœur bat plus vite en réaction à son hémorragie.

— Bridie, dit le médecin. Un verre d'eau pour Mlle Power.

Je me retiens de protester. *Ne perdez pas de temps.* Mais je suis une patiente à présent, alors je me tais.

Parce qu'elle va avoir besoin d'une artère pour disposer d'un flux plus important et faire passer ainsi le sang plus vite dans le corps de la jeune femme, je lui tends la face interne de mon poignet en espérant qu'elle saura localiser le pouls radial profond.

Elle refuse cependant.

— Non, non, ces petites artères font un mal de chien, et il y a un risque d'embolie derrière.

— Ça ne me dérange pas...

— Vous êtes trop indispensable pour qu'on mette votre vie en danger. Et puis j'ai lu un article qui expliquait qu'une transfusion de veine à veine aidée par la gravité pouvait faire l'affaire en dernier recours.

En dernier recours. En sommes-nous là ? Et n'a-t-elle vraiment jamais testé cette technique ?

Elle fait glisser sa main dans le creux de mon coude. Après avoir trouvé la meilleure veine, elle appuie dessus à plusieurs reprises.

Je détourne les yeux et bois l'eau que Bridie m'a apportée. Bizarrement, je deviens une petite nature dès que c'est moi qui dois subir une piqûre.

Le Dr Lynn ne s'y prend qu'à deux fois avant d'enfoncer l'aiguille comme il faut, ce qui n'est pas un mince exploit de la part d'un médecin. Dès que le liquide rouge sombre afflue dans la seringue, elle ferme la valve fixée au bout et, d'un geste rapide, enroule un bandage autour du dispositif pour le maintenir en place sur mon bras.

Mais Honor White a la tête renversée en arrière et les yeux clos. Est-il trop tard ? Une autre contraction s'empare d'elle, horrible à voir – c'est comme si un monstre invisible secouait son corps inerte sur une bière écarlate.

— Dépêchez-vous !

Le Dr Lynn relie calmement ma canule à une autre aiguille et fait un garrot à Honor White afin que ses veines se détachent en relief. En vain. Elles restent toutes plates.

Avec ma main droite, je vérifie son pouls. Il est à 120 à présent, et ténu.

Le médecin ne parvient toujours pas à trouver un endroit où piquer.

— Du chaud ?

Ma voix résonne dans la pièce, presque furieuse.

— Bridie, trempez un linge propre dans la casserole, voulez-vous ?

— Je l'ai presque, murmure le Dr Lynn.

Mais rien n'y fait, les veines de Honor White ne cessent de rouler sous ses doigts.

Quand Bridie m'apporte le linge, je le lui arrache avec ma main libre, le secoue en l'air deux ou trois fois pour libérer un peu de vapeur et éviter de brûler notre patiente, puis je le plie et le presse sur la face interne de son bras.

— Pouvez-vous le faire à ma place, mademoiselle Power ? dit le Dr Lynn.

Malgré l'urgence, je l'admire d'avoir su reconnaître que, dans le cas présent, toutes ses études et son expérience ne font pas le poids face à celles d'une infirmière.

Je m'empare de l'aiguille et retire le linge chaud. Là, sur la peau rosie, il y a une petite ligne bleue – un ruisseau dans un canyon. Je la tapote du bout du doigt. *Restez en vie, madame White.* Le fin vaisseau épuisé gonfle légèrement, juste de quoi me permettre d'y introduire l'aiguille.

Le Dr Lynn prend aussitôt le relais et enroule un autre bandage autour du bras de la jeune femme pour empêcher la canule de se détacher.

— Levez-vous, m'ordonne-t-elle.

Je bondis sur mes pieds.

À peine a-t-elle ouvert la valve que mon sang commence à s'écouler. Elle attrape ma main gauche et la pose en hauteur sur son épaule. Mon coude se bloque. Elle me presse le bras pour en extraire la vie et appuie si fort sur la chair au-dessus de l'aiguille que je réprime un cri de douleur.

Un brouhaha dans le couloir me fait sursauter. Se peut-il que la police soit de retour et qu'elle cherche toujours le Dr Lynn ?

Mais soit elle n'a rien entendu, soit elle a des nerfs d'acier. Je me rappelle son rang. Médecin-chef dans l'armée rebelle. Le bruit des balles sifflant à ses oreilles lui est familier.

— Je n'ai aucun moyen de mesurer ce que je vous prélève, mademoiselle Power, murmure-t-elle. Prévenez-moi tout de suite si vous vous sentez mal.

De ma main libre, je m'accroche à la tête du lit, au cas où. Pourvu que mon sang ne coagule pas. Nous n'avons pas le temps de le faire décanter et d'y ajouter du citrate de sodium pour le maintenir liquide, ni de changer une canule bouchée. *Coule, coule, cascade rouge. Ne t'arrête pas de couler vers le corps de cette femme. Ne nous oblige pas à lui ouvrir le ventre.* À cet instant, la mère et son petit avancent du mieux qu'ils peuvent « dans la sombre vallée de la mort ».

Est-ce une légère rougeur que je vois apparaître sur le visage crayeux de Honor White ?

Ses paupières papillonnent soudain, et elle lève les yeux vers moi.

— Tout va bien, ma chère, dis-je.

Ce n'est pas une vérité encore. Juste un espoir sous forme de mensonge.

— Vous ne devriez pas tarder à retrouver des forces.

Un cri rauque monte à ses lèvres.

Dans son berceau, la petite Eunice O'Rahilly commence à geindre.

Honor White tente de s'asseoir.

— Ne bougez pas, lui dit le Dr Lynn.

Mais elle s'agite et se débat.

J'appuie ma main droite sur l'aiguille plantée dans mon bras et, de l'autre, j'attrape la sienne pour l'empêcher d'arracher le tube qui nous relie.

— Madame White !

Va-t-elle convulser et connaître le même sort que la pauvre Ita Noonan ?

Non, ce n'est pas ça. Le teint rouge à présent, elle tremble et agrippe ses flancs comme s'ils allaient éclater. Puis elle se gratte le visage et le cou en respirant fort et en essayant de nous dire quelque chose. Des plaques d'urticaire apparaissent sur sa peau.

— Elle fait une réaction à la transfusion, marmonne le médecin avec rage.

Je suis consternée. J'ai entendu parler de ce phénomène, mais je n'en avais encore jamais été témoin.

Honor White laboure furieusement son corps en y imprimant des marques livides.

Le médecin tourne la valve d'arrêt et arrache le pansement de la jeune femme.

— Que se passe-t-il ? demande Bridie, qui a toutes les peines du monde à l'empêcher de bouger.

— Quelque chose dans son sang n'aime pas le mien, et pourtant je suis donneuse universelle, dis-je.

— Il y a toujours des exceptions, intervient le Dr Lynn. On ne pouvait pas le savoir.

Elle décroche la canule de l'aiguille plantée dans le bras de Honor White. Mon sang gicle par terre, désormais indésirable. Nocif.

Je libère mon propre bras et appuie fort sur l'orifice de ponction pour stopper le saignement.

Nous ne pouvons rien faire contre ces démangeaisons – c'est la façon dont le corps de Honor White tente de repousser cet intrus en lui, rien de plus. Elle souffle comme une tuberculeuse, et je mets toute mon énergie à la calmer et à lui dire d'inspirer à fond.

Debout devant l'évier, le Dr Lynn se lave les mains.

Dans un moment pareil, qu'est-ce qui lui prend de faire ça ?

Puis je me rends compte que nous n'avons plus pour seul espoir que de sortir ce bébé avant que sa mère succombe à son hémorragie.

— Vous trouverez un forceps stérile sur...

— Je le vois.

Bridie et moi plaquons Honor White sur son lit pendant que le Dr Lynn introduit la première pince.

La jeune femme hurle.

Puis l'autre pince.

— C'est bon, murmure le médecin.

Les yeux perdus dans le vague, elle resserre sa prise sur le forceps et passe son index dans le trou au-dessus de l'articulation.

— Poussez un grand coup, dis-je à Honor White, alors qu'elle n'a même pas l'air de pouvoir soulever sa tête.

Qui suis-je pour lui ordonner d'aller au-delà de ses forces ?

— Vous voulez bien appuyer sur le fundus de l'utérus, mademoiselle Power ?

Je pose une main en haut des fesses de la jeune femme et guette une nouvelle contraction.

— Aaaahhhh !

— Doucement, doucement… Et voilà.

Sans se presser, le Dr Lynn guide la tête du bébé avec les pinces.

Des yeux s'ouvrent et se ferment, aveuglés par le sang qui ruisselle sur eux. Des yeux tournés vers le ciel. *Comme pour contempler les étoiles.*

Cet enfant va-t-il se noyer dans le sang de sa mère ? Je cherche frénétiquement un linge propre autour de moi et lui essuie le nez et la bouche.

— Attendez, dit le Dr Lynn. Une dernière poussée.

Je me positionne derrière Honor White et la redresse un peu pour l'aider à respirer.

— Je vous jure que ce sera bientôt terminé.

*D'une façon ou d'une autre.*

Elle s'agite vaguement. Écarquille les yeux. Puis tousse avec un bruit déchirant. À la contraction suivante, elle s'arc-boute si fort contre les barreaux du lit qu'ils s'enfoncent dans mes côtes.

Le bébé sort tout entier, cette fois.

— Bien joué !

— Félicitations, madame White, dit le Dr Lynn. Vous avez un fils.

Je tends une couverture vers elle pour qu'elle le dépose dessus.

Spontanément, l'enfant se met à crier.

Au début, je pense que le forceps lui a entaillé la bouche, mais je reconnais ensuite la petite ligne bizarre : un bec-de-lièvre.

Cela étant, il a une taille tout à fait correcte si on considère qu'il est né quelques semaines avant terme, et sa peau a une teinte rassurante.

Le Dr Lynn s'emploie de son côté à stopper l'hémorragie de la mère en lui massant le haut du ventre, afin d'inciter son utérus à rejeter le placenta.

Le cordon cesse bientôt de pulser, signe que le bébé ne pourra rien lui soutirer de plus. Après avoir demandé à Bridie de m'apporter le matériel que j'avais préparé sur un plateau, je le ligature à deux endroits et le coupe.

— Pourriez-vous faire chauffer un demi-litre de sérum physiologique, mademoiselle Power ? dit le médecin.

J'emmaillote l'enfant dans une serviette, le couche dans son berceau et charge Bridie de le surveiller.

— Prévenez-moi s'il vous donne l'impression de s'étrangler ou s'il change de couleur.

Je me dépêche ensuite de verser du sel dans un flacon d'eau chaude. Lorsque je rejoins le Dr Lynn, elle a déjà fixé une nouvelle canule au bras de Honor White. J'accroche le flacon en hauteur sur un pied à perfusion pour faciliter la pénétration du soluté dans son corps.

La jeune femme a le teint moins rouge et elle a cessé de se gratter, mais elle n'a plus aucune force. Quel autre dégât mon sang a-t-il fait ?

— *Sainte Marie, mère de Dieu, priez pour nous, pauvres pécheurs, maintenant et à l'heure de notre mort*, chuchote-t-elle. *Amen.*

— Et voilà le placenta. Excellent.

L'organe jaillit du ventre, suivi d'un énorme caillot de sang.

Le Dr Lynn le soulève et s'assure qu'il y a bien tout, avant de le jeter dans une bassine.

Je prends le pouls de Honor White. Il est toujours trop rapide et trop faible, comme une macabre danse aérienne.

— Du fil de suture, s'il vous plaît, mademoiselle Power.

Je lave mes mains tremblantes et prépare une aiguille pour le Dr Lynn, qui recoud posément la petite incision pratiquée dans le périnée.

— Votre bras, Julia ! s'exclame Bridie.

Un filet de sang s'écoule du creux de mon coude.

— Ce n'est rien.

Elle court chercher un bandage.

— Ce n'est pas grave, Bridie, laissez ça.

— Permettez-moi...

Avec des gestes maladroits, elle entreprend de panser mon bras, mais le résultat est trop lâche.

Au cours du quart d'heure suivant, l'hémorragie de Honor White s'estompe sous nos yeux. Oh, quel lent et douloureux soulagement c'est de voir ça. Petit à petit, son pouls se stabilise et redescend en dessous de 100. Sa respiration se fait moins rapide, elle aussi. Elle peut de nouveau hocher la tête et parler, mais je ne saurais dire si cela est dû au sérum physiologique, à la miséricorde divine, ou tout simplement à la chance.

Je donne au bébé son premier bain, avec l'aide de Bridie. Comme elle attire le regard, cette petite fente sur sa lèvre, même si elle ne touche qu'un côté de la bouche et n'atteint pas la narine ! J'ai entendu dire que les Romains étaient si horrifiés par ces enfants qu'ils avaient coutume de les noyer. Mais le jeune White est en pleine forme. Il ne présente aucun signe de la grippe, et mon sang ne l'a a priori pas affecté, signe peut-être qu'il n'appartient pas au même groupe que sa mère. C'est drôle, quand même, de penser que tous deux ne faisaient qu'un il y a un quart d'heure seulement et qu'ils sont maintenant à jamais détachés l'un de l'autre.

— Il n'est pas tout à fait terminé, on dirait, observe Bridie.

— Vous voulez parler de sa bouche ?

— C'est peut-être parce que le docteur Lynn l'a sorti du four avant qu'il soit cuit ?

— Non, ce sont des choses qui arrivent, Bridie, lance le Dr Lynn par-dessus son épaule. C'est de famille, en général.

Surtout chez les pauvres, bien qu'elle se garde de le dire devant Honor White. À croire que les carences des mères s'impriment sur le visage de leurs enfants.

— Qu'est-ce qu'il a ? demande Honor White d'une voix rocailleuse.

— Vous avez un garçon en parfaite santé, madame White, dis-je. Il a la lèvre fendue, c'est tout.

Je lui tends le bébé emmailloté.

Ses yeux rougis semblent d'abord avoir du mal à distinguer la bouche de son fils. Puis elle se signe d'une main malhabile.

— Voulez-vous que je vous aide à vous asseoir afin que vous puissiez le prendre dans vos bras ?

Sa mine s'assombrit sur-le-champ.

Pour sa circulation, il vaut mieux qu'elle reste allongée, me fait doucement remarquer le Dr Lynn.

— C'est vrai, désolée.

J'aurais dû y penser.

J'offrirais bien à Honor White de poser l'enfant sur sa poitrine, mais peut-être que même ce léger poids l'empêcherait de respirer. Je le couche donc à ses côtés, presque tout contre elle, comme si elle le berçait. Sa tête duveteuse n'est pas loin de la sienne, et je me tiens prête à l'éloigner à la première quinte de toux.

Elle ne fait pas un geste pour l'embrasser. Seule une larme lui échappe et tombe dans le vide entre eux.

— *Bearna ghiorria*, murmure le Dr Lynn.

Je connais quelques mots de gaélique, mais pas cette expression.

— Qu'est-ce que cela veut dire, docteur ?

— Cela désigne un bec-de-lièvre. Ramenez-le ici dans un mois et j'arrangerai ça, madame White.

C'est gentil de sa part, mais elle n'a pas saisi la situation de Honor White en lisant son dossier médical. Cette femme et son enfant seront pris en charge – et placés sous bonne garde – au couvent tenu par les bonnes sœurs.

À moins qu'elle ne veuille juste être polie en s'adressant à elle comme à n'importe quelle autre mère ?

Je n'ai pas encore eu l'occasion de demander à Honor White si elle comptait allaiter son bébé, mais, de toute façon, il doit être incapable de téter avec cette bouche.

— Il va falloir le nourrir à la cuillère, n'est-ce pas, docteur ?

Elle réfléchit un instant.

— Eh bien, le palais est fermé, c'est déjà ça... Il arrivera peut-être à boire un biberon si vous y mettez une grosse tétine dans laquelle vous aurez incisé une croix. Mais tenez-le bien droit et veillez à ce que le lait ne s'écoule pas trop vite. Je vais dire à la maternité de vous envoyer leur préparation.

— Merci.

Je me rappelle que les becs-de-lièvre peuvent provoquer des otites et des troubles du langage. Mais ce n'est rien comparé à la manière dont les gens le fixeront, ou au contraire détourneront le regard, ou se moqueront de lui comme d'une marchandise endommagée. Je songe que d'ici une semaine ce petit sera renvoyé chez les religieuses avec sa mère et que tous les autres bébés au visage sans défaut seront adoptés avant lui. Finira-t-il par être confié à une inconnue en échange de quelques shillings, à l'image de ce que Bridie a vécu ? Cette mère d'accueil saura-t-elle, ou se souciera-t-elle seulement de le ramener ici pour qu'il soit opéré ? Ou bien deviendra-t-il en grandissant une proie facile pour toutes les brutes de son quartier ?

— Son anniversaire tombera le même jour que celui de Mlle Power, annonce Bridie. Oh, et que le mien aussi ! ajoute-t-elle en me regardant gaiement. Le 1er novembre, une date à marquer d'une pierre blanche.

— La fête de tous les saints, chuchote Honor White.

Je me demande si son cœur dévot se félicite que son fils soit né le jour où l'on célèbre l'Église triomphant au ciel.

Le Dr Lynn se redresse.

— Bien, tout semble en ordre. Bonne nuit à toutes.

Sur le pas de la porte, elle se retourne vers moi.

— Oh, j'ai failli oublier... Comment vous sentez-vous, mademoiselle Power ?

— Bien. Je lui ai à peine donné l'équivalent d'une tasse de sang.

— Tout de même, vous avez l'air épuisée. Dormez ici, cela vous épargnera un aller-retour jusque chez vous.

— Oh, mais...

— Savez-vous que, selon les bactériologistes, la fatigue rend moins résistant aux infections ?

Je cède en souriant.

— Très bien, docteur.

Nous n'avons pas le téléphone à la maison, mais Tim ne s'inquiétera pas – j'ai déjà été amenée à passer la nuit à l'hôpital.

Honor White a du mal à garder les yeux ouverts. Avant qu'elle s'endorme, je la nettoie, lui mets une ceinture abdominale et, vu qu'elle n'a pas l'intention d'allaiter, termine en lui bandant la poitrine – mais sans la serrer autant que Delia Garrett, afin de ne pas gêner sa respiration.

— Y a-t-il quelqu'un à qui vous aimeriez faire parvenir la bonne nouvelle ?

Un parent, une sœur, une amie, même. J'espère qu'elle me donnera un nom.

Mais elle secoue la tête. Ses paupières se referment et elle sombre dans le sommeil.

J'ai le tournis tout d'un coup, au point que je dois m'asseoir au bureau. Mon bras me fait aussi mal que s'il s'était pris dans des barbelés, un hématome commence d'ailleurs à apparaître.

Si seulement la perfusion avait été bénéfique, ou à défaut inoffensive pour elle. *Primum non nocere*. À la place, mon sang s'est transformé en poison et a failli la tuer.

Bridie me tend une tasse.

— Vous les avez sauvés tous les deux, vous savez.

— Merci, Bridie.

Je bois mon thé d'un trait. Au moins est-il sucré.

— Mais franchement, c'est le Dr Lynn qui les a sauvés avec le forceps.

— Pas du tout. J'ai tout vu et c'était grâce à vous deux.

À cet instant, j'ai envie de la serrer dans mes bras.

À nous trois, oui, je suppose qu'on les a maintenus en vie, mais ça ne suffit pas à me réconforter.

Puis une question me vient à l'esprit.

— L'autre jour... ou plutôt hier – est-ce seulement hier que j'ai rencontré cette jeune femme ? –, vous avez évoqué les bébés qui partent dans les égouts. Qu'est-ce que vous vouliez dire par là ?

Bridie hausse les épaules.

— Les foyers pour mères célibataires, les blanchisseries où sont exploitées les filles perdues, les orphelinats, les écoles industrielles, les maisons de correction, les prisons... Ce ne sont que les différentes parties d'une même canalisation, non ?

Des rats dans un tunnel inondé. Cette image me donne la nausée.

— Je viens de là, Julia, ajoute-t-elle tout bas, et je ne pense pas que j'en sortirai.

Je fais soudain un bond sur ma chaise. Masquée et drapée dans sa cape, sœur Luke nous regarde boire notre thé depuis le pas de la porte.

— Bonsoir, ma sœur, dis-je d'une voix éraillée.

Et c'est ainsi qu'une nouvelle journée s'achève.

Je l'informe des deux naissances survenues en son absence et lui répète les conseils du Dr Lynn sur la manière de nourrir le petit White :

— Tenez-le assis bien droit et donnez-lui à boire tout doucement, sinon il va s'étrangler.

À la fin, je m'étonne de voir que Bridie a disparu. Où est-elle passée ? Ça ne lui ressemble pas de filer sans un mot.

Mais je me ressaisis vite. Après tout, je ne la connais que depuis deux jours.

Sœur Luke effleure la petite bouche déformée du fils de Honor White en soupirant.

— Il a peu de chances de s'en sortir, celui-là, murmure-t-elle. Je ferai venir le père Xavier pour qu'il le baptise.

Je lui en veux d'être aussi défaitiste.

— Je suppose que vous n'avez pas été formée aux soins à apporter aux nouveau-nés, ma sœur ?

— Je maîtrise les fondamentaux, réplique-t-elle en pinçant les lèvres.

— Beaucoup de bébés se développent très bien en étant nourris au biberon, de nos jours, et celui de Mme White ne devrait pas faire exception à la règle.

— Ah, mais ce n'est pas cette malformation en elle-même qui aura raison de lui, à mon avis.

Baissant la voix, elle poursuit sur le ton du commérage :

— Nos sœurs qui travaillent avec les malheureux me disent que ces enfants-là ont en général plus d'une faiblesse héréditaire.

Je comprends que par « ces enfants-là », elle ne veut pas parler de ceux affligés d'un bec-de-lièvre, mais de ceux nés illégitimes.

— Ils ne vivent souvent pas très longtemps, les pauvres, comme s'ils se savaient non désirés…

J'aimerais tant lui rétorquer qu'elle se trompe, mais le Dr Lynn n'a-t-elle pas cité une statistique similaire sur la mortalité de ces bébés ?

Je m'écarte d'elle et prends mon manteau.

— Je passerai la nuit dans le dortoir des infirmières, ma sœur.

Je ne précise pas que le médecin me l'a conseillé parce qu'elle craignait que je ressente les effets de mon don de sang. Je n'ai pas envie qu'elle mette en doute mes capacités physiques.

— N'hésitez pas à faire descendre une sage-femme de la maternité si Mme White vous inspire la moindre inquiétude, ou si Mme O'Rahilly a besoin d'aide avec sa fille.

Sœur Luke acquiesce calmement.

Je déteste avoir à lui confier mes patientes.

— Bonsoir, madame White. Madame O'Rahilly. Madame Garrett.

Je marque une pause et jette un dernier regard au petit White et à sa lèvre retroussée, dont la forme m'évoque un pois de senteur. Puis je m'en vais.

# IV

# NOIR

Dans le couloir, je repère la chevelure flamboyante de Bridie. M'attend-elle ?

Son fin manteau plié sur le bras, elle lit la dernière affiche des autorités.

LE GOUVERNEMENT A LA SITUATION<br>BIEN EN MAIN<br>ET L'ÉPIDÉMIE RECULE.

IL N'Y A PAS DE VÉRITABLE RISQUE<br>HORMIS POUR LES IMPRUDENTS<br>QUI TENTENT DE COMBATTRE LA GRIPPE<br>EN CONTINUANT À TRAVAILLER.

SI VOUS SENTEZ QUE VOUS ÊTES MALADE,<br>SIGNALEZ-VOUS<br>ET OBSERVEZ UN REPOS DE DEUX SEMAINES.

SERAIENT-ILS MORTS S'ILS ÉTAIENT<br>RESTÉS AU LIT ?

— Julia, murmure-t-elle sans tourner la tête, c'est vrai, tout ça ?

— Quel passage, au juste ? Celui qui reproche aux défunts d'être morts ?

Mais le plus risible à mes yeux est de demander aux gens de se reposer pendant deux semaines. Qui a les moyens financiers ou la capacité de faire ça sans un bataillon de domestiques ?

— Non. Celui où ils disent que l'épidémie recule.

— C'est de la propagande, Bridie. Des mensonges du gouvernement.

Elle ne paraît pas surprise.

— Comme dans la chanson, dit-elle.

— Quelle chanson ?

Elle rejette la tête en arrière et entonne un couplet à pleins poumons, alors même que nous sommes sur un palier où une foule de soignants vont et viennent en nous bousculant.

*So stand to your glasses, steady*
*This world is a web of lies.*
*Then here's to the dead already,*
*And hurrah for the next one who dies*[1].

Plusieurs personnes se retournent vers nous.

Je ris doucement.

— Elle est entraînante, celle-là.

— La mélodie l'est, en tout cas.

— Vous avez une jolie voix, Bridie.

Elle balaie mon compliment en soufflant fort.

— Je le pense vraiment. Maintenant, dites-moi, pourquoi avez-vous détalé quand sœur Luke est arrivée ?

Elle lorgne la porte du service.

— Pour que cette vieille chouette ne puisse pas m'ordonner de rentrer directement au couvent, « sans traînasser ni paresser ».

---

1. « Soyez prêts à lever vos verres/Ce monde est un tissu de mensonges/Alors buvons à ceux qui sont déjà sous terre/Et hourra au prochain qui trépassera. »

Son imitation de la religieuse me fait sourire.

— Où comptez-vous aller ?

— Nulle part si vous ne bougez pas d'ici. Il faut qu'on vous surveille, c'est le médecin qui l'a dit.

— Je n'ai perdu que l'équivalent d'une demi-tasse de sang.

— Quand même.

Je contemple l'escalier avec une pointe d'envie. Il me tardait tant de marcher jusqu'à l'arrêt du tramway pour apaiser mes nerfs après cette journée.

— Je devrais être fatiguée, dis-je, mais je ne me sens pas capable de dormir tout de suite.

— Moi non plus.

— Ma foi, le dortoir est à l'étage si vous voulez rester vous aussi.

Elle m'emboîte le pas.

— Est-ce qu'on m'acceptera, moi qui ne suis qu'une simple bénévole ?

— Dans une période comme celle-là, je doute que quelqu'un fasse un scandale.

Nous passons devant la maternité principale. Les pleurs d'une mère en plein travail parviennent à mes oreilles, ainsi que le vagissement incertain du bébé mis au monde par une autre.

— Je suis un peu fatiguée, moi, reconnaît Bridie au milieu de la troisième volée de marches.

J'éclate de rire tout en cherchant mon souffle.

— Mais je n'ai pas sommeil non plus, précise-t-elle.

Au quatrième étage, un problème se pose. La porte vers laquelle je l'entraîne est désormais barrée par un écriteau.

**Maladies infectieuses / Unité pour hommes (salle de désencombrement)**

Des voix graves résonnent derrière.

— Bon, eh bien, la question est réglée.

La déception de Bridie est visible.

— Il n'y a plus de dortoir ?

— J'imagine qu'on va devoir rentrer chez nous, finalement.

Je grimace aussitôt devant ce choix de mots malencontreux. Bridie n'a pas d'endroit qu'elle puisse appeler « chez elle », seulement un lit dans un couvent. Sa vie est régie par le même ordre religieux qui a dirigé le prétendu foyer dans lequel elle a grandi. Un monde secret et sans queue ni tête, où les enfants sont privés d'anniversaire et où les sœurs n'ont plus de lien de parenté. Un lieu pour les rebuts de la société. Une simple portion d'égout, comme elle le dit elle-même.

— Et si on montait prendre l'air sur le toit ?

Lancée sur un ton léger, ma proposition paraît l'étonner.

Je me sens probablement d'humeur festive parce que c'est mon anniversaire. Notre anniversaire. Et puis, la journée a été bonne. Malgré le calvaire qu'a enduré Mary O'Rahilly et la mauvaise réaction de Honor White à mon sang, personne n'est mort. Pas dans notre service, du moins. Pas dans notre petite salle perdue au milieu de ce monde malade et épuisé par la guerre.

— Quoi, vous voulez escalader le toit ?

— Ce ne sera pas nécessaire, dis-je en souriant. Il y a une terrasse sur laquelle on peut sortir entre les parties pentues.

— Ouf, je suis soulagée.

Ce que j'aime chez cette jeune femme, c'est qu'elle ne dit jamais non. Elle est partante pour tout, semble-t-il, y compris grimper sur le toit à pignon d'un grand bâtiment.

Je prends quelques couvertures sur une étagère, pousse une porte dépourvue d'écriteau et entraîne Bridie à ma suite dans une étroite cage d'escalier. La dernière porte, qui est aussi la plus petite, donne l'impression d'arriver au bout d'une voie sans issue, mais je suis déjà venue ici quand j'avais besoin de faire une pause, de respirer un peu, de fumer une cigarette et de contempler la ville.

— Elle n'est jamais fermée, dis-je à Bridie.

Nous atteignons le toit en terrasse goudronné. Le temps ce soir est pour une fois magnifique, sans un nuage dans le ciel bleu marine. Par une belle journée d'été, j'aurais été certaine de tomber sur des groupes de soignants occupés à dîner au soleil, mais, passé 21 heures en automne, il n'y a pas un chat.

Le dernier croissant de lune se dessine juste au-dessus du parapet, tandis que la lumière des réverbères s'élève jusqu'à nous depuis la ville silencieuse en contrebas. Je m'accoude sur le muret de brique en baissant les yeux et soupire :

— Ça aurait été sympa de marcher, aussi. Une autre fois, peut-être.

Mais quand il aura retrouvé ses règles et son fonctionnement habituels, l'hôpital n'aura plus besoin d'une auxiliaire non qualifiée – et, même, ne l'acceptera plus. Il y aura de fortes chances pour que Bridie soit alors remerciée et congédiée. Pourrai-je un jour… non, comment réussirai-je à la revoir ?

— Je suis une bonne marcheuse, raconte-t-elle. Quand je suis lancée, on ne m'arrête pas. Tous les dimanches, au foyer, on faisait 8 kilomètres jusqu'à la mer en avançant en rang deux par deux, comme une longue chenille.

C'est bête, mais je me la représente sur le dos d'une vraie chenille. Je tente de remplacer cette image par celle d'une petite fille qui s'amuse à danser sur le rivage, à jeter des galets dans les vagues et à courir dans l'eau en criant de joie.

— Vous alliez vous baigner ?

— Non, c'était juste pour qu'on se dépense. Dès qu'on arrivait sur la plage, on devait faire demi-tour et rentrer. On n'avait pas le droit de se tenir par le bras sous peine de prendre des coups de lanière, mais on trouvait quand même le moyen de discuter sans bouger les lèvres.

Je ne sais pas quoi répondre.

Le visage incliné vers le ciel, Bridie oscille sur ses pieds. Je l'attrape par le coude.

— Ce n'est pas le moment de basculer dans le vide.

— Les étoiles sont si brillantes. Elles m'éblouissent !

Je lève les yeux et repère la Grande Ourse.

— En Italie, dis-je, on considérait autrefois que c'était sous l'influence des constellations que les gens tombaient malades. C'est l'origine du mot *influenza*, qui désigne la grippe.

Bridie rebondit sur cette idée.

— Comme si, une fois notre heure venue, notre étoile tirait sur une corde..., poursuit-elle en mimant le geste d'un pêcheur ramenant un poisson à lui.

— Ce n'est pas très scientifique, c'est vrai.

— Peut-être pas, mais il paraît que tout est écrit là-haut.

— Qu'est-ce qui est écrit ?

— Le jour où chacun de nous mourra.

— C'est ridicule, Bridie.

Elle hausse ses épaules osseuses.

— Je ne suis pas obligée d'avoir un raisonnement scientifique, moi. Je ne suis pas infirmière.

— Vous avez tout pour en être une. Si vous le vouliez.

Elle me dévisage, puis éclate de rire.

J'ai bien conscience que ce travail est trop sinistre pour la plupart des gens. Toutes ces odeurs, ces fluides, ces morts. Ma vocation est vraiment particulière.

— Vous savez, Bridie, je garde une trace de tous les patients que je perds.

— Où ça ? Dans un carnet ?

— Je pense que vous m'avez vue faire.

Je sors ma montre et la laisse tomber dans sa main, le cadran face à sa paume.

Bridie la soupèse.

— Ce ne serait pas de l'argent massif ?

— Possible. Elle appartenait à ma mère.

Je le précise afin qu'elle ne s'imagine pas que je gagne assez pour m'offrir ce genre de chose.

— Elle a conservé votre chaleur, murmure-t-elle.

La chaîne entre nous est comme un cordon ombilical tendu.

J'effleure du doigt l'un des cercles irréguliers gravés au dos de la montre.

— Chaque lune pleine correspond à un patient mort.

— Mais pas à cause de vous.

— J'espère que non. C'est difficile d'en être tout à fait sûre. Dans ce métier, on apprend à vivre avec.

— Et les petites marques incurvées ?

— Ce sont des croissants de lune.

— Pour les bébés ?

Décidément, elle comprend vite. J'acquiesce en silence.

Bridie examine les encoches avec attention. Certaines ne sont guère plus que des éraflures.

— Ce sont des enfants mort-nés. Ou des fausses couches, dès lors que la grossesse était assez avancée pour que je puisse dire si c'était une fille ou un garçon.

— Vous abîmez votre précieuse montre parce que vous vous sentez coupable ?

— Non, c'est juste que je...

— Vous voulez vous souvenir d'eux ?

— Oh, je m'en souviens très bien. J'aimerais souvent ne pas le faire, d'ailleurs.

— Ils vous hantent ?

Je peine à trouver les mots.

— J'ai l'impression qu'ils veulent être consignés quelque part. Qu'ils en ont besoin. Qu'ils l'exigent, même.

Bridie caresse le disque argenté.

— C'est une sorte de carte des morts, alors, suggère-t-elle. Un ciel rempli de lunes.

Je lui reprends la montre et la glisse dans ma poche.

— Je suis tout aussi hantée par les vivants, dis-je. Le petit garçon de Mme White, par exemple.

— Oui ?

— Je n'arrête pas de penser... Et si, au lieu de finir dans les égouts – et en supposant que sa lèvre ne les dérange pas –, il était adopté par un gentil couple ? Les O'Rahilly, tenez...

— Mary O'Rahilly est un ange, mais son mari est une brute, déclare Bridie en grimaçant, sur un ton détaché qui me déstabilise.

— Son mari ?

— Il la tabasse, non ?

Devant ma mine horrifiée, elle comprend que je n'en avais pas la moindre idée.

— Oh, ça vous a échappé ?

Elle ne triomphe pas du tout. Elle est juste étonnée par ma naïveté.

Tout s'explique. La timidité de la jeune femme. Les nombreuses sources de contrariété de son mari... Et ces hématomes sur ses poignets. Elle a prétendu marquer facilement, et moi, aussi crédule qu'une élève infirmière durant son premier jour à l'hôpital, je n'ai pas vu plus loin que le bout de mon nez.

— Bridie, on n'est pas censé être aussi averti à votre âge. Pas à environ 22 ans.

Elle esquisse un petit sourire triste.

— Personne n'a jamais levé la main sur moi de toute ma vie, dis-je.

— Tant mieux.

— Et je commence à en savoir assez long pour savoir que je ne sais rien.

Elle ne me contredit pas.

J'avance sur la terrasse jusqu'à ce que je parvienne à une section inclinée du toit sur laquelle j'étale l'une de mes couvertures. Je m'assois en ramenant mes jupes contre moi pour me tenir chaud et m'appuie contre les ardoises humides.

Bridie s'installe à côté.

— Vous feriez mieux de boutonner votre manteau, dis-je. Et, attendez, penchez-vous en avant.

Je passe une seconde couverture par-dessus nos têtes et la fais retomber derrière nous comme une cape. Une cape de magicien. Puis j'en déplie une troisième pour l'étendre sur nos genoux.

— Racontez-moi, Bridie, dis-je dans le silence. Votre... le foyer. Si ça ne vous ennuie pas, bien sûr.

Elle met si longtemps à me répondre que j'en conclus d'abord que cela l'ennuie bel et bien.

— Que voulez-vous savoir ? demande-t-elle enfin.

— Tout ce dont vous vous souvenez.

— Je me souviens de tout.

Ses traits se plissent tandis qu'elle réfléchit.

Au bout d'un moment, elle se lance.

— L'urine rance et le plastique, voilà ce que je sens quand j'y repense. Nous étions si nombreuses à faire pipi au lit la nuit, vous comprenez. À la fin, on nous a dit qu'on n'avait qu'à dormir à même les alèses, parce que ça ferait des draps en moins à laver.

Elle assaille soudain mes narines, cette puanteur âcre.

— Il y avait une enseignante qui fronçait le nez chaque fois qu'elle entrait dans notre salle de classe, continue Bridie en imitant la religieuse en question. Tous les matins, elle nous posait cette question : « Qui sent mauvais aujourd'hui ? Qui sent mauvais ? » Mais, Julia, on sentait toutes mauvais.

— C'est horrible.

— Non, ce qui est horrible, c'est la manière dont chacune de nous s'empressait de lever la main pour dénoncer une autre fille, la désigner comme étant celle qui empestait.

— Oh, Bridie.

Une longue minute s'écoule, le temps que j'assimile tout cela.

— Et puis il y avait les coups, poursuit Bridie. Ils me font encore mal dans les os.

Je me racle la gorge.

— Pourquoi vous frappait-on ?

— Oh, pour faire un exemple si vous aviez eu le malheur de ne pas dormir dans la bonne position, d'éternuer pendant la messe, d'écrire avec la main gauche ou de perdre un des clous de votre chaussure. Ou si vous aviez les cheveux bouclés, ou roux.

J'effleure les quelques frisottis ambrés qui s'échappent de ses épingles.

— Pourquoi diable…

— On me disait que c'était le signe du mal en moi. Les sœurs sont allées jusqu'à m'accrocher par mon chignon à une patère.

Ma main revient se plaquer sur ma bouche.

— Vous n'auriez pas pu parler de ces mauvais traitements à quelqu'un ? Un professeur de l'école, par exemple ?

— Oh, Julia, dit-elle avec amertume. Tous nos cours avaient lieu au sein du foyer. C'était notre école aussi.

— Je vois.

— Mais, pour être honnête, tout le monde n'était pas horrible là-bas. Durant les dernières années que j'y ai passées, on a eu une cuisinière qui s'est prise d'affection pour moi. Elle me laissait des épluchures de pommes tout en haut des seaux de détritus que je portais aux cochons pour que je puisse les chiper au passage. Un jour, elle m'a même mis de côté la moitié d'un œuf dur.

Un goût amer envahit ma bouche.

— Je n'étais pas douée pour tricoter des pulls traditionnels ni pour broder des vêtements, alors on m'a chargée des neuvaines. On grignotait même des bougies à ce moment-là, quand ce n'était pas du papier ou de la colle – tout ce qui pouvait remplir nos estomacs.

— Des neuvaines ? Ces prières enchaînées sur neuf jours ?

— Oui. Des gens payaient le couvent pour les faire réciter dans un but particulier.

Cela me sidère que des enfants aient dû prier ainsi à une échelle industrielle, des enfants si affamés qu'ils en étaient réduits à avaler de la colle.

— En revanche, j'ai adoré les rares fois où on m'a envoyée donner un coup de main dans des fermes. J'arrivais à grappiller quelques baies ou un navet ici et là, quand ce n'était pas de la nourriture pour le bétail.

Je tente de me représenter une petite fille rousse se faufilant entre deux vaches pour aller se servir dans leur mangeoire.

— Vous deviez commencer à travailler tôt ?

— Le matin, dès qu'on avait fini de s'habiller.

— Non, je veux dire : à quel âge à peu près ?

Devant son silence, je reformule ma question :

— Vous ne vous rappelez pas un temps où on ne vous obligeait pas à tricoter, à arracher des mauvaises herbes ou à réciter des prières ?

Elle secoue la tête avec impatience.

— Il fallait assurer la bonne marche du foyer, donc on devait faire le ménage, cuisiner, s'occuper des petits et effectuer des tâches rémunérées pour couvrir les frais de notre hébergement.

Je ne peux contenir ma colère.

— Ce sont des mensonges ! Le gouvernement verse des indemnités aux orphelinats en fonction du nombre de leurs pensionnaires.

Bridie me dévisage, stupéfaite.

— D'après ce que j'ai lu, les moines et les religieuses ne font que diriger ces institutions pour le compte de l'État. Ils touchent tous les ans une somme pour nourrir, loger et répondre à tous les besoins de chaque enfant confié à leurs soins.

— Vraiment ? réagit Bridie avec un calme surnaturel. On ne nous l'a jamais dit.

Je me rends compte qu'elle a été victime de la même logique honteuse que celle en vigueur dans cet autre foyer situé tout près de nous, quelque part dans ces rues sombres, cet endroit où des femmes telles que Honor White sont contraintes de travailler pour compenser le coût de leur captivité des années durant.

— Ça suffit, déclare Bridie.

— Mais…

— Julia, s'il vous plaît, ne gâchons pas cette belle soirée en ressassant de mauvais souvenirs.

J'essaie. Je lève les yeux vers le ciel et les laisse sauter d'une constellation à une autre comme s'ils jouaient à la marelle. Dans le même temps, je me représente des corps célestes qui jetteraient des fils de lumière vers nous pour nous prendre à l'hameçon.

Je n'ai jamais cru que notre avenir était prédéterminé dès le jour de notre naissance. S'il y a quoi que ce soit d'écrit dans les étoiles, c'est nous qui tenons la plume et qui relions les points entre eux au fur et à mesure de notre vie.

Mais la fille de Delia Garrett, mort-née hier, et tous les enfants dont l'histoire s'achève avant d'avoir commencé, et tous ceux qui, à l'image de Bridie et du petit White, se découvrent plongés dans un cauchemar sans fin en ouvrant les yeux... qui décide de cela, ou du moins qui le permet, je me le demande.

Mon estomac gargouille si fort que cela nous fait rire, Bridie et moi.

Je me rappelle soudain ce que j'ai gardé toute la journée dans mon sac.

— Vous avez faim ?

— Pourquoi, qu'est-ce que vous avez là-dedans ?

— Des truffes de Belgique et une orange italienne.

— Non !

— Des cadeaux d'anniversaire de mon frère, Tim.

Le fruit est plus facile à peler que je ne m'y attendais, et les gouttelettes qui giclent sous mon pouce répandent son parfum autour de nous. Derrière la peau blanche, la pulpe est si sombre à la lumière des étoiles qu'on la dirait presque pourpre.

Bridie l'examine avec attention.

— Ah, mince, tout ça pour ça. Elle est pourrie.

— Pas du tout ! Sentez-la.

Elle la renifle d'abord avec dégoût, mais ses traits s'illuminent très vite.

— Les oranges sanguines doivent leur nom à la couleur de leur chair, dis-je. Elles sont très douces et il n'y a presque pas de pépins à l'intérieur.

Je sépare les quartiers et arrache leur fine membrane, dévoilant de petits sacs qui vont du jaune à l'orange en passant par le marron presque noir.

Bridie en prend un d'un air méfiant. De surprise, elle laisse presque s'échapper le jus de sa bouche et doit l'aspirer pour ne pas le perdre.

— Oh ! C'est un régal !

— N'est-ce pas ?

— Joyeux anniversaire, Julia.

Je lèche les gouttes qui ont coulé sur mes mains d'une façon telle que l'infirmière en chef me virerait sur-le-champ si elle me voyait.

— C'est le vôtre aussi, maintenant, rappelez-vous. Le 1er novembre.

— Le 1er novembre, répète-t-elle, solennelle. Je n'oublierai pas.

— Joyeux anniversaire, Bridie.

On n'entend plus rien à présent que nos petits bruits de succion.

— C'est vraiment facile de discuter avec vous, dis-je en me surprenant moi-même. Tim ne le fait plus depuis qu'il est revenu du front.

Bridie aurait pu me demander ce qu'il ne faisait plus, mais elle comprend tout de suite.

— Il ne vous parle pas ?

— Ni à moi ni à personne. Pas un mot. Comme si on lui avait coupé la langue. Sauf que la blessure est dans sa tête, en fait.

Je ne sais pas très bien ce qui me pousse à déblatérer ainsi, à déposer mon petit caillou de douleur sur la balance où pèsent les énormes blocs rocheux de Bridie.

— Je ne raconte pas ça aux gens, d'habitude.

— Pourquoi ?

— Par superstition, sûrement. Par peur que cela ne devienne vrai si je le dis à voix haute.

— Mais… n'est-ce pas déjà vrai ?

— Si, bien sûr, seulement... ça rendrait cet état de choses plus officiel. Définitif. Je serais Julia, la fille dont le frère est muet.

— Vous en avez honte ?

— Ce n'est pas ça, le problème.

— Cela vous fait de la peine, alors ?

— Oui.

— Moi, je trouve que vous avez de la chance.

— D'avoir un frère muet ?

— D'avoir un frère, me corrige-t-elle. Quel qu'il soit.

Elle a raison. Tim est ainsi et pas autrement. Tel est mon frère désormais.

Un moment s'écoule en silence.

— Vous avez de la chance d'avoir quelqu'un tout court, en fait, reprend-elle.

— Oh, Bridie !

Elle hausse les épaules d'un air mutin, comme elle le fait si souvent, mais j'ai la gorge nouée.

— Tim a toujours le sens de l'humour.

— Tant mieux.

— Et aussi une pie à laquelle il est très attaché.

— Quel snob, dit-elle, un brin moqueuse.

— Jardiner et cuisiner à partir d'ingrédients très simples sont ses grands talents.

— À la pie ?

Mon rire résonne par-dessus les toits.

Je répartis les truffes entre nous. Nous en engloutissons une chacune, puis jouons à celle qui mettra le plus de temps à faire fondre la seconde sur sa langue.

— C'est digne du dernier repas d'un condamné, observe Bridie d'une voix rauque.

Je pense au patient devenu fou à cause de la grippe, celui qui a sauté par la fenêtre. Je ne dis rien cependant et la laisse savourer son chocolat.

J'ai froid, mais qu'importe. Le visage tourné vers le ciel étoilé, je souffle dans l'air un nuage de vapeur.

— Savez-vous que d'autres planètes ont bien plus d'une lune ? dis-je.

— Je ne vous crois pas.

— Si, c'est un fait. Je l'ai lu dans un livre de la bibliothèque. Neptune en a trois, et Jupiter, huit. Enfin, non, les scientifiques en ont identifié une neuvième en prenant une photo avec un très long temps d'exposition.

Bridie me regarde comme si je la faisais marcher.

Je songe à cet instant que la neuvième lune de Jupiter n'est peut-être pas la dernière. Qui sait si les astronomes n'en découvriront pas d'autres à mesure que passeront lentement les siècles ? Peut-être qu'avec des télescopes plus puissants ils parviendront à en voir une dixième, une onzième, une douzième. Cela me donne le vertige d'imaginer cette profusion brillante dans le ciel. Et ici-bas. Toutes ces générations dansantes, toutes ces vies affairées – même si nous sommes surpassés en nombre par les morts silencieux.

Un homme chante à tue-tête dans la rue en contrebas.

— On devrait lui jeter quelque chose pour le faire taire, dis-je.

Bridie éclate de rire.

— Ah, non, j'apprécie une chanson de temps en temps, moi.

— Vous osez qualifier ça de chanson ?

— C'est « Are We Downhearted? ».

— C'est le charabia d'un type bourré, oui !

— *Are we downhearted?* commence-t-elle à fredonner.

Elle attend que je lui donne la réplique, avant de la fournir elle-même :

— *No!*

Et elle continue.

— *Then let your voices ring, and all together sing. Are we downhearted*[1]*?*

Au troisième couplet, je cède et lance :

— *No!*

Le temps s'écoule ainsi. À un moment donné, durant cette longue conversation décousue, Bridie et moi convenons qu'il doit être bien plus de minuit.

— C'est la Toussaint, aujourd'hui, dis-je. On est censé se rendre dans un cimetière.

— Est-ce qu'un hôpital ne peut pas faire l'affaire ? Des gens y rendent l'âme en permanence, non ?

— On va partir du principe que oui. Oh, je devrais réciter une prière pour ma mère.

— C'est à l'hôpital qu'elle a attrapé la fièvre ? Après la naissance de votre frère ?

— Non, à la maison. Ça arrive tous les jours dans le monde entier. Des femmes ont des enfants, et ensuite elles meurent. Ou plutôt non, elles meurent d'avoir des enfants. Ce n'est pas nouveau, et je ne sais pas pourquoi cela me met toujours dans une telle colère.

— C'est votre combat, je suppose.

Je lui jette un regard en coin.

— Vous vous rappelez ce que vous avez dit à M. Groyne ? Pour vous, les femmes sont des soldats qui

1. « Sommes-nous découragés ? Non ! Alors portez haut votre voix, et tous ensemble chantez avec moi. »

risquent leur vie autant que les hommes. Eh bien, votre travail à vous n'est pas de porter des enfants, mais de les sauver. Et leurs mamans aussi.

Ma gorge me fait mal lorsque je lui réponds :

— Ceux que je peux, en tout cas.

Bridie fait le signe de croix.

— Bénie soit Mme Power, mère de Julia et de Tim.

Je courbe la tête et tente de me joindre à sa prière.

— Bénis soient tous les défunts, ajoute-t-elle.

Le silence est un voile de soie autour de nous.

— Ces deux jours ont été les plus beaux de ma vie, déclare Bridie.

Je la dévisage, incrédule.

— Je ne me suis jamais autant amusée. Quelle aventure ! De nouvelles personnes sont en vie grâce à nous, parce que vous et moi étions là et que nous avons fait notre travail. Vous vous rendez compte ?

— Mais tout de même… les deux plus beaux jours de votre vie ? Vous êtes sérieuse ?

— Eh bien, oui. Et je vous ai rencontrée.

Ces quelques mots sont comme autant de coups dans ma poitrine.

— Vous m'avez dit que j'étais un cordial à moi toute seule, Julia. Quelqu'un d'indispensable. Et vous m'avez mis de la pommade sur les mains alors que vous me connaissiez à peine. Vous m'avez donné votre peigne, aussi. Et un cadeau d'anniversaire. Et quand j'ai cassé le thermomètre, vous avez prétendu que c'était votre faute ! Vous m'avez tellement appris en deux jours. Vous avez fait de moi votre assistante, votre messagère. Grâce à vous, je me suis sentie importante.

Je reste muette.

Une fois de plus, je songe qu'elle ferait une excellente infirmière.

— Les religieuses ne vous ont jamais proposé de vous former à un métier ?

— Elles m'ont trouvé un poste de domestique quand je suis arrivée à Dublin, mais la maîtresse de maison m'a renvoyée en disant que j'étais insolente, répond-elle en faisant une grimace.

Oui, je perçois bien cette étincelle en elle que les employeurs les plus intraitables ne doivent pas apprécier.

— Parfois, je fais des ménages à la journée. Dans des hôtels, des écoles, des bureaux.

— Et l'argent que vous touchez...

Je comprends à sa mine qu'elle n'en a jamais vu la couleur.

— Nous sommes redevables aux religieuses de nous avoir élevées et éduquées, m'explique-t-elle.

— Dès lors qu'elles s'approprient votre salaire, c'est une forme de servitude forcée. Les pensionnaires ne sont-elles pas libres de partir ?

— Je n'en sais rien, avoue-t-elle. Mais parlons de quelque chose de plus joyeux.

Constatant qu'elle frissonne, je m'enfonce un peu plus sous les couvertures et l'entraîne avec moi.

Puis, tandis que les étoiles se déplacent lentement dans le ciel, je lui raconte l'intrigue de tous les films de Mary Pickford que j'ai vus au cinéma. Et j'enchaîne avec d'autres films – tous ceux dont je pense qu'elle pourrait bien les aimer.

Elle les aime tous.

Nous en arrivons à aborder la question des enfants.

— Je n'en aurai pas, dis-je.

— Ah oui ?

— Je ne suis pas sûre d'avoir jamais eu envie de me marier. Mais de toute façon j'ai raté le coche.

Elle ne me répond pas « 30 ans, ce n'est pas vieux », comme l'aurait fait n'importe quelle autre femme. À la place, elle se contente de me regarder.

— Je n'ai jamais été une beauté à proprement parler, et maintenant...

— Mais tu es belle.

Ses yeux brillent lorsqu'elle dit cela.

— Et tu n'as pas raté le coche du moment qu'on vit ce soir, ajoute-t-elle.

— Peut-être que non.

Elle prend mon visage entre ses mains et m'embrasse.

Je n'ai pas un mot, pas un geste pour l'arrêter. Rien. Je me laisse juste...

Je la laisse...

Je laisse ce baiser se produire. Jamais encore je n'avais connu ça. Jamais de cette façon. C'est comme une lune nacrée dans ma bouche, une lune énorme qui illumine et submerge tout sur son passage.

Cela va à l'encontre de toutes les règles que l'on m'a inculquées.

Je lui retourne son baiser. Le vieux monde en est transformé, il meurt debout et un nouveau se débat pour voir le jour. Il ne nous reste peut-être que cette nuit, et c'est pour cette raison que j'embrasse Bridie Sweeney, que je l'embrasse et la serre contre moi, de toutes mes forces et de toute mon âme.

Appuyées contre les ardoises froides, nous essayons ensuite de reprendre notre souffle.

Les larmes me montent aux yeux.

Bridie le remarque sur-le-champ.

— Ah, ne pleure pas.

— Ce n'est pas...

— Qu'y a-t-il, alors ?

Les mots se bousculent en moi.

— Je parie que ta mère se souvient de ta naissance. Il y a forcément eu un moment où on t'a mise dans ses bras et où elle s'est dit « oh, mon Dieu ».

Bridie a un rire amer.

— « Oh, mon fardeau », oui !

— « Oh, mon trésor », dis-je en lui saisissant les mains. Quel doux poids que le tien le jour où tu es née. Imagine.

Pour toute réponse, elle colle sa bouche contre la mienne.

Nous sentons de plus en plus le froid à mesure que la nuit passe. Nous nous embrassons et nous discutons tour à tour, sans jamais mentionner nos baisers afin de ne pas faire éclater cette petite bulle en la touchant. Afin de ne pas penser à ce que cela signifie pour nous.

Nous évoquons la guerre, et je me surprends à lui parler du meilleur ami de Tim, Liam Caffrey, de leur décision de s'enrôler ensemble, de leur fierté, de leurs sourires sur la photo suspendue un peu de travers dans la chambre de mon frère – la seule qu'il ait accrochée à son mur.

— Liam n'est jamais rentré chez lui, dis-je.

— Que lui est-il arrivé ?

— Il a reçu une balle dans la gorge l'année dernière, à la bataille de Jérusalem.

Je lui prends un doigt et le pose à la base de ma propre gorge. À l'endroit même où Tim porte sa petite amulette, celle qui a peut-être sauvé sa peau, mais pas le reste de sa personne.

— Où était Tim à ce moment-là ? demande Bridie.

— Aussi près de lui que tu l'es de moi ce soir. Il a été éclaboussé par le sang de son ami.

— Oh, mon Dieu ! Le pauvre garçon. Les pauvres garçons.

Il m'apparaît soudain que la guerre a peut-être attisé cette amitié entre eux, qu'elle l'a transformée en quelque chose de plus difficile à nommer, quelque chose d'impossible à décrire. Suis-je bête de ne pas y avoir pensé plus tôt ? Mais je ne me vois pas du tout poser la question à Tim, pas plus que je ne saurais comment lui raconter cette nuit sur le toit de l'hôpital avec Bridie.

Malgré le froid, elle et moi ne bougeons pas de là. De temps à autre, nos bouches se rapprochent tant que nous cessons de parler pour nous embrasser. Je suis si heureuse que j'ai l'impression que mon cœur va éclater, et je le suis presque plus encore durant les instants qui séparent nos baisers.

Quand cette étincelle entre nous a-t-elle surgi, brillé et commencé à brûler ? Je ne l'ai pas remarqué, j'étais trop occupée pour ça. Avec la succession chaotique des naissances et des morts dans le service, comment aurais-je pu trouver cinq minutes pour m'interroger sur un détail aussi insignifiant que ces nouveaux sentiments en moi, et a fortiori pour m'en inquiéter ?

Nous bâillons toutes les deux.

— C'était de la folie de monter ici, dis-je. Tu as besoin de dormir.

— Et toi non ?

— J'ai été habituée à veiller tard. Je me suis endurcie...

— Je suis plus dure encore, réplique-t-elle en souriant. Et plus jeune, et plus coriace.

— C'est noté.

— On aura bien le temps de dormir quand on sera mortes, de toute façon.

Je suis groggy, mais exaltée, et j'ai l'impression que je pourrais demeurer à jamais éveillée.

Malgré tout, nous avons dû finir par nous taire et nous assoupir sans nous en rendre compte, parce que je suis tirée de mon sommeil par Bridie, qui s'agite contre moi.

Je redresse mon cou ankylosé. La Grande Ourse a traversé le ciel, signe que des heures se sont écoulées.

— Aïe, j'ai une crampe dans la jambe ! peste Bridie.

— Je ne sens plus les miennes, dis-je en frissonnant.

Je tape un pied sur les ardoises, mais il pourrait appartenir à quelqu'un d'autre que ça ne changerait rien.

— Je meurs de soif, souffle Bridie.

Je regrette de ne pas avoir une deuxième orange pour elle.

— Tu veux qu'on descende boire un thé à la cantine ?

— Je n'ai envie d'aller nulle part.

Son regard tendre me fait tourner la tête. C'est comme si ce toit-terrasse était un ballon dirigeable flottant au-dessus de ce monde sale. Comme si rien ne pouvait nous arriver dès lors qu'on restait là-haut, chacune serrant les doigts glacés de l'autre au point de ne plus savoir lesquels sont les siens.

Au bout d'un moment, j'insiste pour qu'on se lève une minute, histoire de faire circuler le sang dans nos veines. On se secoue, on danse même un peu avec raideur, en riant et en soufflant des nuages blancs dans l'air nocturne.

— J'aimerais aller dans le foyer où tu as vécu, Bridie, et le démolir complètement. Brique par brique.

— Il était en pierre.

— Pierre par pierre, alors.

— Les souvenirs qui me pèsent le plus, me confie-t-elle, ce sont les petites, quand elles pleuraient.

J'attends la suite.

— Quand celle dont on avait la charge braillait à n'en plus finir et qu'on ne pouvait rien faire pour la calmer.

— Dont tu avais la charge ?

— Le bébé qu'ils mettaient dans un berceau à côté de ton lit pour que tu veilles sur lui une fois que tu étais assez grande.

— Qu'est-ce que tu entends par assez grande ? 14, 15 ans ?

Bridie esquisse un demi-sourire.

— Plutôt 8 ou 9. Mais le pire, c'est que si ta protégée faisait une bêtise, tu étais punie avec elle. Et si elle tombait malade, tu en étais aussi tenue pour responsable.

J'ai du mal à concevoir une chose pareille.

— Tu veux dire qu'on te reprochait sa maladie ?

— Oui. Et les petites étaient tout le temps malades. Elles sont nombreuses à avoir fini dans le trou à l'arrière des bâtiments.

— Je n'y comprends plus rien. Elles tombaient malades parce qu'elles jouaient dans un trou ?

— Non, voyons ! C'est là qu'on les jetait... après.

— Oh. Une tombe.

— Juste une grande fosse, en réalité, sans rien d'écrit dessus.

Je songe au carré des Anges au cimetière, où la fille mort-née de Delia Garrett sera enterrée. Il y a toujours eu des enfants en bas âge qui décèdent, je le sais bien – les pauvres plus souvent que les autres, et les non désirés plus encore. Mais ça...

— Quelle injustice de tenir une enfant de 8 ans pour responsable de la mort d'un bébé !

— Tu l'as dit. Pour autant, je dois t'avouer qu'il y a eu des jours où j'avais tellement faim que je ne pouvais m'empêcher de voler ma protégée.

— Qu'est-ce que tu lui volais ?

— Son pain, lâche-t-elle enfin, après un instant d'hésitation. Ou bien je buvais la moitié du lait de son biberon, et je le remplaçais ensuite par de l'eau du robinet.

— Oh, Bridie.

— On l'a toutes fait. Mais ce n'est pas une consolation.

Mes yeux me picotent. Cette jeune femme a survécu par tous les moyens nécessaires, et malgré moi j'en suis heureuse.

— Je n'ai jamais raconté ces vieilles histoires à personne.

*Ces vieilles histoires. À croire qu'il s'agit de légendes comparables à la guerre de Troie.*

— Je ne devrais probablement pas te dire ça à toi, ajoute-t-elle.

— Pourquoi pas ?

— Maintenant, tu sais comment je suis, Julia.

— C'est-à-dire ?

— Sale, me répond-elle tout doucement.

— Mais pas du tout !

— Ils ont fait des choses, murmure-t-elle, les yeux fermés.

— À toi ?

— À beaucoup d'entre nous. À la plupart, à mon avis.

Mon cœur bat sourdement.

— Qui ?

Elle secoue la tête, comme si ce n'était pas ça le plus important.

— Ça pouvait être un ouvrier, un prêtre. Une surveillante ou une enseignante qui choisissait une fille pour réchauffer son lit et qui lui donnait ensuite une seconde couverture.

La nausée monte en moi.

— Parfois aussi le papa des vacances.

— Qu'est-ce que c'est que ça ?

— Il arrivait qu'une famille du coin demande une gamine pour le week-end, sous prétexte de lui offrir des petites vacances. On pouvait espérer recevoir des bonbons ou quelques pence.

J'ai envie de me boucher les oreilles.

— L'un d'eux m'a offert un jour un shilling. Mais je ne voyais pas quoi faire avec une telle somme, ni où la cacher, alors j'ai fini par enfouir la pièce dans une fosse à cendres.

— Bridie, dis-je en luttant pour ne pas pleurer.

— Elle y est probablement toujours.

— Toute cette crasse n'est pas la tienne, Bridie. Tu es aussi pure que la pluie.

Elle m'embrasse, mais sur le front cette fois.

Du bruit retentit soudain sur le toit derrière nous. Des gens sortent par la même petite porte que nous avons empruntée.

Nous nous écartons d'un bond.

— Bien, dis-je d'une voix forte et peu naturelle, je suppose qu'on ferait mieux d'aller prendre notre petit déjeuner.

Je me promets qu'on trouvera d'autres occasions pour s'embrasser et se raconter nos vies.

Le temps qu'on ramasse nos couvertures et qu'on passe à côté des aides-soignants, ils ont allumé des cigarettes et conviennent entre eux que tout sera fini d'un jour à l'autre. Ils évoquent des soulèvements dans différentes villes allemandes, des soldats qui abandonnent leurs baïonnettes, des négociations secrètes, l'empereur sur le point d'abdiquer...

J'espère que la pénombre masque mes joues rouges.

— Vous voulez une cigarette, les filles ?

— Non merci, dis-je poliment, avant de tenir la porte à Bridie.

Malgré ça, elle se cogne contre le montant.

— Attention !

— Ce que je peux être maladroite ! pouffe-t-elle.

— Ça nous apprendra à rester une nuit entière dehors dans le froid.

Mais j'ai beau dire, je me sens bien réveillée et parfaitement alerte.

Par les grandes fenêtres de l'escalier principal, j'aperçois les faisceaux de lumière d'un véhicule qui roule au pas dans la rue. Un corbillard, en fait. Encore un enterrement. La cavalcade du jour démarre avant même le lever du soleil, comme si un ange redoutable ne cessait de voler de maison en maison et qu'il n'y avait aucun signe à accrocher sur le linteau de la porte pour le persuader de passer son chemin.

Deux médecins âgés à l'air hagard nous croisent en gravissant les marches d'un pas lourd.

— J'ai été arrêté parce que je n'avais qu'un seul phare qui fonctionnait sur ma voiture, dit l'un d'eux, et je me suis surpris à espérer qu'on m'envoie en prison pour que je puisse me reposer.

Le rire de son collègue a quelque chose d'hystérique.

— Moi, j'avoue que je suce des Forced March sans plus faire de différence entre ça et du sucre d'orge, maintenant.

— Des Forced March ? Qu'est-ce que c'est ? demande Bridie une fois qu'ils se sont éloignés.

— Des cachets fournis aux soldats ou à quiconque a besoin de rester éveillé et en pleine possession de ses moyens. Ils contiennent un mélange de poudre de noix de cola et de cocaïne.

Elle hausse les sourcils.

— Tu en prends, toi ?

— Non. J'ai essayé une fois, mais ça m'a causé une crise de tachycardie et des tremblements.

Elle met une main devant sa bouche en bâillant.

— Tu n'es pas trop fatiguée, Bridie ?

— Pas du tout.

Nous faisons un détour par les toilettes afin de nous passer de l'eau sur la figure, et Bridie en profite pour laper le filet qui s'écoule du robinet.

Mon peigne à la main, je tente de retrouver une apparence respectable quand je croise mon regard dans le miroir. Je suis assez âgée pour savoir ce que je veux et avoir conscience de ce que je fais, mais j'ai l'impression d'être tombée amoureuse comme on tombe dans un nid-de-poule dans le noir.

Sur le palier, l'affiche que j'ai vue hier attire mon attention :

SERAIENT-ILS MORTS
S'ILS ÉTAIENT RESTÉS AU LIT ?

L'envie me prend de l'arracher, mais ce serait probablement un comportement inacceptable de la part d'une infirmière – et même un acte de trahison.

À la place, j'enrage en silence. *Oui, ils seraient morts.* Morts dans leur lit ou à la table de leur cuisine en mangeant leur oignon quotidien. Morts dans le tramway ou dans la rue, partout où le hasard aurait voulu que l'homme-squelette les rattrape. Qu'on rejette la faute sur les germes, les cadavres non enterrés, la poussière de la guerre, la circulation aléatoire du vent, le Seigneur tout-puissant, ça, d'accord. Sur les étoiles, même. Mais pas sur les défunts, parce que aucun d'eux n'a souhaité connaître un tel sort.

Dans la cantine du sous-sol, Bridie et moi faisons la queue pour un bol de porridge.

Elle ne prend pas de saucisses ce matin – l'hilarité semble être son seul carburant.

— Quel est le pire qui puisse se produire si tu ne retournais jamais au couvent ? dis-je à voix basse.

— Mais où pourrais-je aller, Julia ?

J'ai une idée. Je veux lui proposer de rentrer à la maison avec moi ce soir et de rencontrer Tim. Passerai-je pour quelqu'un de trop impulsif, voire de dérangé ? Je n'arrive pas à me décider sur la manière de m'exprimer, et les mots ne franchissent pas mes lèvres.

— Je trouverai une solution, dis-je.

— Youhou, tu es là de bonne heure !

— Gladys !

Déstabilisée par l'apparition soudaine de ma collègue, je ne parviens à ajouter qu'un simple oui.

— Tu gardes le moral, Julia ?

— Ça va.

Elle fronce les sourcils, comme si elle sentait que quelque chose cloche chez moi par rapport à d'habitude, et continue à siroter son café sans accorder un regard à la jeune femme aux chaussures craquelées à mes côtés. Comment pourrait-elle supposer que Bridie Sweeney a la moindre importance pour moi ?

La file devant nous se distend.

Je fais deux pas et adresse un petit signe à Gladys.

— À plus tard !

Après son départ, je me demande comment j'aurais dû lui présenter Bridie.

Qu'aurait-elle pensé si elle nous avait vues nous embrasser sur le toit ? Et surtout, comment aurait-elle réagi ?

Je me suis tant écartée de mon ancienne vie que je doute de pouvoir revenir en arrière.

Quand Bridie et moi entrons dans le service, sœur Luke lève les yeux du bureau. Notre complicité ne lui plaît pas, c'est évident.

— Vous vous êtes bien reposées toutes les deux, j'espère ?

Je l'assure que oui. Si elle n'est pas au courant que le dortoir des infirmières est fermé, ce n'est pas moi qui vais le lui dire.

La petite salle empeste l'eucalyptus. Honor White est cachée sous une tente de vapeur formée avec des draps, mais je l'entends tousser. Les jambes bien emmaillotées, son bébé s'agite dans son berceau.

Sœur Luke m'informe qu'il a bu sans problème ses deux premiers biberons.

Je dois lui reconnaître cette qualité : ses préjugés ne l'empêchent pas de bien faire son travail.

Bridie se sert un verre d'eau bouillie et le vide d'un trait avant de commencer à nettoyer la salle comme si elle avait toujours fait ça.

— Je sors aujourd'hui, mademoiselle Power ! m'annonce Delia Garrett.

— Vraiment ?

— Le Dr Lynn est passée et elle m'a dit que je récupérerais mieux chez moi.

Ce n'est pas très orthodoxe, mais l'hôpital est si débordé que je ne peux m'y opposer. Et puis, les Garrett sont assez riches pour engager une infirmière privée, alors que cet endroit est la seule chance pour la plupart de nos patientes d'avoir quelqu'un qui veille sur elles.

— Le père Xavier est venu hier soir, reprend la religieuse. Il célèbre des obsèques en ce moment, mais je verrai si je peux trouver quelqu'un d'autre pour baptiser celui-là, ajoute-t-elle en montrant du menton le bébé de Honor White.

Après qu'elle a quitté le service, je croise le regard de Bridie. Son sourire est éblouissant.

— Et maintenant ? dit-elle.

Sous sa tente, Honor White est écarlate. Il est temps de la sortir de là.

Je lui essuie le visage avec un linge frais.

— Ça va un peu mieux, madame White ?

Mais elle ne fait que marmonner une de ses prières.

Je vérifie sa compression mammaire. Elle est à peine humide, signe qu'elle n'a pas encore de montée de lait. Je desserre le bandage afin qu'il ne gêne pas sa respiration.

— Bridie, tu veux bien préparer une limonade chaude à Mme White pendant que je m'occupe de Mme O'Rahilly ?

La jeune mère allaite sa petite fille, dont la tête s'arrondit déjà joliment. Mary O'Rahilly a l'air sereine, et le plateau à côté d'elle me laisse supposer qu'elle a bien mangé, mais je suis obsédée malgré moi par les ombres bleues qui recouvrent la face interne de ses poignets.

A-t-elle lu dans mes pensées ?

— Mon mari passera chercher Eunice demain pour la faire baptiser, m'apprend-elle à ce moment-là. On l'autorise à aller jusqu'à la salle d'attente des visiteurs et quelqu'un la lui descendra.

— Très bien.

Je scrute son visage. Est-elle impatiente à l'idée de rentrer auprès de lui ? Ou pleine d'appréhension ? Ou les deux ?

*Ne te mêle pas de ça, Julia*. Le mariage est une affaire privée et mystérieuse.

Je me tourne vers Delia Garrett.

— Je vois que vous êtes déjà prête à partir. Je vais changer votre compression avant de vous habiller.

Son bandage à elle est tout trempé, et elle évite soigneusement de le regarder.

Quel gâchis que ces seins gonflés. Je me demande quand ils finiront par comprendre et accepter qu'ils n'ont personne à nourrir.

Je lui remets une compression propre, puis sors une robe ample de son sac.

— Pas ce vieux truc !

Je lui trouve un chemisier et une jupe, puis Bridie et moi l'aidons doucement à les enfiler.

Je reviens ensuite auprès de Honor White, qui s'est assoupie sans avoir touché à son verre de limonade, resté sur sa table de nuit. Le sommeil est encore ce qu'il y a de mieux pour elle, j'imagine. Nous n'avons pas de médicament plus efficace.

Dans son berceau, son petit garçon émet une sorte de miaulement en étirant ses jambes. Inutile de graver un croissant de lune sur ma montre, cette fois. Bien que né prématuré, il paraît en pleine forme. Déjà, sa bouche asymétrique ne me choque presque plus. Ce ne sont que deux lèvres qui ne se rejoignent pas tout à fait. Une lacune temporaire.

Je songe brusquement que ce petit être a un peu de mon sang dans ses veines. Sera-t-il toujours lié à moi ?

— Tu veux que je te montre comment le nourrir, Bridie ?

— Volontiers.

Je sors la tétine et le biberon de la solution de bicarbonate de soude dans laquelle sœur Luke les a laissés après les avoir fait bouillir. Puis je secoue le pot contenant la préparation pour les nouveau-nés (un mélange de lait de vache pasteurisé, de crème, de sucre et d'eau d'orge, d'après l'étiquette), j'en dilue une petite quantité avec de l'eau chaude – pas froide, pour ne pas faire mal à l'estomac du bébé –, et enfin je fixe la tétine sur l'embout du biberon.

Je conseille à Bridie de prendre l'enfant dans le creux de son bras gauche. Il tente de se replier sur lui-même, comme un asticot, mais je m'assure qu'il a le cou bien droit avant de laisser le liquide descendre dans sa bouche, et je garde un doigt appuyé sur le second trou de la tétine pour ralentir le débit.

— Regarde, chuchote Bridie. Il ne peut pas téter à proprement parler, mais on dirait que ça ne le dérange pas.

Petit à petit, il vient à bout de son biberon, qu'il boit goulûment avec l'air de savoir qu'il n'a que ça à faire au monde et que son avenir en dépend.

Alors qu'il le termine, une voix de baryton s'élève dans le couloir.

— *Two little boys had two little toys*[1]...

Groyne, bien sûr.

Je reprends le bébé assoupi.

— Peux-tu aller le faire taire, Bridie ?

Elle fonce hors de la pièce... et réapparaît une minute plus tard dans un fauteuil roulant poussé par l'aide-soignant. Des rênes imaginaires entre les mains, elle fait semblant de diriger des chevaux en chantant elle aussi.

*Did you think I would leave you dying,*
*When there's room on my horse for two?*
*Climb up here, Joe, we'll soon be flying,*
*I can go just as fast with two*[2].

— Vous êtes dans un service qui accueille des malades, bande d'imbéciles, dis-je d'un ton sec.

Groyne hennit doucement et incline le fauteuil en arrière.

— La voiture de Mme Garrett est avancée.

Bridie en descend avec un rire gêné.

Je me tourne vers Delia Garrett pour m'excuser, mais elle sourit faiblement.

---

1. « Deux petits garçons et leurs deux petits jouets... »
2. « Pensais-tu que je te laisserais agonisant/Alors qu'il y a de la place pour deux sur mon destrier ?/Monte, Joe, bientôt on filera comme le vent/J'irai tout aussi vite avec toi à mes côtés. »

— Je la chante à mes filles, celle-là, dit-elle.

— Elles seront contentes de vous voir rentrer à la maison, non ?

Une larme brille sur son menton lorsqu'elle acquiesce.

Je recouche le petit White, puis installe Delia Garrett sur le fauteuil roulant et accroche son sac à la poignée. Avec ses mains croisées sur son giron et son chemisier flottant sur son ventre, elle dégage une sorte de beauté tragique.

— Merci, mademoiselle Julia. Et merci à vous aussi, Bridie.

— Au revoir, répondons-nous en chœur.

— Bonne continuation, madame O'Rahilly.

La jeune femme ne peut dire la même chose à cette mère éplorée. Faute de mieux, elle lui adresse un sourire triste et un salut de la tête.

Groyne s'éloigne ensuite en poussant le fauteuil dans le couloir.

Bridie et moi nous tournons l'une vers l'autre.

Oh, l'intimité et la chaleur de ce regard !

Sans un mot, nous refaisons le lit vide afin qu'il soit prêt pour la prochaine patiente.

Le soleil se lève un peu plus tard en déversant ses rayons par la fenêtre. Bridie me semble transparente aujourd'hui, comme si elle était faite d'os et de lumière et que sa chair n'était qu'une simple robe.

Elle éternue si soudainement qu'Eunice sursaute et se détache du sein de sa mère.

— Désolée. C'est la faute au soleil.

— Moi aussi, il me fait cet effet-là de temps en temps, dis-je.

Mary O'Rahilly ramène la bouche de son bébé contre son mamelon, d'un geste déjà expert.

Parce que Honor White dort et qu'il n'y a personne d'autre pour m'entendre, je saisis cette occasion de parler à la jeune femme.

Je me penche vers elle et baisse la voix (après tout, je ne suis pas censée faire ça) :

— Puis-je vous poser une question ? C'est assez personnel.

La surprise se lit dans son regard.

— Est-ce que M. O'Rahilly... s'emporte parfois ?

Cela arrive à tout le monde, non ? aurait peut-être répondu une épouse insouciante.

Mais Mary O'Rahilly a un mouvement de recul qui me prouve que Bridie a deviné juste.

Celle-ci s'approche d'elle de l'autre côté du lit.

— Il le fait, n'est-ce pas ?

— Seulement quand il a bu, murmure-t-elle.

— C'est honteux !

— Et il s'énerve souvent ? demande Bridie.

Les yeux de Mary O'Rahilly se posent sur nous à tour de rôle.

— C'est dur pour lui d'être au chômage, vous savez.

— Oh, je n'en doute pas, dis-je.

— Et il est très bon avec moi la plupart du temps.

Je m'aventure dans ces eaux profondes sans aucune idée de la manière dont rejoindre l'autre rive. À présent qu'elle nous a avoué la vérité, que vais-je bien pouvoir lui conseiller de faire ? D'ici six jours, voire moins, elle rentrera chez elle avec son bébé, et les voisins ont pour principe de ne jamais s'interposer entre un homme et sa femme.

— Prévenez-le que vous ne tolérerez plus jamais ça, dis-je d'un ton ferme. Surtout maintenant qu'il y a Eunice.

Mary O'Rahilly opine sans conviction.

— Votre père vous accueillerait-il si c'était nécessaire ? s'enquiert Bridie.

Elle hésite, puis fait signe que oui.

— Dites-le à votre mari, alors. D'accord ?

— Pour Eunice, ajoute gravement Bridie. Pour qu'il ne lui fasse jamais subir la même chose.

— D'accord, murmure la jeune femme, au bord des larmes.

À cet instant, sa fille commence à geindre, mettant fin à la conversation.

— Tenez-la bien droite, madame O'Rahilly. Inclinez son visage dans votre main et frottez-lui le dos pour l'aider à faire son rot.

Je regarde ensuite comment va Honor White. Elle dort toujours profondément, la tête penchée sur le côté.

Non. Elle ne dort pas.

Pleine d'appréhension, je me penche vers elle. Elle a les yeux ouverts et ne respire plus.

— Que se passe-t-il ? s'inquiète Bridie.

Je glisse mes doigts sous le poignet qui gît mollement sur le drap. Il est encore chaud, mais je ne perçois aucun pouls. J'en cherche un sur son cou, juste pour être sûre.

— *Seigneur, donne-lui le repos éternel*, dis-je tout bas, *et que la lumière perpétuelle brille sur elle*.

— Non ! s'écrie Bridie.

Je referme les paupières de Honor White et croise ses mains blanches sur sa poitrine.

Le sol tangue sous mes pieds, et je me sens brusquement incapable de tenir debout. Lorsque Bridie attire ma tête contre son épaule, je m'accroche si fort à elle que je dois lui faire mal. Derrière moi résonnent les pleurs de Mary O'Rahilly.

Je m'oblige à me ressaisir.

— Bridie, pourrais-tu aller chercher un médecin ?

En attendant qu'elle revienne, je contemple le bébé de Honor White. Ses petits reniflements, ses gestes hésitants.

Mon sang et tous nos efforts n'ont-ils fait que précipiter sa mère dans les bras de l'homme-squelette ?

Le Dr Lynn arrive bientôt, l'air épuisée.

— Mademoiselle Power, quelle triste nouvelle.

Bien que son cas soit sans espoir, elle examine la défunte avec soin avant de remplir le certificat de décès.

J'ai besoin d'être fixée :

— C'est sa réaction à la transfusion qui l'a tuée, à votre avis ?

— Non, je mettrais plutôt ça sur le compte d'un cœur fatigué par sa pneumonie, et plus encore par son accouchement, son hémorragie et son anémie chronique. Peut-être aussi qu'un caillot de sang a provoqué une embolie pulmonaire.

Elle remonte le drap sur le visage de statue de Honor White et se tourne vers moi.

— Nous faisons de notre mieux, mademoiselle Power.

— Certes.

— Et un de ces jours, même cette grippe s'éteindra.

— Vraiment ? demande Mary O'Rahilly. Comment pouvez-vous l'affirmer ?

— L'homme finit toujours par composer avec toutes les épidémies. Ou au moins par les contenir. Nous avançons en pataugeant et en partageant cette Terre avec chaque nouvelle forme de vie.

— Parce que cette grippe est une forme de vie ? s'étonne Bridie.

Le Dr Lynn acquiesce en bâillant derrière sa main.

— D'un point de vue scientifique, oui. C'est une créature qui n'a pas de mauvaises intentions, juste un besoin irrépressible de se reproduire – comme nous, en fait.

Cela me laisse perplexe.

— De toute façon, le pessimisme n'est pas bon pour la santé, ajoute-t-elle. Gardons espoir, mesdames.

Maintenant, madame O'Rahilly, je vais vous examiner, votre fille et vous.

Une fois qu'elle a terminé, elle se penche sur le garçon de Honor White.

— Il a réussi à boire un biberon ?

— Trois, même.

— Brave petit. *Filius nullius* à présent, je suppose, commente-t-elle sobrement. Il n'est le fils de personne, donc un enfant de la paroisse. J'imagine qu'il sera envoyé dans l'institution où logeait sa mère.

*C'est-à-dire dans les égouts.* Mais je me tais.

— Quand tout ceci sera derrière nous, Mlle Ffrench-Mullen et moi avons le grand projet de fonder notre propre hôpital dédié aux enfants pauvres.

— Quelle merveilleuse idée !

— N'est-ce pas ? Il y aura des salles de soins au dernier étage, des infirmières qualifiées dans chaque spécialité, des femmes médecins autant qu'on pourra en engager, des chèvres pour avoir du lait frais...

Des chèvres dans un hôpital ? Je me retiens de rire en croisant le regard de Bridie.

— Et aussi une maison de vacances à la campagne pour aider les mères à se remettre sur pied.

— Cela fait envie, dit Mary O'Rahilly.

— J'enverrai des aides-soignants chercher Mme White, m'informe le Dr Lynn en repartant.

Je me rappelle alors que le dossier médical de cette femme ne comporte les coordonnées d'aucun parent. Cela signifie – et j'en ai le cœur serré – que la pauvre sera enterrée dans une fosse commune.

Je décroche le clou du mur et sors ma montre de ma poche.

— Je peux ? me demande Bridie.

— Si tu veux.

Elle se détourne discrètement, trouve un espace sur le dos de la montre et dessine un rond profond et bien régulier pour Honor White.

Combien d'autres cercles aurai-je à graver dans les décennies à venir ? Les lignes finiront par se chevaucher, se superposer, s'entremêler.

— Il y en a tant, dis-je d'une voix étranglée.

— Peut-être, réplique Bridie, mais pense à toutes les autres. Pense à toutes les femmes aujourd'hui en vie. À leurs enfants qui grandissent.

Je regarde le petit White, dont les bras levés, à peine plus épais que mes pouces, semblent vouloir étreindre le monde.

C'est le moment que choisit Groyne pour débouler avec une civière.

— Alors, mademoiselle Power, il paraît que vous avez encore perdu une patiente ?

À l'entendre, on croirait que je suis une enfant négligente qui ne cesse de laisser tomber des pièces de monnaie.

Derrière lui, O'Shea serre ses mains l'une contre l'autre pour cacher leurs tremblements.

Groyne se tourne vers le lit de gauche.

— Ah, c'est la catin, cette fois.

J'ignore cette insulte faite à Honor White et me demande qui les a informés qu'elle n'était pas mariée.

— Elle a quitté cette Terre, lance-t-il à son collègue avec un plaisir mélancolique. Elle a entrepris son dernier grand voyage...

— Tout ça n'est qu'une plaisanterie pour vous, Groyne ? Est-ce que nous ne sommes que de la viande à vos yeux ?

Tout le monde me dévisage.

— Après qu'on a bu le bouillon, vous voulez dire ? me répond-il en souriant et en faisant signe de se trancher la gorge avec un doigt. En ce qui me concerne, oui. *Nada*, *finito*, *kaput*.

Puis il se frappe le sternum.

— Y compris votre humble serviteur ici présent.

Je ne sais quoi dire pour le remettre à sa place.

Il s'incline avec raideur devant moi et pose la civière par terre. O'Shea l'aide alors à étendre dessus le corps enveloppé de Honor White, avec lequel ils disparaissent dans le couloir.

Rien chez le petit White ne montre qu'il a conscience de ce qu'il perd.

Pour m'occuper, je vais défaire le lit de sa mère.

— Pourquoi es-tu si dure avec Groyne ? me demande doucement Bridie.

Sa question me hérisse.

— Tu ne le trouves pas ridicule, avec ses chansonnettes et sa vulgarité morbide ? Il est parti faire la guerre, mais il n'a jamais été à proximité de la moindre bataille, et maintenant il passe son temps à traîner ses sourires mielleux de célibataire et à faire son numéro de chanteur de music-hall devant des femmes qui se tordent de douleur.

Face à la mine déconcertée de Mary O'Rahilly, je prends conscience que je ne devrais pas parler ainsi devant une patiente.

— Il n'est pas célibataire, en fait, déclare Bridie. Quel mot désigne un homme qui, en plus d'être veuf, a aussi perdu ses enfants ?

Mon cœur se met à marteler ma poitrine.

— Quand est-ce arrivé ?

— Il y a longtemps, avant la guerre. Toute sa famille a été emportée par le typhus.

Je me racle la gorge.

— Désolée, je l'ignorais. Je suppose que le mot « père » s'applique toujours à lui, même si… Combien avait-il d'enfants ?

— Il ne me l'a pas dit.

— Comment sais-tu tout ça, Bridie ?

— Je lui ai posé des questions sur lui.

Honte à moi. Je suis partie du principe que Groyne avait atteint ce stade de son existence sans une égratignure parce qu'il était revenu de la guerre avec une poigne ferme, un visage intact et une capacité de parler inaltérée. Je n'ai jamais réussi à voir l'homme brisé derrière ses blagues et ses chansons. L'homme tourmenté, bien qu'en pleine forme, et piégé ici sans les êtres qu'il aimait, sans rien d'autre que son travail à effectuer. Groyne pourrait dépenser sa pension militaire dans des bars, mais non, il est là tous les jours à 7 heures pour transporter les vivants et les morts.

— Sans vouloir vous déranger, mademoiselle Power…

Après quelques hésitations, Mary O'Rahilly m'avoue que ses mamelons lui font mal. Je lui sors un pot de lanoline pour qu'elle en mette un peu dessus.

Je vérifie ensuite si le bébé de Honor White a besoin d'être changé, mais sa couche est toujours sèche. Comme il me paraît fragile et minuscule, tout d'un coup. Sœur Luke a-t-elle raison de ne pas donner cher de sa peau ?

— Il faut qu'on le baptise, dis-je à Bridie.

— Maintenant ?… Nous ?

— Il n'y a pas de prêtre à l'hôpital aujourd'hui, et tous les catholiques sont autorisés à se substituer à eux en cas d'urgence.

— Vous avez déjà baptisé des bébés, mademoiselle Power ? demande Mary O'Rahilly avec une pointe d'excitation teintée de scepticisme.

— Non, mais je l'ai vu faire à quelques reprises.

*Sur des enfants mourants.*

— Et je me souviens des paroles, dis-je pour la rassurer.

— On ne sait pas comment sa mère voulait l'appeler, objecte Bridie.

C'est vrai, et cela me chagrine. Mais Honor White était toujours si éteinte et maussade. Et puis je pensais qu'on avait le temps…

— Il vaut mieux que ce soit nous qui lui choisissions un prénom, plutôt que le personnel de l'endroit où il finira, ajoute Bridie d'un air sombre.

— Tu veux bien être sa marraine ?

— Ha !

— Je suis sérieuse, Bridie. Tu veux bien ? C'est un engagement solennel.

— Allez ! s'écrie Mary O'Rahilly, comme si elle était au cirque.

Bridie prend donc le petit White dans ses bras et se tient bien droite.

Avons-nous intérêt à jouer la sécurité en optant pour l'un des saints les plus connus du calendrier ? Je teste quelques prénoms à voix haute :

— Patrick ? Paul ?

— John ? suggère aussi Mary O'Rahilly. Michael ?

— C'est banal, se plaint Bridie.

J'observe le visage de l'enfant. Pourquoi ne pas faire référence au poinçon final du potier dans l'argile ? Le bec-de-lièvre. Quelle était l'expression gaélique employée par le Dr Lynn ? *Bearna* quelque chose, non ?

— Appelons-le Barnabas, dis-je.

Bridie contemple le bébé.

— J'aime bien.

— C'est assez distingué, approuve Mary O'Rahilly.

À cet instant, Bridie tourne vivement la tête et lève un bras pour éternuer avec force dans sa manche.

— Désolée !

Elle recommence aussitôt, encore plus fort.

— Ça va ? s'inquiète Mary O'Rahilly.

— J'ai pris froid, c'est tout. J'ai dû rester assise dans un courant d'air hier soir, dit Bridie en me faisant un clin d'œil.

Je me remémore notre nuit sur le toit. Est-ce une impression ou suis-je en train de rougir ? Il faut que je me reprenne.

— Bridie Sweeney, dis-je d'un ton cérémonieux, quel nom donnez-vous à cet enfant ?

— Barnabas White, répond-elle avec gravité.

— Que demandez-vous pour lui à l'Église de Dieu ?

— Euh… le baptême ?

Je hoche la tête.

— Êtes-vous prête en tant que marraine à…

La phrase traditionnelle est « aider les parents ».

— … à aider Barnabas ?

— Oui.

En l'absence d'eau bénite, de l'eau bouillie ordinaire fera l'affaire. Je vais chercher un verre d'eau et une bassine.

— Tiens-le au-dessus, Bridie.

Je me concentre pour empêcher mes mains et ma voix de trembler. La partie suivante, prononcée en latin, est la plus importante.

— *Ego te baptizo, Barnabas, in nomine Patris…*

Je crains qu'il ne grimace au moment où je fais couler de l'eau sur son front, mais il n'en fait rien.

— *Et Filii…*

Je recommence.

— *Et Spiritus Sancti.*

Pour la troisième fois, je déverse le liquide clair sur lui en implorant l'Esprit-Saint de le protéger.

— C'est fini ? demande Bridie en rompant le silence.

Je fais signe que oui et lui reprends Barnabas.

Elle vide d'un trait le reste du verre.

Je marque un temps d'arrêt en la dévisageant.

— Désolée, je meurs de soif.

Mon pouls fait un bond sous l'effet de la peur.

Un éclat rose sur ses joues. Deux taches de couleur sur ses pommettes. Elle n'a jamais été plus jolie.

Je repose Barnabas dans son berceau et appuie le dos de ma main contre le front de Bridie. Elle est un peu fiévreuse.

— Tu te sens patraque ?

— J'ai la tête qui tourne, c'est tout.

Elle remplit le verre et le boit de nouveau d'une traite en déglutissant avec peine.

— Doucement, doucement.

Elle éclate de rire.

— On dirait que je suis un puits sans fond !

C'est à ce moment-là que je l'entends, cette fêlure dans sa voix quand elle parle, cette musique presque imperceptible qui vient de ses poumons, comme le vent dans un arbre au loin.

Je veille à garder un air neutre.

— Tu es essoufflée ?

Elle bâille à s'en décrocher la mâchoire.

— Seulement parce que je suis fatiguée. Et j'ai toujours mal à la gorge quand je m'enrhume.

Sauf qu'elle n'a pas le nez qui coule, ainsi qu'on pourrait s'y attendre si elle avait simplement pris froid.

Comme une horloge dont le ressort aurait été trop remonté, mon cerveau égrène tous les signaux que j'ai notés sans y faire vraiment attention jusqu'alors.

*Des éternuements.*

*Un mal de gorge.*

*La soif.*

*Des vertiges.*

*Une certaine fébrilité.*

*Des insomnies.*

*Une pointe de démence.*

Je n'aime pas l'idée de mettre un mot là-dessus, mais ce serait faire preuve de superstition.

— Bon, ça ne peut pas être cette grippe, dis-je précipitamment. Personne ne l'attrape deux fois.

Sa bouche se tord.

— Bridie !

Elle ne répond pas.

Une rage sans nom m'envahit.

— Tu m'as dit que tu l'avais déjà eue, que ça remontait à loin, même.

Elle me l'a affirmé le premier matin. C'était il y a deux jours – pas plus ? J'ai l'impression qu'une vie entière s'est écoulée depuis qu'elle est entrée d'un pas joyeux dans mon service, sans masque ni rien pour la protéger.

Elle baisse les yeux.

— J'ai peut-être eu une bonne vieille grippe tout à fait banale. Ou alors c'est aujourd'hui que j'en ai une ?

Je me mords la lèvre pour ne pas lui assener ce que je pense. *La seule grippe que les gens contractent en ce moment, c'est la mauvaise.*

Seigneur. Il faut compter deux jours d'incubation, c'est donc ici qu'elle a dû tomber malade, dans cette petite serre si propice à la contagion.

Je tente d'empêcher ma voix de grimper dans les aigus.

— Tu as mal quelque part ?

Elle hausse les épaules.

Je la prends par le coude.

— Où ça, Bridie ?

— Oh, ici et là.

Elle se touche le front, le cou et la nuque.

J'ai envie de la frapper et de l'étreindre en même temps.

— Ailleurs aussi ?

Sa main se déplace vers ses omoplates, le bas de son dos et ses cuisses. Puis elle s'écarte de moi et éternue convulsivement dans sa manche.

— Bon, il semblerait que je l'ai attrapée, dit-elle, un peu penaude. Ou plutôt, il semblerait qu'elle, elle m'ait attrapée.

Je m'aperçois soudain que les taches de couleur sur ses joues sont plus rouges que roses. Cramoisies, presque. Comme le maquillage des acteurs dans les spectacles de Noël – Bridie en a-t-elle jamais vu un ?

*Rouge, marron, bleu, noir.*

— Cette grippe n'est pas si terrible, dit Mary O'Rahilly. J'ai connu pire.

La jeune mère est pleine de bonnes intentions, mais je me retiens de l'étrangler.

À la place, je me force à prendre un ton d'infirmière en chef :

— C'est vrai, ça va aller, Bridie.

Sauf qu'elle commence à frissonner…

— Du repos, voilà ce qu'il te faut. On va te mettre au lit tout de suite.

— Où ?

L'espace d'un instant, je sèche complètement. Puis je lui montre le lit vide sur la droite, celui de Delia Garrett, que nous avons refait ensemble un peu plus tôt.

— Mais… je ne suis pas enceinte.

Le problème est que je ne supporte pas de l'envoyer en bas au bureau des admissions, parce qu'elle risque de devoir y attendre des heures. Tout retard dans sa prise en charge pourrait être dangereux si son cas est sérieux – cela n'est guère probable, mais par précaution… il faut faire avec ce qu'on a, l'heure est grave, le soin aux patients prime tout le reste. *À qui suis-je en train d'opposer ces arguments ?*

— Aucune importance, dis-je. Tiens, enfile ça…

J'attrape une chemise de nuit amidonnée sur l'étagère.

— Tu y arriveras toute seule ?

Un éternuement retentissant noie sa réponse.

— Désolée !

Je me rappelle ses propos. Punie pour avoir éternué pendant la messe.

Elle se détourne pudiquement afin de déboutonner sa robe.

Je lui trouve un mouchoir propre, glisse un thermomètre sous sa langue et lui ouvre un dossier comme à n'importe quelle autre patiente. Bridie Sweeney.

**Âge : 22 ans (env.)**

Il y a tant de détails sur elle que j'ignore, et cela me rend folle de devoir mentionner pour adresse le couvent de l'ordre de sœur Luke.

**Médecin ayant demandé l'admission**

Je ne sais pas quoi mettre. Puis je tente de me rappeler quand je lui ai donné le thermomètre. Se peut-il que cela fasse déjà une minute ? Le temps file si bizarrement. Je me penche et lui effleure la mâchoire.

— Ouvre la bouche, Bridie.

Ses lèvres sèches s'écartent, mais l'une reste collée au thermomètre lorsque je le retire, et un lambeau de peau se déchire en laissant perler une goutte de sang.

Je tamponne le verre et lis le résultat : 39,2 °C. C'est élevé mais, tout bien considéré, pas tant que ça pour cette grippe. Je vais passer la tête par la porte du service des maladies infectieuses, de l'autre côté du couloir.

— Mademoiselle ? Mademoiselle ?

Même si ma vie en dépendait, je ne pourrais pas retrouver le nom de l'infirmière responsable de cette salle.

La petite religieuse n'apprécie pas que je l'interpelle ainsi, c'est évident.

— Qu'y a-t-il, mademoiselle Power ?

— Ma patiente ne se sent pas bien, dis-je avec une feinte désinvolture. Pourriez-vous envoyer quelqu'un chercher tout de suite un médecin ?

Je ne lui précise pas pour quelle patiente – je ne peux pas lui avouer que j'ai attribué un lit à une bénévole qui n'a pas été officiellement admise à l'hôpital.

— Très bien, répond l'infirmière dans un soupir.

*Maintenant*, ai-je envie d'insister. Mais je me tais.

Quand je reviens, les vêtements de Bridie sont pliés sur une chaise et elle-même s'est déjà glissée sous les couvertures.

Je prends conscience qu'elle a grandi en sachant qu'elle serait punie si elle lambinait trop.

Je ne suis pas en état de diriger ce service, pas alors que la peur m'oppresse autant, mais ce n'est pas comme si quelqu'un pouvait me remplacer. *Tu n'as pas le choix.* J'adosse Bridie à deux oreillers et vais chercher dans l'armoire à linge quatre couvertures qui empestent le soufre. Je lui prépare ensuite un whisky chaud et bien fort. Sa respiration est juste un poil trop rapide, et son pouls à peine trop élevé. Je note toutes ces constantes en essayant de réfléchir de façon scientifique. Elle ne tousse pas, c'est déjà ça.

Bridie s'agite entre les draps.

— Mais si une vraie patiente arrive en ayant besoin de mon lit ?

— Chut, tu es une vraie patiente, toi aussi. Il est grand temps que tu te reposes après tout ce que tu as fait pour moi. Profite et accorde-toi une petite sieste, dis-je avec une gaieté incongrue. Tu dois avoir sommeil après être restée assise toute la nuit sur le toit.

Un sourire rayonnant étire ses lèvres gercées.

Je me retourne brusquement.

— Madame O'Rahilly, cela vous ennuierait de passer dans le lit près du mur pour qu'on ait un peu plus de place ici ?

— Euh… non, pas du tout.

Il me semble que je réussis à masquer ma panique quand je me penche sur Bridie, mais pas mon amour, et je ne supporte pas que quelqu'un voie la manière dont je la regarde.

J'aide donc Mary O'Rahilly à se lever et à se recoucher. Au passage, j'ai tout de même une pensée pour les deux bébés. Je pousse le berceau d'Eunice entre le lit de sa mère et celui qu'elle vient de quitter afin de l'éloigner de Bridie, puis j'amène Barnabas à côté. Mais mes gestes trop brusques les secouent légèrement, et Eunice se met à geindre.

Je tente de me rappeler tout ce qu'on m'a dit sur la grippe. L'apparition rapide des symptômes est-elle forcément le signe d'un cas grave ? Bridie pourrait-elle surmonter très vite la maladie et être de nouveau sur pied et en pleine forme d'ici quelques jours ?

Pour la protéger du froid, j'enveloppe un châle en cachemire autour de sa tête et de son cou.

Elle a les dents qui claquent.

— Comme c'est agréable !

J'étends ensuite les couvertures sur elle en les bordant autour de son corps fluet et tout tremblant.

— Je vais avoir trop chaud, cette fois, plaisante-t-elle.

— Il est recommandé de transpirer. Tu veux encore un peu d'eau ?

Je me dépêche d'aller lui remplir un verre.

Pendant ce temps, elle éternue à cinq reprises dans son mouchoir.

— Désolée...

— Tu n'as pas à t'excuser de quoi que ce soit, Bridie.

Je jette son mouchoir dans le panier de linge sale et lui en donne un autre. Je rêve ou la couleur de ses joues se répand vers ses oreilles de porcelaine ? Et n'est-elle pas d'un brun sombre, maintenant ? *Rouge, marron...*

— Bois ton whisky, Bridie.

Elle en avale une grande gorgée et s'étrangle.

Je la réprimande tendrement :

— Pas autant d'un coup !

— Je m'attendais à ce que ça ait meilleur goût, dit-elle.

Je perçois ses efforts pour parler et la fragilité de son souffle.

— Tu sais, j'ai l'impression que tu ne respires pas tout à fait bien, ton cœur essaie donc de compenser en battant plus vite. Laisse-moi juste glisser ça derrière toi...

Je cale un coussin rehausseur entre elle et le mur avant d'y ajouter un oreiller.

— Appuie-toi là-dessus maintenant.

Ses cheveux étalés sur la taie sont pareils à un soleil couchant. Elle pousse un soupir saccadé.

Je serre sa main entre les miennes.

— Franchement, qu'est-ce qui t'a pris de mentir et de prétendre que tu avais déjà eu cette grippe ?

— Je voyais bien que tu avais besoin d'une paire de bras supplémentaire.

Elle s'interrompt le temps d'inspirer avec peine.

— Je voulais me rendre utile. Je voulais t'aider, toi.

— Mais, tu ne me connaissais que depuis trente secondes.

Elle sourit.

— Si je t'avais avoué que je ne l'avais pas encore eue... tu m'aurais peut-être renvoyée, dit-elle, essoufflée à présent. Il y avait du travail à abattre, du travail pour deux.

Je suis incapable de lui répondre.

— N'en fais pas un drame, ajoute-t-elle, comme si c'était elle l'infirmière. Pas la peine de t'inquiéter. Je m'en sortirai.

Je ne suis pas sûre d'avoir bien entendu. Elle a prononcé ces mots si bas que j'ai été obligée de me pencher et d'approcher mon oreille de sa bouche.

Elle s'est exprimée d'un ton curieux. Euphorique, c'est ça. J'ai assisté un jour à une conférence donnée par un alpiniste qui expliquait s'être senti euphorique en altitude, là où l'air est rare. Sur le coup, il n'y avait pas vu un symptôme de quoi que ce soit, à moins qu'il n'ait été trop concentré sur son aventure pour s'en soucier.

Je reprends sa température. Elle est montée à 40 °C.

— Ce n'est pas Bridie Sweeney, si ?

La voix derrière moi est celle du Dr Lynn.

Je lui résume la situation à toute vitesse en gardant les yeux baissés sur le dossier de Bridie.

Elle m'interrompt avant que j'aie terminé.

— Mlle Sweeney devrait être au service des maladies infectieuses...

— S'il vous plaît, docteur. Ne la transférez pas ailleurs.

Elle émet un *tsss* réprobateur, mais son stéthoscope est déjà appuyé dans le bas du dos de Bridie.

— Inspirez profondément, ma chère.

De là où je suis, je distingue l'horrible bruit de crécelle de ses poumons.

— Elle ne tousse pas, dis-je. N'est-ce pas bon signe ?

Le Dr Lynn ne répond pas. Elle retourne les mains de Bridie – des mains toutes gonflées, je le vois à présent, et pas seulement à cause de ses engelures.

— Un œdème, murmure le médecin. Un excès de liquide dans les tissus.

Comment ai-je pu ne pas le remarquer ?

Je me force à lui poser la question qui me taraude :

— Et que pensez-vous de...

Mais je n'arrive pas à prononcer le mot « cyanose ».

— ... Que pensez-vous de ses joues ?

— Il faut que vous restiez tranquille, dit-elle à Bridie en hochant gravement la tête. Et avec un peu de chance... J'ai déjà vu des malades retrouver un teint normal.

Mais combien étaient-ils par rapport à ceux dont la peau est devenue de plus en plus foncée ? *Rouge, marron, bleu...*

*Arrête, Julia.* Tout ce dont Bridie a besoin, c'est d'un peu de chance, et qui mérite plus qu'elle d'en avoir ?

Le Dr Lynn lui prend le menton.

— Ouvrez la bouche, voulez-vous ?

Bridie lui dévoile une langue si sombre qu'on pourrait croire celle d'une pendue.

Le médecin ne fait aucun commentaire.

— Vous avez fait tout ce que vous pouviez, mademoiselle Power, dit-elle en se tournant vers moi. Continuez à lui donner du whisky. Maintenant, j'ai bien peur d'être attendue au bloc opératoire...

— Mais...

— Je vous promets de repasser, dit-elle en sortant.

Pour m'occuper, je vérifie la température de Bridie. 41 °C. Est-ce possible ? Des gouttes de sueur se forment sur son visage à un rythme tel que je ne peux toutes les essuyer.

— Reste bien tranquille, comme a dit le médecin. N'essaie pas de parler, tu te rétabliras d'autant plus vite.

Je tapote ses joues, son front et sa nuque avec un linge froid. Puis il me vient à l'esprit que Bridie ne tousse pas pour la simple raison qu'elle en est incapable. Elle est étouffée par ses propres fluides. Elle se noie de l'intérieur.

Les heures passent, interminables et impossibles. À plusieurs reprises, je m'oblige à accomplir l'un de mes autres devoirs, comme un automate. J'apporte un bassin hygiénique à Mary O'Rahilly lorsqu'elle se risque à me le demander. Je contrôle sa ceinture abdominale et lui mets une nouvelle protection entre les jambes. Barnabas se réveille à un moment en chouinant. Je change ses langes et lui prépare un biberon. Mais durant tout ce temps je n'ai conscience que de Bridie.

Ses joues sont marron foncé jusqu'à ses oreilles maintenant – on ne peut plus les dire seulement rouges. Sa respiration n'est qu'un râle humide. Parce qu'elle n'a pas la force de tenir sa tasse de whisky, je m'agenouille sur le lit à côté d'elle et la porte à ses lèvres craquelées. Elle en avale quelques gorgées entre deux inspirations laborieuses. Puis elle éternue cinq fois de suite, et soudain son mouchoir est maculé de sang.

Je le regarde fixement. Un capillaire rompu, un parmi les milliers, les millions même, que compte son jeune corps résilient. Cela ne veut rien dire. Les parturientes se débattent souvent dans des mares de sang, et cela ne les empêche pas d'aller très bien le lendemain.

— Je crois que j'ai besoin…

— Oui, Bridie ?

Aucun mot ne sort, mais je devine.

— Un bassin, c'est ça ?

Une larme coule de son œil gauche.

J'inspecte ses draps. Elle les a mouillés.

— Ne t'en fais surtout pas, ça arrive sans arrêt. Je vais arranger ça en deux minutes.

J'incline son corps léger et inerte pour dérouler un drap sec par le côté gauche et défaire en parallèle le drap humide par la droite. Puis je lui enlève sa chemise de nuit – découvrant au passage ses flancs pâles et ce qui ressemble à une vieille cicatrice – et je lui en enfile une propre.

— Tu me vois bien, Bridie ? Ou est-ce que je t'apparais floue ?

Elle ne répond pas.

Sa température est redescendue à 40,5 °C. Le soulagement m'envahit.

— Ta fièvre retombe.

Bridie ouvre la bouche en silence. Je ne suis pas sûre qu'elle ait compris ce que je lui ai dit.

Je prends son pouls. Il est toujours rapide, et je le trouve filant sous mes doigts. Pas question qu'elle fasse un choc cardiogénique. Je me dépêche de préparer un demi-litre de sérum physiologique et j'en remplis notre plus grosse seringue métallique, en m'efforçant de maîtriser le tremblement de mes mains.

Même dans sa confusion, Bridie tressaille à la vue de l'aiguille.

— Ce n'est que de l'eau salée, comme la mer, dis-je.

Des médecins venaient-ils parfois dans son prétendu foyer ? Lui a-t-on déjà fait une piqûre ?

— Tu vas m'injecter la mer dans le corps ? murmure-t-elle.

Je m'ordonne de ne pas lui faire mal et introduis l'aiguille dans la veine à la première tentative.

Je la surveille. J'attends.

Dans ma tête, je me répète ces mots : *toujours à 100 % vivante*, même si ses lèvres prennent une belle teinte lavande, presque violette, et que ses paupières gonflées sont d'un gris charbonneux, comme l'étaient celles de Mary Pickford à l'écran.

Le sérum ne semble avoir aucun effet. Sa pression continue de chuter.

À partir de quand doit-on considérer que la couleur pourpre a viré au bleu ? *Rouge, marron, bleu, noir*. Qu'a dit le Dr Lynn, au juste, sur les malades qui atteignaient le troisième stade ? Quelles sont leurs chances de s'en sortir ?

Bridie essaie de me dire quelque chose.

Je crois distinguer le mot « chanter ».

— Tu veux que je chante ?

Peut-être délire-t-elle. Peut-être que ce n'est même pas à moi qu'elle s'adresse. De toute façon, elle ne répond pas. Tous ses efforts ne portent que sur sa prochaine inspiration.

Je décide de filer au bloc chirurgical et de ramener le Dr Lynn par la peau du cou s'il le faut.

— Bridie, je vais m'absenter une petite minute.

M'a-t-elle seulement entendue ?

Je fonce hors de la pièce et m'élance à gauche dans le couloir.

Il y a du bruit derrière moi. Je l'ignore d'abord, jusqu'à ce qu'il s'intensifie. Je me retourne alors et vois le Dr Lynn descendre l'escalier entre deux policiers casqués. Son tablier est taché de sang et les agents lui tiennent chacun un bras, si fort qu'elle se retrouve un instant soulevée au-dessus du sol.

— Docteur Lynn !

Elle me regarde à travers la bande de curieux qui nous séparent. Son expression est la plus déconcertante qui soit – un mélange de frustration, de regret, de tristesse, et même (je pense) d'amusement devant l'absurdité de la situation. Je comprends qu'elle ne peut rien pour moi, ni pour Bridie. Son temps ici est terminé.

Les hommes en bleu l'entraînent à l'angle d'un couloir, hors de ma vue.

Quand je rentre dans mon service, Bridie a la couleur d'un penny sale et les yeux exorbités – terrifiés, dirais-je.

Je prends sa main moite.

— Tu vas t'en tirer, je te le promets.

L'un des bébés pleure, et je crois que Mary O'Rahilly aussi, mais toute mon attention reste rivée sur Bridie. Elle respire péniblement, par petits à-coups presque trop rapides pour que je puisse les compter. Et son visage est d'un bleu terne.

J'attends.

J'observe.

L'homme-squelette est dans la pièce. Je le sens qui fait cliqueter ses os et qui ricane.

Mais Bridie n'a-t-elle pas une endurance extraordinaire ? Elle est plus jeune et plus coriace que moi, elle-même s'en est vantée. Les privations et les humiliations ont toujours été son pain quotidien. Elle les a encaissées et transformées en force, en joie, en beauté. Elle peut sûrement survivre à cette journée aussi bien qu'elle a survécu à toutes les autres, non ?

*Ce n'est qu'un chemin à travers bois*, me dis-je. Un chemin tortueux, à peine visible, mais un chemin quand même, et tous ne mènent-ils pas quelque part ? Comme ceux des collines boisées autour de Dublin où nous irons un jour nous promener, elle et moi, en riant de ma peur panique quand elle avait la grippe. Elle viendra à la maison et rencontrera Tim et sa pie. Elle se couchera à côté de moi dans mon lit. Nous aurons toute la vie devant nous. Et un jour aussi, on prendra un navire pour l'Australie et on ira marcher dans la vapeur parfumée des montagnes Bleues. Je nous imagine déambulant dans des forêts d'eucalyptus, charmées par le vol exubérant d'oiseaux étranges.

Un peu d'écume rouge s'échappe de la commissure de ses lèvres.

Je l'essuie aussitôt.

Le sentier à travers bois s'assombrit à mesure que les branches des arbres se referment au-dessus de nous. Il ressemble plus à un tunnel, maintenant.

Je songe à courir chercher un autre médecin pour qu'il donne quelque chose à Bridie, n'importe quoi. Mais un stimulant, quel qu'il soit, ne lui permettrait que de gagner quelques minutes supplémentaires de souffrance – n'est-ce pas ce qu'a dit le Dr Lynn ?

Le tunnel suit une ligne droite à présent, et nous savons toutes les deux très bien où il mène.

Bridie tousse et crache du sang rouge sombre qui s'écoule le long de son cou.

Je la prends dans mes bras tandis que des bulles écarlates sortent de son nez. Sur son poignet si fin, je ne détecte plus aucun pouls. Sa peau moite commence à perdre toute sa chaleur.

Je ne fais rien, je reste juste là, accroupie contre elle, en comptant ses petites inspirations – 53 par minute. Quel est le maximum que l'on puisse atteindre ? Elles sont aussi fragiles que les ailes d'un papillon. Aussi bruyantes qu'une scie attaquant un arbre. Je ne cesse de les compter, de les additionner, jusqu'à celle, infime et silencieuse, dont je m'aperçois au bout de quelques secondes qu'elle a dû être sa dernière.

Mes yeux secs me brûlent. Je les baisse vers le sol. C'est Bridie qui a passé la serpillière ici tout à l'heure. Je tente de retrouver des traces de son passage sur Terre.

— Mademoiselle Power, s'il vous plaît. Ressaisissez-vous.

Groyne. Quand est-il entré ? Son ton est curieusement bienveillant.

— Levez-vous, d'accord ?

Je me redresse avec peine. Tout mon tablier est maculé de sang. Je lâche les doigts de Bridie et les repose sur sa poitrine.

Les traits de Groyne se creusent.

— Oh non, pas la petite Sweeney.

Derrière moi, Mary O'Rahilly sanglote.

L'aide-soignant repart sans rien ajouter.

Je commence par les mains de Bridie. Je les essuie et applique une bonne couche de crème apaisante dessus en suivant le contour du cercle épais laissé par la teigne – comme le vestige discret d'une ancienne forteresse sur une colline. Puis je passe un linge sur ses bras, celui à la peau lisse et l'autre, à la peau brûlée et plissée.

« Une casserole de soupe », m'a-t-elle dit le premier jour.

Que j'ai été naïve de croire à un accident. Il est beaucoup plus probable qu'à un moment donné, durant son enfance pénitentielle, un adulte lui ait jeté un liquide bouillant à la figure.

Le Dr MacAuliffe entre dans le service.

J'articule à peine un mot.

Il cherche un pouls qui n'est plus là. Soulève une des paupières de Bridie et braque sa lampe torche sur son œil pour s'assurer que la pupille ne se contracte pas.

C'est le non-respect des procédures administratives qui le trouble.

— Vous voulez dire qu'elle n'a jamais été officiellement admise dans cet hôpital ?

— Elle a travaillé ici trois jours. Sans relâche. Pour rien.

Ce doit être le ton de ma voix qui le fait taire.

Il griffonne.

**Cause du décès : grippe**

L'instant d'après, il est parti et je m'attelle à ma tâche.

Il y a peu d'endroits sur le corps de Bridie qui soient restés intacts. La préparer à son enterrement, c'est en quelque sorte lire à la suite les chapitres d'un livre atroce. Quand je lui enlève son second bas, je remarque un orteil qui présente un angle bizarre – une vieille fracture jamais réduite. Une horrible ligne rouge s'étire aussi de ses côtes jusqu'à son dos. Elle a cicatrisé avec le temps, comme la plupart des choses. Je me penche pour l'embrasser.

Depuis son lit, Mary O'Rahilly m'interpelle timidement.

— Mademoiselle Power, s'il vous plaît, est-ce que je peux rentrer chez moi ? Cet endroit…

C'est une réaction saine que de vouloir prendre son bébé et fuir loin d'ici.

— Plus que quelques jours, madame O'Rahilly, dis-je sans même pivoter vers elle.

Je trouve une chemise de nuit que j'enfile à Bridie. Juste quand je finis d'étendre ses jambes et de joindre ses mains en nouant ses doigts entre eux, Groyne et O'Shea arrivent avec une civière.

Je ne peux pas les regarder déposer Bridie dessus. Tout comme je ne peux pas ne pas le faire.

Je vais chercher un drap propre et la recouvre avec.

Le contact de la main de Groyne sur mon épaule me fait ciller.

— On va s'occuper d'elle maintenant, mademoiselle Power, dit-il.

Le silence retombe sur le service après leur départ.

À un moment donné, Barnabas se met à pleurer. Puis le bruit s'atténue. Je me tourne et vois que Mary O'Rahilly le berce dans ses bras en essayant de l'apaiser.

Lorsque sœur Luke arrive, je ne comprends d'abord pas ce qu'elle fait là. Mais le ciel derrière la fenêtre est tout noir et ma montre – chose inexplicable – indique 21 heures.

Mary O'Rahilly serre toujours Barnabas contre elle.

La religieuse soupire.

— Je suis au courant pour cette pauvre Sweeney. Quel choc ! Décidément, *nous ne savons ni le jour ni l'heure.*

Ma rage reste bloquée dans ma gorge.

L'infirmière de nuit accroche sa cape, ajuste son voile et son masque, enfile un tablier.

— Je vois que la petite erreur de la nature tient bon, elle ?

Elle reprend Barnabas à Mary O'Rahilly et le repose dans son berceau avec autant de désinvolture que si elle faisait le ménage.

Je réussis à me lever. À faire un pas. Puis un autre.

Je baisse les yeux sur la fleur que dessine la lèvre supérieure du bébé. Elle m'apparaît soudain comme un signe, un sceau imprimé sur cet enfant.

— Il n'y a rien d'anormal chez lui, ma sœur.

Elle hausse les sourcils d'un air sceptique.

Une idée folle est en train de germer en moi. Et si Tim…

Non, ce ne serait pas juste pour mon frère. Je n'ai pas le droit.

Mais je continue quand même.

— Je vais rentrer chez moi ce soir, dis-je.

La religieuse hoche la tête. Sans doute pense-t-elle que je compte ne rien faire d'autre que dormir.

J'énonce alors mon intention à voix haute :

— Je prends mon congé annuel.

— Ah, non, j'ai peur que l'hôpital ait grand besoin de nous toutes jusqu'à la fin de la guerre, mademoiselle Power.

Je dénoue mon tablier et le jette dans le panier de linge sale.

— S'il faut en passer par là, ils n'ont qu'à me renvoyer.

« Ton travail n'est pas de porter des enfants, mais de les sauver », m'a affirmé Bridie.

Ma foi, peut-être un, au moins. Pour elle. Quelque chose me dit qu'elle voudrait que j'empêche Barnabas White de finir dans les égouts.

Avant que le courage m'abandonne, je sors un vieux sac de voyage de l'armoire à linge et le remplis de tout le nécessaire : des langes et des épingles de nourrice, quelques tenues, deux biberons spéciaux surmontés de grosses tétines, et le flacon de préparation pour nouveau-nés. Une chanson populaire ne cesse pendant tout ce temps de tourner en boucle dans ma tête : *Pack up your troubles in your old kit bag*[1].

Sœur Luke me regarde en silence.

— Que faites-vous ? me demande-t-elle au bout d'un moment.

— J'emmène le bébé.

Puis j'enfile une robe chaude à Barnabas par-dessus ses vêtements.

— C'est inutile, dit la religieuse avec un claquement de langue réprobateur. Des dispositions ont sûrement été prises pour qu'il soit conduit à la maison des filles mères.

J'enveloppe Barnabas dans deux petites couvertures et lui mets un bonnet en laine que je descends presque jusque sur ses yeux.

1. « Remballe tes soucis dans ton vieux paquetage. »

Je vais ensuite récupérer mon manteau, mais quand je me retourne, sœur Luke se dresse devant moi.

— Mademoiselle Power, cet enfant n'est pas à vous.

— Mais il n'appartient à personne d'autre, n'est-ce pas ?

— Dois-je en déduire que vous vous portez volontaire pour être mère d'accueil ?

Je grimace.

— Je ne réclamerai aucun dédommagement.

— Que recherchez-vous, dans ce cas ?

Je me rappelle qu'elle ne pense pas à mal. Elle considère qu'il est de son devoir de protéger ce petit être contre tous les dangers possibles, y compris moi.

— Juste m'occuper de lui. L'élever comme mon enfant.

Elle tire sur son masque en semblant prise de démangeaisons.

— Vous avez l'air épuisée et bouleversée, ce qui est normal après la journée que vous avez eue.

Si elle a le malheur de prononcer le nom de Bridie, je vais craquer.

— Nous sommes tous fatigués, ma sœur. Je rentre à la maison me reposer, et Barnabas White vient avec moi.

— Nous autres, célibataires, avons tendance à souffrir de temps à autre d'une poussée d'instinct maternel, dit-elle en soupirant. Mais un bébé n'est pas un jouet. Que faites-vous de votre travail ici ?

— J'ai un frère qui m'aidera.

*Comment puis-je parler ainsi au nom de Tim ?*

— Je réintégrerai mon poste après ma semaine de congé, je vous le promets, dis-je précipitamment. Maintenant, laissez-moi passer.

Sœur Luke se redresse de toute sa hauteur.

— Vous devez en parler au père Xavier. C'est lui l'aumônier par intérim, et tous les catholiques nés dans cet hôpital sont placés sous sa protection.

Je me demande qui a décidé un jour de mettre nos vies entre les mains de ces vieillards.

— Je croyais qu'il était parti officier à des funérailles, dis-je.

— Non, il est rentré. Vous le trouverez à la maternité.

— Très bien.

Je recouche à contrecœur un Barnabas assez emmitouflé pour affronter un froid polaire, puis prends son dossier et sors chercher le prêtre.

À l'étage supérieur, la longue salle de la maternité a des allures de caverne. Comment font-ils sans obstétricien à présent que le Dr Lynn a été emmenée au château de Dublin ? Je passe devant une foule de femmes qui gémissent, halètent, se tournent et se retournent, sirotent du thé ou du whisky, s'agenouillent, nourrissent leur fragile marchandise ou pleurent. *Malheur à celles qui seront enceintes*. Et bonheur aussi. L'un et l'autre sont si entremêlés qu'il est difficile de les distinguer.

Le père Xavier prie avec une patiente. Il se redresse à ma vue et s'approche de moi en s'essuyant le nez avec un mouchoir.

Je n'y vais pas par quatre chemins :

— Je veux ramener un bébé chez moi.

Ses sourcils gris broussailleux montent d'un cran sur son front.

Je lui expose de façon très factuelle la situation de Barnabas.

Mon projet l'inquiète.

— Vous êtes jeune pour assumer un tel fardeau.

— J'ai 30 ans, mon père.

— Mais imaginons que vous vous mariiez un jour, mademoiselle Power, et que le Seigneur vous fasse grâce de nombreux enfants ?

Je ne peux pas simplement lui répondre « Je veux celui-là ». Il faut que j'use d'arguments respectables à ses yeux.

— Sa mère est morte sous ma garde ce matin. J'ai la conviction que cette tâche m'incombe.

Le vieux prêtre tente une approche plus pragmatique.

— Hmm. Je sais que les infirmières sont toutes des femmes bien et des pratiquantes assidues. Je me fais plus de souci en réalité pour l'autre partie.

Je suis soudain trop fatiguée pour le suivre.

— Sa mère laissait à désirer, c'est le moins qu'on puisse dire, s'explique-t-il. Que se passera-t-il si, en menant une enquête plus approfondie, on découvre que le père était une brute ou un dégénéré ? Quelqu'un de mauvaise famille, peut-être.

— Cet enfant ne peut pas attendre qu'on enquête sur son pedigree !

— Certes, mais gardez à l'esprit qu'il n'est certainement pas du même rang social que vous.

— Je ne crois pas qu'un nouveau-né ait un rang social gravé en lui.

— Ah, c'est une pensée très progressiste, mais, tout de même, vous ignorez ce qui vous guette.

Je revois les cernes sombres sous les yeux du bébé.

— Lui aussi, dis-je.

Cette fois, le prêtre ne répond pas.

— Bonsoir, mon père.

Je me dirige vers la porte comme s'il m'avait donné son accord, mais je l'entends alors me courir après.

— Mademoiselle Power !

Je me retourne.

— Comment allez-vous l'appeler ?

— Il a déjà été baptisé Barnabas.

— Je veux dire... Peut-être serait-il préférable de faire croire à vos voisins qu'il est un de vos cousins venus de la campagne.

Pour la première fois, je me préoccupe de cette question, de cette tache indélébile qui marque les enfants dits adoptés.

— Ce serait un nouveau départ, vous comprenez ?

Cet homme est animé de bonnes intentions, en fait.

— Je vais y réfléchir, mon père.

Je recule d'un pas. Sa main se lève comme pour m'arrêter... mais il se contente de me bénir en faisant le signe de la croix.

Mes jambes tremblent un peu lorsque je redescends l'escalier.

L'espace d'un instant, je pense avoir poussé la mauvaise porte. Non, je suis bien dans le service des maladies infectieuses de la maternité, mais sœur Luke a fait place à une étrangère qui donne à Mary O'Rahilly une cuillerée de je ne sais quoi.

— Où est sœur Luke ?

— Elle est partie transmettre un message, répond l'inconnue.

La petite Eunice est là, mais le second berceau est vide. Mon pouls s'accélère.

— Sœur Luke l'a emmené, mademoiselle ! me souffle Mary O'Rahilly.

Je fais demi-tour.

La religieuse a donc l'intention de le livrer elle-même à ses gardiens, juste pour me contrarier ?

Je dévale les marches. Y a-t-il une seule règle dans cet hôpital que je n'aie pas encore transgressée ?

Après m'être écartée au niveau de l'entrée pour laisser passer deux hommes portant un cercueil – vide, à en juger par la facilité avec laquelle ils le manipulent –, j'émerge dans le froid et me mets à courir.

Il fait nuit noire, sans un croissant de lune dans le ciel. Je bifurque à un angle.

Puis à un deuxième.

Un mauvais pressentiment me saisit. Ai-je mal mémorisé le chemin qui mène à la maison pour les filles mères mentionnée sur la fiche de Honor White ? Ou l'ai-je confondue avec une autre ? Je me fige en scrutant la rangée faiblement éclairée des bâtiments devant moi. Est-ce elle, cette grande demeure en pierre au bout de la rue ?

J'aperçois la silhouette blanche de sœur Luke qui s'avance vers le portail avec le sac de voyage à son bras et une petite masse calée dans l'autre.

Je ne crie pas. Je garde tout mon souffle pour les rattraper.

Le bruit de mes pas l'amène à se retourner.

Elle a ôté son masque, dévoilant ses lèvres fines et son unique œil exorbité.

— Mademoiselle Power, pour l'amour du ciel, qu'est-ce que vous…

— Qu'est-ce que vous, vous comptez faire ?

Elle me désigne du menton la façade grise de la maison.

— C'est très clairement là qu'est la place de cet enfant jusqu'à ce qu'une décision soit prise à son sujet. Cela vaut mieux pour lui, pour vous, pour toutes les parties concernées.

Je m'approche jusqu'à n'être plus qu'à quelques centimètres d'elle.

— J'ai l'accord du père Xavier. Donnez-moi le bébé.

Elle resserre son étau sur Barnabas.

— Pour être tout à fait franche, mademoiselle Power, vous ne me semblez pas dans un état normal. Cette pauvre fille, aujourd'hui, je mesure combien cela a dû être difficile...

— Bridie Sweeney !

Je rugis son nom si fort que les gens qui avancent d'un pas pressé dans la rue tournent la tête vers nous.

Je poursuis plus doucement :

— L'une des vingt esclaves que vous gardez dans votre couvent.

Elle veut dire quelque chose, mais se ravise.

— Sous-alimentée, dis-je. Négligée. Brutalisée toute sa vie. Qu'est-ce qu'elle représentait pour vous, à part une orpheline crasseuse et une main-d'œuvre gratuite dont vous confisquiez les salaires par-dessus le marché ? Dites-moi, quand vous l'avez envoyée travailler dans mon service, avez-vous seulement pensé à vérifier si elle avait déjà eu la grippe ?

Barnabas ouvre soudain les yeux et cligne des paupières devant la ville ternie autour de lui.

— Vous délirez complètement, mademoiselle Power. Vous me paraissez même dérangée. Qu'est-ce que Bridie Sweeney a à voir avec ce garçon ?

Comment le lui expliquer ? Ce que je sais, c'est que leurs deux âmes sont en quelque sorte liées. L'un, né il y a si peu, et l'autre, partie trop tôt, ont partagé cette Terre durant quelques heures. C'est une sorte d'échange, voilà tout ce dont je suis sûre. Je dois cela à Bridie.

— J'ai la permission du père Xavier, ma sœur. Donnez-moi cet enfant.

Un instant s'écoule. Puis sœur Luke me tend Barnabas et pose le sac à mes pieds.

Tandis qu'il se met à pleurer, je me dépêche de le recouvrir avec ma cape pour le protéger du froid de novembre.

— Qu'allez-vous dire aux gens ? me demande sèchement la religieuse.

Je n'ai pas à lui répondre, mais je le fais quand même.

— Qu'il est mon cousin venu de la campagne.

— Ha ! Ils supposeront que c'est votre enfant.

J'intègre le sous-entendu sarcastique derrière ces mots.

— Et peut-être même que votre frère est le père, ajoute-t-elle de l'air d'une femme au fait de ces choses-là.

La honte jaillit... mais ma colère la repousse. Oser diffamer quelqu'un comme Tim, qui n'a pas les moyens de se défendre !

Je ne perds pas plus de temps avec elle. Après avoir ramassé le sac de voyage, je m'éloigne dans la rue en regardant bien où je mets les pieds et en faisant attention à ne pas trébucher de peur de laisser tomber mon précieux fardeau.

Ne suis-je pas folle de ramener chez moi un bébé si fragile et de l'imposer à mon frère, lui qui l'est davantage encore et qui supporte mal le bruit et la moindre perturbation ? Tim n'a-t-il pas déjà assez souffert ? De quel droit puis-je le mêler à cette histoire ?

*Mais c'est un si gentil garçon*, me dis-je dans le même temps. Prendre soin des autres est une seconde nature chez lui, et la parole ne lui est pas nécessaire pour ça – la preuve en est avec moi. S'il y a un homme capable de se hisser à la hauteur de cette étrange situation, c'est bien lui.

Des petites questions d'ordre pratique s'insinuent en moi. À ma descente du tramway, il faudra que je termine le chemin à pied : je ne peux pas faire du vélo avec un bébé.

Et que vais-je dire, par quoi vais-je commencer une fois à la maison ?

*Tim, tu ne vas jamais croire ce que...*

*J'ai rencontré cette fille...*

*Tim, attends un peu que je te raconte...*

*Je te présente Barnabas White.*

Je ne suis pas apte ce soir à convaincre mon frère par mes arguments ou mon éloquence. Mon état se rapproche-t-il du sien lorsqu'il a émergé des tranchées, baptisé par le sang de l'homme qu'il aimait ? En tout cas, si je dois expliquer un jour à quelqu'un ce que j'ai vécu – mon rêve fiévreux de ces trois derniers jours –, ce sera à lui.

J'ai l'impression de ne pas reconnaître les artères silencieuses de la ville, mais peut-être est-ce parce que je les fais découvrir à Barnabas. Un étranger surgi parmi nous sans être annoncé. Un émissaire venu d'une étoile lointaine, qui pour l'heure réserve son jugement.

— Respire, Barnabas, dis-je tout bas à l'intention de son crâne duveteux. Nous ne sommes pas encore arrivés, mais il n'y en a pas pour longtemps. Bientôt, très bientôt, on ira se coucher. Il n'y a rien d'autre à faire ce soir. Et demain, quand on se réveillera... on verra bien.

L'enfant dans mes bras, j'avance ainsi le long des rues aux airs de fin du monde.

# Note de l'auteure

L'épidémie de grippe de 1918 fit plus de morts que la Première Guerre mondiale – 3 à 6 % de l'espèce humaine selon les estimations.

*Le Pavillon des combattantes* est une fiction portée par des faits. Presque tous les détails de la vie de Bridie Sweeney sont tirés de quelques-uns des témoignages – et non des pires – du rapport Ryan, publié en 2009, sur les institutions irlandaises accueillant des enfants : https://industrialmemories.ucd.ie/ryan-report/. Julia Power et tous les autres personnages sont inventés, à l'exception du Dr Kathleen Lynn (1874-1955).

À l'automne 1918, Lynn était la vice-présidente de l'exécutif du Sinn Féin, et sa directrice de la Santé publique. Après son arrestation, le maire de Dublin intervint pour la faire libérer afin qu'elle puisse continuer à lutter contre la grippe dans le dispensaire qu'elle avait créé au 37, Charlemont Street (un bâtiment loué par sa chère Madeleine Ffrench-Mullen). L'année d'après, elle fonda au même endroit son hôpital pour enfants, St-Ultan, dont Ffrench-Mullen était l'administratrice. Lors des élections législatives qui suivirent l'armistice du 11 novembre 1918, Lynn soutint son amie la comtesse Constance Markievicz, qui devint la première femme élue à Westminster, et elle-même obtint un siège en 1923 dans le nouveau Parlement irlandais. Lynn vécut avec Ffrench-Mullen jusqu'au décès de cette dernière en 1944 et continua, même à un âge avancé, de travailler à St-Ultan, faisant campagne pour améliorer l'alimentation, le logement et les conditions de vie sanitaires de ses concitoyens. Pour ceux qui s'intéressent à elle et aux carnets qu'elle rédigea durant quarante ans, je recommande cet ouvrage de Margaret Ó hÓgartaigh : *Kathleen Lynn: Irishwoman, Patriot, Doctor* (2006) et ce documentaire de 2011 : *Kathleen Lynn: The Rebel Doctor.*

Les virus de la grippe ne furent identifiés qu'en 1933, grâce à l'invention peu de temps auparavant du microscope électronique, et le premier des vaccins qui protègent aujourd'hui tant de monde contre cette maladie fut développé en 1938.

La symphyséotomie (sectionnement du fibro-cartilage maintenant les os pubiens ensemble) et la pubiotomie (qui vise à scier l'un des os pubiens) étaient des opérations pratiquées dans les hôpitaux irlandais entre les années 1940 et 1960 essentiellement, mais attestées dès 1906, et jusqu'en 1984. Depuis les années 2000, elles font l'objet d'âpres controverses et de conflits juridiques.

Le film muet dont discutent Bridie et Julia, *Hearts Adrift* (1914), fit de Mary Pickford une immense star, mais toutes les copies semblent avoir été perdues.

J'ai commencé à écrire *Le Pavillon des combattantes* en octobre 2018, inspirée par le centenaire de la grande grippe, mais, alors que je venais de remettre ma dernière version à mon éditeur en mars 2020, l'épidémie de Covid-19 a tout changé. Je remercie mes agents et tous les employés de Little, Brown, d'HarperCollins Canada et de Picador d'avoir uni leurs efforts pour faire sortir mon roman dans ce nouveau monde en l'espace de quatre mois seulement.

Par-dessus tout, je remercie les soignants qui prennent tant de risques et à qui nous confions nos vies. La sage-femme Maggie Walker a gentiment rectifié quelques-unes de mes erreurs durant sa quarantaine et, comme en de précédentes occasions, je dois beaucoup à l'extraordinaire médecin et correctrice Tracy Roe (qui a dû œuvrer pendant une pandémie cette fois). Sur une note plus personnelle, je tiens également à exprimer ma gratitude aux sages-femmes de Womancare et au Dr Kaysie Usher, du London Health Sciences Centre, pour les bébés qu'elle a mis au monde et les mères (dont je fais partie) qu'elle a sauvées.

*Composition et mise en pages*
*Nord Compo à Villeneuve-d'Ascq*

MIXTE
Papier
FSC FSC® C003309

L'éditeur de cet ouvrage s'engage dans une démarche de certification FSC® qui contribue à la préservation des forêts pour les générations futures.

Pour en savoir plus :
www.editis.com/engagement-rse/

CET OUVRAGE
A ÉTÉ ACHEVÉ D'IMPRIMER
SUR ROTO-PAGE
PAR L'IMPRIMERIE FLOCH
À MAYENNE EN SEPTEMBRE 2021

N° d'impression : 99064
Imprimé en France